PHOBIA

Nicolas BEUGLET, Jean-Luc BIZIEN, Armelle CARBONEL,
Sonja DELZONGLE, Damien ELEONORI, Johana GUSTAWSSON,
Nicolas KOCH, Mickaël KOUDERO, Chris LOSEUS, Ian MANOOK,
Éric MARAVÉLIAS, Maud MAYERAS, Olivier NOREK, Niko TACKIAN

PHOBIA

Nouvelles

J'AI LU

Ouvrage coordonné par Damien Eleonori.

À propos d'ELA

Fondée en 1992 par Guy Alba, l'Association Européenne contre les Leucodystrophies (ELA) regroupe des familles qui se mobilisent pour vaincre ces maladies génétiques rares qui affectent la myéline (la gaine des nerfs) du système nerveux et qui engendrent des situations de handicap très lourd.

Chaque semaine en France, 3 à 5 enfants naissent atteints de ces maladies neurodégénératives qui entraînent progressivement la perte des fonctions vitales : la vue, l'ouïe, la mémoire, la locomotion...

L'Association, reconnue d'utilité publique depuis 1996 et parrainée depuis 17 ans par Zinédine Zidane, a 4 missions principales :

- Financer la recherche médicale
- Informer et accompagner les familles concernées
- Sensibiliser l'opinion publique
- Développer son action au plan international

Depuis sa création, ELA a permis de soutenir l'accompagnement des familles à hauteur de 11 millions d'euros et de financer 482 programmes scientifiques pour un montant total de 41,4 millions d'euros.

Depuis 25 ans, l'action menée par ELA a permis d'identifier une trentaine de leucodystrophies, de mettre au point les premiers traitements, d'accompagner et de soutenir les familles concernées.

Le combat continue plus que jamais !

Retrouvez ELA sur Internet :

http://ela-asso.com/

ELAOfficielle

elaofficielle

elaofficielle

Sommaire

Nicolas BEUGLET

LE REFUGE*

* *Le témoignage suivant étant extrait d'une lettre n'ayant pas vocation à être publiée, le titre et la mise en page sont le fait de l'éditeur.*

1

Jamais je n'ai osé t'en parler de mon vivant. J'avais trop peur de ta réaction. Mais tu es mon fils et si je te dois une seule chose après ma mort, c'est la vérité. Au terme de mon récit, bien évidemment tu me jugeras. Mais avant de conspuer mon âme, je t'en prie, aie le courage de te demander ce que tu aurais fait à ma place. D'ailleurs, tu seras peut-être tenté de retrouver l'endroit où tout cela est arrivé. Pour, à ton tour, te confronter aux événements qui ont bouleversé mon existence il y a quarante-quatre ans. Si c'était le cas, et je le comprendrais, retiens bien une chose, mon fils : rien ne garantit que tu en reviendras vivant.

Je t'aime.
Ton père.

C'était à l'automne 1972, en Californie, quelque part au nord-est du Bear Trail de l'immense réserve naturelle de Yosemite. Des centaines de milliers de kilomètres carrés de forêts, de montagnes, de ravins, de cascades et de vallées à l'état sauvage sillonnés chaque année par des promeneurs d'un après-midi ou des randonneurs aventureux. Je faisais partie de la seconde catégorie.

J'étais venu aux États-Unis seul, sans ta mère. C'était les débuts de ce qui allait devenir la Silicon Valley et une entreprise informatique impressionnée par mon CV m'avait payé le voyage pour me rencontrer. J'avais décidé de profiter de cette opportunité pour faire un peu de tourisme dans l'Ouest américain.

Ainsi, après avoir résisté aux faux espoirs de jackpot à Las Vegas, après avoir détourné le regard des corps trop fiers des plages de Los Angeles et repoussé les alcools du port de San Francisco, j'avais décidé de me ressourcer au cœur de la nature. La vraie, celle qui nous rappelle à notre matière animale et nous remet à notre place dans le vivant.

J'avais vingt-neuf ans à l'époque et tu connais forcément ce sentiment, je me croyais encore invincible. J'avais vaguement étudié la carte de mon parcours en m'imaginant que le chemin serait de toute façon fléché ou qu'à défaut d'autres randonneurs me renseigneraient. Avec trois jours de vivres dans mon sac à dos, en prévenant seulement ta mère de ma destination, je suis parti au petit matin à l'assaut des forêts de séquoias et des sommets rocheux à perte de vue. Sur la route qui me conduisait au départ de ma randonnée du *Half Dome Trail*, j'aperçus au loin une plaine verdoyante au pied d'une montagne. Je fus si émerveillé par cette vision que je décidai de changer mon programme et de rejoindre cette vallée idyllique.

Le premier jour se déroula comme je l'avais imaginé : des chemins balisés couverts par des feuillages ondoyants qui faisaient perler le soleil en grosses taches mouvantes sur la terre rousse. Mes pas croustillaient à chaque foulée sur les feuilles sèches, donnant à mon escapade des airs de friandise me ramenant à mes promenades d'enfant.

Je traversai un torrent dont l'un des bras s'égarait dans la forêt pour offrir une nappe douce et calme au bord d'une plage sableuse. Je déjeunai copieusement et m'endormis sur un rocher plat, bercé par les chuchotements cristallins du cours d'eau qui ruisselait entre mes pieds. L'air était tiède, presque chaud, comme si l'été agonisait dans une dernière fièvre avant de céder sa place à la fraîcheur de l'automne. À mon réveil, je bus abondamment, goûtant chaque gorgée avec délices.

Dans l'après-midi, d'autres randonneurs me racontèrent qu'ils avaient aperçu des daims, parfois un ours brun dont ils s'étaient bien gardés de s'approcher. Je me souviens aussi de ce vieux couple d'Américains si émerveillés d'avoir enfin vu un puma qu'ils semblaient désormais prêts à mourir en toute sérénité. Après deux heures de marche supplémentaires, je sentis mon corps se détendre et s'autoriser à respirer au rythme des ondulations nonchalantes de la nature. Je retrouvais des sensations de bien-être si puissantes qu'elles semblaient puiser dans les souvenirs ancestraux de l'espèce humaine. J'étais bien. D'invincible, je me sentais désormais immortel. Et par conséquent inconscient.

Aux deux tiers de la première journée, les rencontres se firent plus espacées, jusqu'à devenir inexistantes. À mesure qu'il grimpait à travers la forêt, le chemin se faisait plus diffus, de moins en moins évident à suivre et à plusieurs reprises je dus revenir sur mes pas pour retrouver ce qui semblait être la piste principale.

Au crépuscule, la forêt se nimba de teintes brûlantes dans une dernière explosion de lumière avant que la pénombre n'envahisse la montagne. Les oiseaux se turent, l'air se rafraîchit et la sueur qui avait perlé le long de mon dos toute la journée me glaça.

Alors que je tentais de trouver un endroit accueillant pour camper et passer la nuit, j'aperçus deux silhouettes se dessiner en amont de ma trajectoire. Je m'arrêtai et devinai la présence d'un homme et d'une femme qui venaient dans ma direction. Quand ils furent suffisamment près et que leurs visages m'apparurent enfin dans la semi-obscurité, je ne reconnus pas l'expression souriante de tous les promeneurs que j'avais croisés jusqu'ici. À vrai dire, ils ne me regardaient pas. Le visage tiré par l'épuisement, ils avançaient d'un rythme mécanique. La femme ne leva même pas la tête en me croisant, il me sembla qu'elle se parlait à elle-même. Je me souviens mieux du regard furtif que me jeta l'homme, entre la peur et le renoncement. Je faillis les interpeller, leur demander s'ils avaient besoin d'aide, mais ils me troublèrent et disparurent comme deux fantômes avant que je n'aie eu le courage de leur parler.

J'aurais dû prendre cette rencontre comme un avertissement. Mais je me sentais si loin de leur état, et si plein d'une énergie inépuisable que je repris ma route de plus belle, bien décidé à dormir à la belle étoile, la montagne pour moi seul. Plongé dans mes pensées, chassant celles qui m'importunaient, choyant celles qui me plaisaient, je marchai encore une heure sans trop savoir où j'allais. Jusqu'à ce que je réalise que je ne voyais presque plus rien. Je m'arrêtai. Les doux feuillages flamboyants de la journée n'étaient plus que des ombres aux contours incertains. J'entendis un très léger claquement au-dessus de ma tête. Puis un autre, et encore un autre. Des gouttes percutaient les frondaisons de feuilles sèches dans un concert de percussions. En l'espace de quelques secondes, la pluie s'abattit avec violence. J'enfilai mon coupe-vent et marchai d'un pas pressé à la recherche d'un abri.

Au départ confiant, je ne tardai pas à sentir l'instinct de survie rendre ma marche plus rapide, mes gestes un peu trop nerveux et les battements de mon cœur trop pressés. Désormais, je ne voyais plus que la pluie déferlant en ficelles dans le faisceau de ma lampe qui peinait à éclairer le sol. J'avais renoncé à suivre un quelconque chemin et je ne cherchais qu'une chose : un endroit pour m'abriter. Mon coupe-vent de mauvaise qualité ne fut bientôt plus qu'une toile imbibée d'eau glacée. Je déambulai comme un animal perdu toute la nuit.

Lorsque l'aube transforma le ciel en nappe grisâtre, la pluie s'arrêta et un brouillard s'éleva entre les arbres. Épuisé, je m'effondrai, dos contre un sapin, les fesses dans le terreau ruisselant de la forêt. Je n'avais plus aucune idée de l'endroit où je me trouvais ni par où j'étais arrivé. Je bus et mangeai sans compter, tremblant de froid et de fatigue.

Je sus au fond de moi que le moment était grave. Que déjà tout avait basculé et que la mort furetait désormais entre les arbres, jetant des œillades curieuses vers mon corps transi. Je voulus avaler une gorgée d'eau pour me donner de la force, mais ma dernière bouteille était vide. Incapable d'envisager le pire, j'avais bu à ma soif, épuisant mes dernières réserves. Je lapai l'insignifiante couche d'eau sur plusieurs feuilles, puis je raclai les miettes de gâteau qui traînaient au fond de mon sac avant de le laisser tomber à terre. Les rares affaires qui restaient à l'intérieur me semblaient peser des tonnes.

Je me mis alors à hurler, demandant s'il y avait quelqu'un. J'appelai à l'aide pendant plus d'une demi-heure. En vain. Abattu, je faillis m'écrouler. Je me relevai brutalement, les jambes tremblantes. La tête me tourna. Il fallait que je trouve un endroit sec. Je n'avais pas le choix. Je mis un pied devant l'autre et repris ma route dans une direction aussi inconnue qu'incertaine.

À mesure que les heures passaient, je redoutais l'arrivée de la nuit qui pourrait m'être fatale. Poussé par la peur, je parvins à tenir la cadence jusqu'à la fin de la journée. Mais vint un moment où je fus incapable de faire un pas de plus.

Ahanant, je m'appuyai contre un arbre. Je regardai autour de moi lorsque mon cœur se serra. À deux pas, un bras dépassait de derrière une souche déracinée. Je me figeai. J'attendis presque une minute. Pas un mouvement. Je me décidai à appeler.

— Hey !

Pas de réponse. Je contournai les racines retournées. Le cadavre de l'homme reposait sur le dos, un bras allongé perpendiculaire au corps, et l'autre rabattu sur le bas de son visage. Ou ce qu'il en restait.

Plus de la moitié de la face avait été arrachée. Des lambeaux de chair pendaient sur les résidus de la mâchoire dont les os brisés saillaient et seul un œil me fixait au fond d'une orbite fracturée en deux. L'homme tenait un fusil contre lui. Je m'approchai. Il commençait à sentir la charogne et je vomis le peu que j'avais ingurgité. Je vis les larges empreintes griffues imprimées dans la terre humide à côté du cadavre. Un ours. Sans aucun doute.

Réalisant que l'ours rôdait peut-être encore dans les parages, j'approchai ma main du fusil. L'homme le tenait fermement entre ses doigts crispés. Je tentai de les écarter et ce fut l'effort de trop. Mes muscles m'abandonnèrent et je tombai par terre, le visage écrasé dans la bouillie de feuilles et de terre. Le tambour de l'orage déchira les cieux et explosa au-dessus de ma tête. L'éclair satura l'air de son empreinte électrique. Et je la vis apparaître, au loin, nichée entre les arbres.

Au départ, je n'y crus pas. J'étais persuadé de délirer. Je me traînai à quatre pattes. Des épines se fichaient dans mes mains, des cailloux s'enfonçaient entre mes rotules, mais je ne m'arrêtai pas. À une dizaine de mètres se trouvait une cabane en bois.

2

L'espoir me donna la force de me redresser. Essoufflé comme si je venais d'échapper à la noyade, je parvins devant l'entrée. L'abri ressemblait à un petit chalet. Il y avait en effet deux portes et deux fenêtres qui donnaient vers l'extérieur. Aucune lumière ne filtrait. Je posai ma main sur la poignée de gauche. Panique. La porte était fermée.

Je me tournai péniblement vers celle de droite et m'appuyai de tout mon poids dessus. Le battant s'ouvrit à la volée. Incapable de solliciter mes muscles pour me rattraper, je chutai sur le bras gauche alors que ma tête heurtait le sol. Il dut s'écouler quelques minutes avant que je prenne conscience que j'étais sur un sol en lattes de bois. La pièce était totalement vide à l'exception d'une cheminée qui ne contenait que des cendres. J'étais au sec, mais l'air était frais et, sans eau ni nourriture, je ne survivrais pas. Je me recroquevillai en position fœtale et tentai de me convaincre que j'allais reprendre des forces pour retrouver un chemin vers la civilisation. Je savais seulement qu'il ne fallait pas m'endormir. Surtout pas.

Je me réveillai en sursaut, dans l'obscurité totale. Combien de temps avais-je dormi ? Quelle heure était-il ? J'étais frigorifié, mais quelque chose d'autre que le froid m'avait réveillé. Les yeux grands ouverts dans la nuit, l'ouïe aux aguets, je l'entendis de nouveau. Un bruit provenait de la pièce d'à côté, dans la partie du chalet fermée à clé. Des sons humains, saccadés et irréguliers. Comme des sanglots. J'écoutai plus attentivement. Le timbre que je distinguais était celui d'un homme. Il pleurait en laissant échapper des hoquets de souffrance.

Je chassai le malaise qui m'envahissait et j'allais appeler lorsque j'entendis la porte claquer et les pas s'éloigner. Je voulus crier, mais ma gorge était si sèche que seul un souffle inaudible en sortit. Ce n'était pas possible. Ma seule chance de m'en sortir vivant ne pouvait pas m'échapper comme ça !

Je parvins à me redresser et me retrouvai dehors. Prudent, j'écoutai. Pas un bruit. Seul le bruissement des feuillages lorsque le vent plaquait son souffle froid contre mon corps tremblant.

— Il y a quelqu'un ?

Pas de réponse.

J'entrai.

La pièce offrait les mêmes dimensions que la mienne. Une petite lampe de poche posée sur le dos éclairait le plafond à la façon d'un spot fatigué. Je fis quelques pas et un sentiment étrange me parcourut. Je mis du temps à comprendre d'où ce malaise provenait : c'était l'odeur de la pièce. Une odeur familière.

Déstabilisé, je perdis l'équilibre un instant : comment pouvais-je reconnaître une odeur si particulière dans un endroit aussi éloigné de chez moi ? Je forçai mon esprit à identifier le lieu où j'avais déjà senti cette émanation unique. En vain. Mais ce faisant, mes yeux s'habituèrent un peu à la lumière et je distinguai un objet que je n'avais pas vu en entrant. Un sac de tissu beige en bandoulière. Je m'approchai et posai un genou à terre. C'est là que je décelai la présence d'une ample tache sur la toile. Sa couleur hésitait entre le brun et le rougeâtre. Les teintes typiques du sang partiellement séché. Ce sac contenait peut-être de l'eau ! Je tendis ma main, prêt à soulever le rabat du sac lorsque la toile bougea. Je retirai mon bras d'un mouvement sec. Quelque chose avait remué à l'intérieur de la besace.

Au même moment, j'entendis des branches craquer derrière moi, dans la forêt. Mû par un réflexe de peur, je me précipitai au-dehors, refermai la porte derrière moi, trouvai un sapin aux ramures basses et m'accroupis en retenant mon souffle, guettant l'entrée du chalet.

J'écartai les branchages d'une main hésitante et distinguai une silhouette d'homme passer près de ma cache et s'arrêter devant l'entrée du refuge. Je me souvins alors que je n'avais pas refermé la porte de ma pièce. Il l'avait forcément remarqué. L'homme se tint immobile un instant. Puis il se retourna pour scruter la forêt. Je vis alors son visage marbré par la lueur de la lune.

Mon fils, à ce point, mon récit va te paraître incroyable, mais je te jure que je te dis la vérité : ce visage apeuré et tordu par la souffrance, c'était le mien.

3

Je lus la peur dans les yeux de mon sosie. Il détourna la tête, entra en hâte dans le chalet et claqua la porte derrière lui.

Il m'est encore impossible de te décrire précisément ce que cette vision provoqua en moi. Je crois m'être dit que la folie me gagnait et que cela m'était bien égal pourvu que l'on me donne à boire et de la chaleur.

C'est ainsi que je quittai ma cachette et que j'allai frapper à la porte de mon alter ego. Après quelques secondes de silence, j'entendis :

— Qui est là ?

C'était ma voix. Avec la même intonation grave et factice que je tentais d'afficher lorsque je cherchais à impressionner.

— Je suis perdu depuis deux jours, j'ai besoin d'aide... répondis-je.

Pas de réponse. Il doutait. *Je* doutais.

Je m'imaginai de l'autre côté de la porte. Et je sus quelles paroles pourraient me convaincre de laisser entrer un étranger.

— Je n'arrive plus à parler... ma gorge est trop sèche. Je... me suis cru invincible, je n'ai pas emporté assez d'eau, je me suis laissé surprendre par la nuit et... jamais je n'aurais cru qu'une telle chose puisse m'arriver... Si vous n'avez pas confiance, je recule, mais je vous en supplie, déposez-moi un peu d'eau...

— Je reculai en laissant traîner ostensiblement mes pieds.

La porte s'ouvrit et je le vis des pieds à la tête. Ou plutôt, je *me* vis. Nous nous regardâmes un instant, la tête me tourna. Un voile noir me rendit aveugle quelques secondes, je perdis la notion du temps et de l'espace. Mais une volonté tenace m'évita l'effondrement. Lentement, je redressai la tête. Il me regardait avec méfiance. Mais sans étonnement.

— Je n'ai pas d'eau non plus. Je ne sais pas où nous sommes et je n'ai rien pour allumer un feu. Mais tu peux rentrer.

Il referma la porte et s'assit à l'autre bout de la pièce, face à moi, à côté de la lampe de poche retournée et du sac.

J'attendis que mes membres cessent de trembler et me redressai avec effort sur un coude. Le moment était surréaliste. Je reconnaissais chacun de ses gestes, les miens.

— Comment vous… enfin je veux dire… quel est ton nom ? parvins-je à articuler de ma bouche pâteuse.

— Tu sais très bien comment je m'appelle, tu sais très bien qui je suis et tu sais très bien que tu ne peux pas compter sur moi pour te tirer de là.

— Tout au fond de moi, j'envisageais qu'il soit encore possible que tout cela ne soit qu'une folle coïncidence.

— Je sais que tu espères que je te dise que nous sommes peut-être de simples sosies qui se retrouvent perdus ici par hasard, mais tu sais comme moi que ce n'est pas le cas.

— Comment es-tu arrivé ici ? dis-je entre deux souffles secs.

— Comme toi. C'est pour ça que je t'ai ouvert. Parce que j'ai su que tu disais la vérité.

— Son ton n'était pas agressif, seulement plus confiant que le mien.

— On va mourir ici ?

— Tu dis ça pour que je t'assure du contraire parce que tu préfères que je te mente plutôt que d'avoir à te mentir à toi-même ?

Je me tus. J'étais face à moi-même. À quoi bon me mentir ? Oui, j'allais très certainement mourir de soif ou d'hypothermie dans ce chalet. Loin des miens, de ma femme et de mon avenir auprès d'elle.

Nous demeurâmes silencieux et je me mis à somnoler. Abruti par la fatigue et l'abattement moral. Jusqu'à ce qu'il rompe le silence.

— Tu n'as pourtant pas besoin de moi pour te mentir à toi-même. Tu es récemment devenu expert dans cette ultime malhonnêteté.

À quoi faisait-il allusion ? À mon inconscience au cours de cette balade mortelle ? Il sourit comme je souriais lorsque j'en savais plus que mon interlocuteur et cette mimique me parut insupportable.

— Sois franc au moins ! Aie le courage de dire les choses clairement !

— Cesse de faire semblant. Ce n'est qu'un autre mensonge...

— Je ne suis pas toi ! Moi je n'ai pas pleuré toute la nuit comme une gamine qui a perdu ses parents !

J'avais voulu crier et ma voix s'était cassée. Il me considéra d'un air triste. Si triste qu'une peine immense me broya le cœur. D'où venait cette émotion ?

— Tu sais très bien que je ne pleurais pas parce que j'étais perdu ou que je craignais la mort. Tu connais la raison de cette souffrance.

Un gouffre venait de s'ouvrir en moi. Je luttai contre cette angoisse dévorante sans visage et me concentrai sur ma survie. La seule chose qui comptait était de ne pas crever ici.

— Tu as l'air plus en forme que moi, dis-je. Tu dois pouvoir partir pour trouver des secours...

— C'est vrai, c'est moi qui ai bu la gourde de ce pauvre chasseur que tu as dû voir en arrivant près d'ici. Mais qu'importe, dans ton état, tu ne tiendras pas une journée de plus. Et on est au moins à deux jours de marche de la civilisation si on a la maigre chance de suivre la bonne direction du premier coup. Le temps qu'on revienne avec des secours, tu seras mort.

— Alors, quoi, on attend de crever ensemble ? Pourquoi es-tu là, si c'est pour ne pas m'aider, hein ? À quoi tu sers, espèce de...

Mais je ne terminai pas ma phrase. Je n'en avais plus la force.

— Je suis là pour t'aider, répliqua-t-il. Mais peut-être pas comme tu l'espérais.

— Si je meurs avant d'avoir compris tes conneries d'énigmes, tu n'auras servi à rien...

Il releva la tête et me regarda comme s'il me voyait pour la première fois. Ses yeux étaient embués de larmes. Puis il reprit notre air pensif.

— C'est juste. Et ce serait si malheureux... Alors, ta seule faible chance de t'en sortir, c'est qu'on quitte cet abri tous les deux en espérant qu'on trouvera de l'eau quelque part. Je t'aiderai à marcher. On partira demain matin. D'ici là, essaie de...

Sa voix fut couverte par un bruit sourd et puissant qui venait de résonner à quelques pas du chalet. Nous nous regardâmes, effrayés. Le rugissement reprit et, cette fois, cela ne fit aucun doute, il s'agissait du cri d'un ours. Je me traînai jusqu'à la fenêtre et vis sa grosse masse mouvante déambuler devant l'entrée du chalet.

Je me réveillai en sursaut, incapable de respirer. J'étouffai. Cette fois, c'était la fin. Une sensation indescriptible me ramena à la vie. Au-dessus de moi, je me vis une gourde à la main me verser de l'eau sur le bord des lèvres.

— Où as-tu... trouvé de l'eau ?

— J'en ai toujours eu, me répondit mon alter ego. Mais je devais l'économiser au maximum. J'ai attendu le dernier moment. Quand j'ai vu que tu allais mourir, je me suis dit qu'il était temps.

Je voulus l'insulter jusqu'à ce que je réalise que j'aurais fait exactement la même chose.

— Garder jalousement la réserve ? Je n'en doute pas, dit-il en lisant évidemment dans mes pensées. Mais me venir en aide si tu m'avais vu m'étouffer, tu l'aurais fait aussi ?

— Puisque je suis toi et que tu es moi…

— Pas tout à fait, mais qu'importe. L'ours est toujours là. Il nous a sentis et je pense qu'il ne partira pas avant d'avoir obtenu sa ration de chair fraîche.

— Les ours ne mangent pas les hommes.

— Non, mais ils peuvent avoir envie de se venger. Dieu seul sait ce que le chasseur qui est passé ici a fait à la famille de cet animal. Et nous sommes dans le même chalet.

— Ton eau… encore.

— Non. Il n'y en aura plus assez une fois qu'on aura quitté le chalet.

— Et l'ours ?

— J'ai une idée.

Il s'approcha du sac toujours posé dans un coin de la pièce. Il le poussa et révéla une boîte de cartouches.

— Je les ai ramassées sur le cadavre, mais je n'ai pas réussi à lui prendre son fusil. Je n'avais plus assez de force. Maintenant que je suis un peu reposé, peut-être que…

— Mais l'ours va te pourchasser…

— Sauf si tu fais diversion.

— Dans mon état ?

— Dans ton état, tu as plus de chance d'échapper à l'ours en te cachant que de trouver la force pour arracher le fusil de la main du chasseur mort. Je chargerai l'arme et je reviendrai te chercher. Je le tuerai et on rentrera tous les deux.

— Tu as assez d'eau pour nous deux si on se remet en marche ?

— À condition d'être économe… on a une chance.

Je le regardai. Je *me* regardai dans le fond des yeux. Je n'osais pas poser la question qui me brûlait les lèvres.

— Vas-y, dis-le, puisque tu y as pensé. On est entre nous, termina-t-il d'un sourire désolé.

— Qu'est-ce qui me dit que tu ne vas pas te servir de moi pour éloigner l'ours, prendre le fusil et les balles et t'enfuir avec le reste d'eau ? Tu seras armé, l'ours aura assez à faire avec moi et tu n'auras pas à partager le peu d'eau qu'il te reste… Tes chances de survie seront bien supérieures que si tu tentes de tuer l'ours ; et si tu y parviens, de partager ton eau avec moi, au risque que nous mourions tous les deux de soif.

— Et toi, tu ferais quoi à ma place ?

Je fus incapable de répondre et cette incapacité seule me terrifia.

— Tu ne me fais pas confiance ? reprit-il. Tu aurais peur de toi ? C'est ça ? Parce que tu sais qui tu es au fond, tout au fond, là où les autres ne voient jamais. Même ceux qui te connaissent ou pensent te connaître depuis toujours.

Un courant glacé me pétrifia le ventre et une nausée me monta aux lèvres. Mes yeux se tournèrent naturellement vers le sac replié sur lui-même dans le coin du chalet.

— Qu'y a-t-il dans ton sac ? demandai-je entre deux respirations souffreteuses.

— Ouvre-le, tu verras toi-même.

Depuis que je l'avais vu bouger, ce sac m'effrayait et m'obsédait tout à la fois. Je me levai et marchai d'un pas hasardeux. Je me baissai et tendis la main. Une peur effroyable me terrassait.

— Tu as peur de ta peur. Ouvre-le, me dit ma voix dans mon dos.

Je posai une main et la toile bougea de nouveau. D'un mouvement paniqué, je tirai le rabat et poussai un cri de terreur. Le sac grouillait de serpents.

Je tombai à la renverse et reculai les fesses à terre dans l'autre coin du chalet.

— D'où vient ce sang ? demandai-je, haletant.

Il me fixa de ce même air triste et inquiet.

— Je ne suis que toi. Si tu ne me donnes pas la réponse, je ne peux pas te la dire à ta place.

— Dis-le !

— Tu as peur de savoir et par conséquent j'ai peur que tu ne me fasses du mal quand tu sauras. Comme toi, tu as peur que je te trahisse une fois le fusil entre les mains. Tu te rends compte où nous en sommes ? Où tu en es ? À avoir la phobie de toi-même ?

— Arrête ! m'emportai-je dans un mouvement de fureur qui me fit frapper le sol.

Sans prévenir, j'ouvris la porte.

— Tu préfères la fuite à la vérité, me lança-t-il.

L'ours pointa son museau dans ma direction et se releva à une telle vitesse que je fus pris de court. Mû par une force qui provenait de je ne sais où, je me mis à courir droit devant. Jusqu'à la chute, prévisible et qui me serait fatale. Étalé sur le sol, incapable de faire un geste de plus, j'entendis le martèlement des pattes de l'animal sur le sol, le fracas croissant de la forêt piétinée, brisée par la rage de la vengeance. Je pensai à l'image du visage déchiqueté du chasseur, à ma femme, à ma vie, à mon alter ego. Il m'avait abandonné, il m'avait trahi. *Comme je l'aurais fait*, pensai-je. Je serais parti avec le fusil et l'eau, seul, me convainquant qu'il valait mieux que l'un d'entre nous survive plutôt que les deux meurent.

Le coup de fusil claqua et le sol trembla si fort que les vibrations parcoururent tout mon corps. J'ouvris les yeux. L'ours gisait sur le flanc à mes côtés. La balle avait perforé son poumon et du sang s'écoulait de la blessure. Il agonisait et me regardait, sans colère, sans rancœur.

— Il vaut mieux partir, maintenant.

Il était revenu me chercher et me tendait la main.

4

Nous marchâmes au hasard, moi appuyé sur lui. Nous buvions par infimes gorgées. Mais les réserves diminuaient vite et nous serions bientôt à court d'eau.

Plusieurs fois, l'envie de lui voler la gourde me traversa l'esprit, mais, à chaque fois, il me regardait pour me dire qu'il savait.

— Où est le sac ? demandai-je.

— Je l'ai laissé là-bas. Je n'allais pas m'encombrer d'un poids supplémentaire.

Nous traversâmes une forêt et longeâmes des falaises qui me rappelèrent celles que j'avais peut-être suivies en venant me perdre jusqu'ici. C'est à ce moment que j'entendis les voix.

Plusieurs personnes criaient mon nom au loin. Des voix d'hommes ainsi que la voix d'une femme. Ma femme. J'allais être sauvé.

— *Nous* allons être sauvés, me corrigea-t-il.

Je réfléchis soudain à l'absurdité de la situation : ces sauveteurs et ma femme qui découvriraient deux hommes en tous points similaires. Lequel d'entre nous repartirait avec ma femme ?

— Je m'éclipserai avant la rencontre si tu me promets de lui dire la vérité, me lança-t-il.

— Quoi ?

— Oui, je m'en irai, loin d'ici et vous n'entendrez jamais parler de moi. Mais tu lui dois la vérité.

— Quelle vérité, à la fin ?!

— Celle qu'une partie de toi est venue fuir ici. Celle qu'une partie de toi a cru pouvoir oublier dans cette balade au sein de la nature pure et sauvage. Tu n'es pas là pour le plaisir ou le repos ! Tu es là parce que tu as été lâche ! De la pire des lâchetés et que tu as préféré l'oublier en te perdant volontairement dans cette forêt !

Les voix se rapprochaient. Mais je n'osais pas crier. Il était là, à me fixer, attendant que j'avoue, que je promette.

Je le scrutai à mon tour. Le vide s'ouvrit de nouveau, l'angoisse me dévora. Une peur terrible glissa dans chacun de mes membres, de mes organes, de mon cerveau. Sa présence silencieuse me terrifiait. Et pourtant ce n'était que moi.

Alors je le poussai dans le vide, du haut de la falaise que nous longions. Il écarquilla les yeux de terreur lorsqu'il comprit. Le souffle coupé, il n'eut même pas la force de hurler son effroi. Je demeurai immobile. Ni choqué, ni apeuré, ni soulagé. Juste là.

— Hey, ici ! criai-je. Par ici !

Deux rangers émergèrent rapidement de la végétation. Ils portaient des sacs à dos et se précipitèrent vers moi. Ils m'allongèrent, m'auscultèrent tout en me donnant à boire.

Je vis alors le visage de ma femme apparaître au-dessus d'eux. Elle avait la main plaquée contre la bouche, elle pleurait.

Les rangers s'écartèrent pour la laisser s'agenouiller auprès de moi et elle serra mon visage en me couvrant de baisers.

— Vous avez eu beaucoup de chance, monsieur, me glissa le ranger qui terminait de m'examiner. Il ne vous restait plus beaucoup de temps à vivre. Vous pouvez remercier votre femme. C'est elle qui a donné l'alerte.

— Je voulais te faire une surprise en t'accueillant après ta balade. Tu m'avais dit que tu partais en trek d'une journée sur le Hald Dome Trail, alors je t'attendais au camp de départ. Quand j'ai vu que tu ne rentrais pas, j'ai appelé les secours. Ils ont diffusé une alerte à la radio avec ton signalement et un couple de randonneurs les a contactés pour dire qu'ils avaient vu quelqu'un te ressemblant sur le Bear Trail... On est partis immédiatement à ta recherche.

Je remarquai qu'elle prononçait *Bear Trail* comme si ce nom lui était devenu familier.

Les rangers nous expliquèrent qu'il était temps de partir et de me conduire à l'hôpital pour des examens plus approfondis. Ils passèrent devant et nous laissèrent un peu d'intimité.

— J'ai eu si peur, me dit-elle. Si peur de te perdre. Surtout avec ce type qui a renversé cette fille en voiture et qui a pris la fuite. J'avais peur qu'il ne te soit arrivé la même chose et que l'on ne te retrouve écrasé dans un fossé du parc.

La nausée me terrassa. Mais je réussis à rester debout.

— Quel type ? m'inquiétai-je.

— On ne l'a pas retrouvé, c'est bien ça le souci. Ce salopard a laissé crever la gamine et a comme disparu dans la nature. On sait juste qu'il a embarqué le sac de la petite. La police pense qu'il a dû aller la voir une fois qu'il l'a renversée, qu'il l'a probablement touchée pour voir si elle vivait encore et, comme il a eu peur d'avoir laissé ses empreintes sur le sac, il l'a pris avec lui...

Je détournai le regard pour qu'elle ne voie pas mes yeux, ni mon âme. Nous regagnâmes le camp de départ et l'on me prit en charge. Elle monta dans l'ambulance qui m'emportait vers l'hôpital. Assise à mes côtés, elle tenait ma main et me regardait pendant d'une secouriste me piquait le bras d'une perfusion.

— Ça va aller maintenant, mon chéri. Tu sais, moi aussi, je suis venue dans ce parc il y a quelques années et je m'y suis perdue. Mais tu vois, on finit toujours par s'y retrouver.

Elle me sourit de la façon la plus étrange qui soit en prononçant ces derniers mots. Son regard ne se détacha pas du mien pendant quelques secondes et elle détourna la tête.

Ta mère est partie avant moi, mais je n'ai jamais osé lui demander ce qu'elle avait sous-entendu ce jour-là. Et jamais elle ne me demanda de lui dire ce qu'il m'était précisément arrivé dans la montagne. Nous avons vécu toute notre vie dans un mensonge tacite. Par peur d'entendre la vérité sur l'un et l'autre, et peut-être, pire encore, sur nous-même.

Jean-Luc BIZIEN

LÉSION FATALE

À Ida et Claude Mesplède,
avec tout mon amour.

Hank « Rott » Weiler entra dans le commissariat en trombe. Mâchoires verrouillées, l'œil sombre, il piqua droit sur la meute d'anonymes qui se pressait au guichet de l'accueil. Accidents domestiques, vols à l'arraché, querelles de voisinage, elle était interminable la théorie de plaignants que le planton de service recevait au quotidien, avant de les diriger vers les officiers qui enregistreraient leurs lamentations.

Weiler ne ralentit pas l'allure. Il rentra la tête dans les épaules et adopta le balancement d'un boxeur poids lourd marchant à l'assaut de son adversaire. Sur son chemin, on s'écartait en hâte : quand il avait cette tête-là, mieux valait éviter le vieux flic.

Il gravit les escaliers menant aux bureaux, s'engouffra dans le sien, claqua la porte derrière lui et fila à la fenêtre qu'il ouvrit en grand. Sans se soucier du froid qui pénétrait en vagues glacées, le lieutenant alluma une cigarette, en tira une longue bouffée et expira lentement les volutes qui partirent vers les cieux en tourbillonnant. Il laissa dériver son regard sur les toitures couvertes d'une épaisse couche de neige, sur la rue où le ballet des voitures laissait des cicatrices boueuses, comme autant de bourrelets cicatriciels sur l'écume d'hiver.

Rott grimaça. Le froid était si intense qu'il faisait naître des gerçures sur ses lèvres. « Au moins, avait ricané le toubib de la police scientifique, par ces températures, les macchabées se conservent plus longtemps. Imaginez la même levée de corps en été ! »

Weiler téta encore une fois sa cigarette avant de l'écraser sur la neige qui ourlait la fenêtre. Il referma avec soin et partit prendre place derrière son bureau envahi de dossiers. Il se laissa tomber sur sa chaise qui gémit sous la charge et, d'une main nerveuse, défit sa cravate.

— Quelle merde... râla-t-il.

Au vrai, il y avait bien longtemps qu'une aussi sale histoire n'avait eu lieu dans son district.

— Faut croire qu'on perd vite l'habitude, souffla-t-il encore.

Weiler se massa les tempes en soupirant.

La journée serait longue.

On l'avait appelé aux aurores.

L'officier qui l'avait réveillé n'en menait pas large – on ne dérangeait pas « Rott » Weiler pour rien –, il s'était empressé de dresser un tableau approximatif de la situation pour justifier son appel. Le lieutenant s'était habillé en hâte, il avait sauté dans son véhicule de service et avait traversé la ville pied au plancher. Il découvrit la scène de crime peu avant l'aurore, dans le carrousel des gyrophares qui éclaboussaient la neige et les façades des immeubles de leurs couleurs sanglantes.

Le cadavre avait été trouvé sur le trottoir, au pied d'un immeuble où la victime louait un appartement, à quelques rues du campus universitaire. Un coin calme d'ordinaire – on n'y trouvait que des immeubles occupés par des retraités et quelques maisons dont les habitants, âgés pour la plupart, proposaient une chambre à la location pour s'assurer une présence et tromper un peu l'ennui.

Weiler avait salué ses collègues présents, avant de découvrir l'effroyable spectacle : la victime, un étudiant passionné de photographie, avait eu le crâne fracassé. À première vue, on s'était acharné sur lui à l'aide d'un fer à repasser, ou d'un objet métallique et lourd. Une véritable boucherie.

L'un des techniciens de la police scientifique avait exhibé fièrement l'arme du crime, trouvée à quelques pas. Il s'agissait d'une pelle de chantier, que les experts du labo avaient embarquée pour effectuer toutes les recherches habituelles – empreintes, traces d'ADN, etc.

À la seule évocation de la scène, Weiler fut pris d'un haut-le-cœur.

Il résista à la furieuse envie d'allumer une nouvelle cigarette.

— Tu vires gonzesse ! grommela-t-il. Ressaisis-toi.

Le médecin du district lui avait donné rendez-vous deux heures plus tard au labo où il procéderait à l'autopsie. Weiler haïssait cet endroit. Il vomissait la puanteur des cadavres, le bruit ignoble de la scie électrique sur les ossements, la bourrasque d'esquilles qui se répandait dans les récipients d'étain tandis que la roue dentelée traçait son sillon dans les chairs du défunt…

Une fois de plus, il songea à Martha. Il se remémora le visage défait du légiste, alors que les assistants déposaient le cadavre de son épouse sur la table d'autopsie. « Tu n'es pas obligé de rester… », avait glissé le doc. Mais Weiler n'en avait fait qu'à sa tête. Il était incapable d'abandonner sa femme, il se sentait coupable de n'avoir pas été là pour s'interposer. Il avait assisté à cette séance de découpage, qui le hantait depuis quinze ans et venait rôder en lisière de sa mémoire chaque fois que l'occasion se présentait.

Pour chasser ces images abominables – le toubib prélevant les organes de Martha pour les peser, les découpes successives, le corps qui s'affaissait lentement, comme aspiré de l'intérieur – Weiler se redressa et s'empara du carnet dans sa poche.

Rott Weiler était un flic à l'ancienne.

Un des dinosaures qui avaient survécu – nul n'aurait su expliquer par quel miracle – à toutes les vagues de jeunes loups formés dans les meilleures écoles. Ces types qui tenaient à la fois de l'enquêteur, de l'informaticien et du chimiste. Qui pouvaient seconder les médecins, se servaient d'un ordinateur avec l'aisance d'un ingénieur et entretenaient leur forme des heures entières à la salle de gym.

Hank ricana. Des putains de mannequins, qui auraient pu cavaler sur la plage en short rouge, tandis que défilait sur l'écran le générique d'*Alerte à Malibu* !

Même tes références sont datées, vieillard ! siffla une vilaine voix dans sa tête. En guise de réponse, Weiler émit un claquement de langue agacé. Il s'appliqua à chasser de son esprit la présence inopportune et se concentra sur la lecture de ses notes.

Renseignements pris sur les lieux, la victime avait une vingtaine d'années. Un gamin, nommé Pierre Waterman, qui se rêvait journaliste ou photographe. Il était arrivé au Canada quelques semaines auparavant. Américain, originaire de Brooklyn où il avait vécu jusqu'alors, chez une tante âgée. Le môme n'avait pas eu une vie facile : il avait perdu ses parents dès sa plus tendre enfance. Il était de ceux qui sont abonnés au malheur.

Putain de mélodrame ! songea Weiler. *Tout ça pour finir avec la gueule écrasée à coups de pelle...*

Il tourna quelques pages et relut les lignes concernant la petite amie de la victime.

Une dénommée Holmes. Marie-Jeanne Holmes. Un prénom désuet, pour une fille magnifique, aux grands yeux verts, à la chevelure flamboyante. Hank Weiler l'avait observée du coin de l'œil en arrivant sur les lieux. Les ambulanciers la prenaient en charge. Ils lui avaient glissé une couverture autour des épaules et l'emmenaient pour des examens complémentaires.

Weiler avait interrogé les policiers arrivés les premiers sur les lieux. On avait trouvé la fille en état de choc, au bas des marches de l'immeuble. Assise dans la neige, insensible au froid. Totalement mutique et les yeux fixés sur un point invisible. Weiler aurait aimé lui poser quelques questions, mais les toubibs étaient formels : la petite était incapable d'expliquer ce qu'il s'était passé. Il faudrait lui accorder du temps.

Dans la neige, à quelques pas de l'endroit où on l'avait trouvée, Waterman était prostré, comme tombé d'un poteau électrique ou d'un arbre. Sa posture aurait pu être comique si la neige à l'entour n'avait pas été constellée de projections de cervelle et de sang. L'assassin n'y était pas allé de main morte : la pelle de chantier qui avait servi au massacre était bosselée. Des travaux, entrepris pour entretenir le réseau de fibre du quartier, expliquaient sa présence à quelques mètres, au milieu d'autres outils de terrassiers.

— Original ! avait grasseyé Weiler. Utiliser une pelle et s'acharner aussi longtemps, quand n'importe qui peut se servir d'un flingue et régler la question en quelques secondes...

La pelle avait laissé une empreinte nette dans la neige durcie. L'assassin l'avait abandonnée sur les lieux du crime. Les types de l'équipe scientifique ne tarderaient pas à envoyer leur rapport, mais Weiler doutait qu'il fût probant : les hommes capables de commettre de tels forfaits n'étaient pas des dingues. De plus, il fallait une certaine puissance pour manier l'un de ces outils. Et celui qui avait fait ça, en obtenant un résultat aussi effrayant, était doté d'une force herculéenne. C'était probablement un professionnel, qui n'avait laissé aucune trace derrière lui.

« Pourquoi assassiner ce gamin ? » avait écrit Hank dans son carnet. La question était essentielle, il l'avait soulignée plusieurs fois. Waterman n'était qu'un môme, qui rêvait de proposer ses services au journal local, en attendant que sa fiancée ait terminé son cycle d'études. La petite Holmes aurait sans doute des choses à leur apprendre, quand elle sortirait de son silence. On l'avait conduite à l'hôpital, où elle recevait les soins appropriés.

Il n'y avait qu'à attendre...

Mais la patience n'était pas la principale qualité de Weiler.

Il décrocha le téléphone à la première sonnerie, écouta le compte rendu succinct du médecin de l'hôpital et se mordit l'intérieur des joues pour ne pas l'interrompre. La jeune femme était toujours en état de choc, mais rien n'interdisait son transfert.

— Vous avez pu échanger quelques mots ? insista Weiler. Avez-vous noté un élément qui puisse nous orienter ?

— Rien de probant. La seule chose qui paraît sûre, c'est qu'elle était sur les lieux au moment du meurtre.

— Vous voulez dire qu'elle y a assisté ? s'étrangla le lieutenant.

— Oui, confirma le praticien. Mais n'espérez pas une identification ni un portrait-robot. Dans son état, il faudra quelques semaines, peut-être quelques mois avant que la mémoire lui revienne.

— Quelques semaines... répéta Weiler dans un soupir. Et merde. Il faudrait réussir à la faire parler.

Il hésita une seconde.

— Docteur ?

— Oui ?

— Vous avez dit qu'elle était transportable ?

— Oui, lâcha le praticien comme à regret, mais n'espérez pas en tirer quoi que ce soit. Ce qu'elle a vu l'a laissée dans un état proche de la catatonie. Je veux bien signer l'autorisation de sortie, mais j'insiste : elle a besoin de soins et de repos. Vous devez comprendre que cette pauvre fille ne s'en remettra sans doute jamais...

— Son petit copain non plus, coupa Weiler.

L'autre resta silencieux, sans doute outré par la remarque du policier.

— Laissez-moi en juger, Doc, reprit Weiler dans une pauvre tentative de conciliation. Faites en sorte qu'on accompagne la gamine ici dans les plus brefs délais. Plus nous perdons de temps et plus les chances d'arrêter le tueur s'amenuisent.

— Je vais faire au mieux, grommela l'autre avant de raccrocher.

Rott Weiler posa ses larges paumes sur ses joues, qu'il frotta vigoureusement. Ce meurtre était stupéfiant. Rien n'y était juste : la victime sans histoire, le quartier si calme d'ordinaire, le témoin qui n'avait rien à faire là et l'arme du crime à la fois grotesque, improbable… et redoutablement efficace.

Le lieutenant empoigna de nouveau le combiné et composa le numéro de l'un de ses adjoints.

— Weiler, annonça-t-il quand il obtint son subalterne. Vous avez du neuf sur les gamins ?

— On a un problème, balbutia son subalterne en guise de réponse.

— Qu'est-ce que vous me chantez ? s'emporta Weiler. Je vous ai simplement demandé de faire une recherche d'identité, c'est quand même pas compliqué !

— Je sais que c'est difficile à croire, reprit l'autre après s'être éclairci la voix, mais Marie-Jeanne Holmes n'existe pas. Pierre Waterman non plus.

— C'est sûrement un problème passager de la base de données, éluda Weiler.

— Non, chef, vous pouvez me faire confiance : j'ai croisé tous les fichiers.

— Croisez-les encore ! ordonna Weiler en raccrochant avec colère.

Il resta interdit quelques secondes.

Les gamins *n'existaient pas* ?

L'affaire prenait une sale tournure.

De quoi pouvait-il s'agir ?

De terroristes infiltrés ? Waterman n'avait pas le profil. Il était discret, mais pas au point d'éviter tout contact avec le voisinage. Une rapide enquête de proximité avait permis de dresser le portrait d'un jeune sans histoire, certes réservé mais affable et prêt à rendre service quand l'occasion se présentait. Un premier de la classe, bien élevé – le gendre idéal. L'antithèse du terroriste rasant les murs pour éviter de se faire repérer.

Un programme de protection de témoins qui aurait mal tourné ? Là encore, Weiler n'était pas client. Si on pouvait parfaitement imaginer qu'un tueur avait retrouvé la trace de témoins en fuite, pourquoi avoir laissé l'un d'eux en vie ? Pourquoi ne pas avoir exécuté Marie-Jeanne ? Peut-être l'assassin avait-il été interrompu ? Craignant d'être identifié par un passant providentiel, il avait dû s'enfuir mais, le cas échéant, il avait sans doute prévu de revenir pour achever la besogne...

Weiler laissa entendre un rire grinçant.

— Que tu es con ! se réprimanda-t-il. Toujours prêt à inventer des explications abracadabrantes. Concentre-toi : tu as forcément tout sous les yeux.

Il entreprit d'éliminer les théories les plus fumeuses pour formuler une hypothèse de travail plausible. Le scénario d'un tueur professionnel lancé à leurs trousses ne tenait pas la route plus de deux secondes : la petite Holmes suivait des cours à la fac, elle y croisait des centaines d'autres étudiants tous les jours. Quant à son fiancé, il espérait se faire embaucher dans l'un des quotidiens locaux. On imaginait mal des fugitifs cherchant coûte que coûte à établir des liens sociaux et à s'afficher de la sorte. Les deux jeunes gens n'avaient donc aucun tueur aux trousses

Alors ?

Un nouvel appel téléphonique mit un terme aux réflexions du lieutenant Weiler.

Cette fois, c'était le médecin légiste qui venait lui livrer ses premières constatations.

— On recherche Hulk Hogan[1] ! s'esclaffa le scientifique.

— J'ai pas le temps de plaisanter, Doc... s'assombrit Weiler.

— Je ne déconne pas tant que ça, le rassura le médecin. Selon les premières constatations, l'assassin doit être très grand.

Hank émit un grognement en guise d'accusé de réception.

Encouragé, le médecin reprit :

— J'ai déterminé sa taille en tenant compte de l'angle des coups portés et du poids de l'outil : pour écraser le crâne de la victime en lui portant les coups de cette manière, il faut disposer d'une force de titan et que la pelle tombe d'une sacrée hauteur.

Hank laissa entendre un nouveau grognement.

— À vue de nez, Doc ? Le profil de notre tueur ?

— Pour pulvériser la boîte crânienne de cette façon, je dirais que notre homme mesure dans les deux mètres... Ça ne passe pas inaperçu.

Hank Weiler remercia chaudement son correspondant. Ce dernier promit de rappeler dès qu'il aurait achevé l'autopsie. Il n'eut pas le temps de terminer sa phrase : n'y tenant plus, le lieutenant avait raccroché pour libérer la ligne et appeler l'un de ses adjoints.

— Alertez toutes les patrouilles, ! ordonna-t-il. On recherche un colosse en vadrouille. Prévenez les aéroports, les postes de contrôle routier. J'attends que la fille arrive ici et j'essaie d'établir un portrait-robot. D'ici là, vous me coincez tous les types qui ont des physiques de lutteur et vous vérifiez leurs identités et leurs pedigrees. Au moindre doute, vous les coffrez et vous les amenez ici. C'est clair ?

Il raccrocha de nouveau, en proie à une excitation grandissante. Dans son esprit, les idées s'entrechoquaient. Il

1. Célèbre catcheur des années 1980, reconverti dans le cinéma d'action et la vente d'appareils de musculation, « Hulk » Hogan est un colosse qui mesure près de 2 mètres et pèse plus de 120 kilos de muscles.

savait que les pièces du puzzle ne tarderaient plus à trouver leur place, en s'imbriquant parfaitement les unes dans les autres. L'indication du légiste était inestimable : on tenait enfin une piste exploitable, qu'il convenait de suivre sans tarder – chaque heure, chaque minute comptait dorénavant.

On frappa à la porte.

— Ouais ! aboya Weiler, furieux d'avoir été interrompu.

L'un de ses sous-officiers, un certain Ditko, apparut dans l'encadrement de la porte.

— Chef, on vous amène la petite, glissa-t-il de cette voix fluette qui contrastait avec son physique de déménageur.

Hank Weiler lui accorda un simple hochement du menton. Ditko refusait de grandir : en surcharge pondérale évidente, il ne pouvait s'empêcher d'arborer un de ces tee-shirts que les *geeks* collectionnaient – une chose noire, moulant sa silhouette rebondie et affichant sur la poitrine un groupe de super-héros dont les exploits envahissaient les écrans depuis peu. Un géant vert, sans doute échappé des boîtes de maïs qu'il décorait d'ordinaire, un homme costumé de bleu, blanc et rouge, brandissant fièrement un bouclier rond, un autre dans son armure métallique rouge et or… autant d'Américains qui faisaient régner l'ordre (ou le chaos ? la question méritait, selon Weiler, d'être posée) au pays de l'Oncle Sam.

Weiler ne masqua pas sa désapprobation en esquissant une moue agacée – on était au Canada, Seigneur ! Pourquoi s'obstiner à faire la pub de tous ces *Yankees* ?

— Faites entrer ! ordonna-t-il.

Ditko fit signe aux deux flics qui encadraient la jeune femme. Marie-Jeanne Holmes pénétra timidement dans le bureau. L'espace d'un instant, Weiler fut attendri par le spectacle : ainsi, la gamine avait des allures de souris traquée par des gros chats.

Il se ressaisit *in extremis* et ne laissa pas naître de sourire sur ses lèvres. Il se contenta de désigner un fauteuil à la jeune femme. Cette dernière s'y réfugia, dans une posture réservée. Les mains posées à plat sur ses genoux serrés, les épaules légèrement affaissées.

— C'est bon, les gars, déclara Weiler. Merci.

Les deux policiers le saluèrent et, précédés par Ditko, ils quittèrent la pièce en refermant la porte derrière eux.

Resté seul avec la jeune femme, Weiler observa un moment de silence – le temps d'installer la gêne nécessaire à tout interrogatoire. Une méthode efficace, à part quand on avait affaire à un repris de justice chevronné, ce qui ne semblait pas être le cas de cette gamine apeurée.

Sitôt fait, il opta pour une rupture de ton brutale.

— Tout d'abord, mademoiselle, fit-il sur un ton sirupeux, permettez-moi de vous présenter mes condoléances pour la perte de votre petit ami.

Elle balbutia des remerciements, qu'il n'écouta pas.

Il enchaîna sur un ton rogue :

— Il y a cependant des zones d'ombre que j'espère vous allez éclaircir.

Marie-Jeanne Holmes se raidit.

— Quoi ? s'étonna-t-elle.

Weiler s'était levé. Il fit le tour de son bureau et vint lentement se placer devant le fauteuil de la fille, qui leva des yeux inquiets sur la silhouette massive penchée au-dessus d'elle.

— Je n'ai rien fait de mal… assura-t-elle dans un souffle.

— Je ne demande qu'à vous croire, assura Weiler d'une voix grondante, mais il va falloir me le prouver.

Il croisa les bras devant sa poitrine, adoptant une posture martiale.

La fille, visiblement très impressionnée, ne le quittait plus des yeux.

— D'abord, vous étiez des fantômes, M. Waterman et vous.

La petite Holmes se recroquevilla davantage dans le fauteuil, une antiquité qui fort heureusement pesait un âne mort : en adoptant cette attitude sur une autre chaise, la malheureuse serait probablement tombée à la renverse.

Weiler sentit qu'il avait pris l'ascendant. Il décida d'abattre ses cartes sans plus tarder :

— On va faire court, ma petite ! décréta-t-il. Vous et moi, nous allons gagner un temps précieux. Nous savons que Pierre Waterman est une fausse identité. Nous savons que Marie-Jeanne Holmes n'existe pas. Alors vous allez tout me dire et sans doute pourrons-nous comprendre pourquoi un tueur s'en est pris à votre fiancé.

Il s'interrompit. Devant lui, la rousse avait les yeux embués… mais elle ne le regardait plus. Elle fixait un point invisible, quelque part sur le côté. Vexé de ne pas avoir produit son petit effet, Weiler insista, dans un grognement menaçant :

— Assez joué ! Il va falloir tout me raconter, maintenant…

La jeune femme ne lui répondit pas. Ses yeux s'étaient arrondis, elle ne cillait plus. Elle glapit soudain de terreur et se leva d'un bond prodigieux, envoyant voler à l'autre bout de la pièce le fauteuil imposant qui demeura retourné, comme un monstre foudroyé par l'éclair.

Une seconde, Hank Weiler en demeura stupéfait. Puis il dévisagea la jeune femme. « Elle est capable de prodiges, se dit-il en serrant les mâchoires. Ce putain de fauteuil pèse aussi lourd qu'un piano… »

Il leva les mains en signe d'apaisement.

— Du calme. Expliquez-moi ce qui vous met dans un tel état…

Elle ne l'entendait plus.

Le souffle rauque, elle fixait le mur derrière lui.

Weiler pivota sur lui-même. Il nota sur la paroi, entre deux tableaux effaçables couverts de notes, la présence d'une petite araignée. Il se tourna à nouveau vers la jeune femme, vérifia que son regard pointait bien sur la bestiole et grimaça.

— Sérieux ? hoqueta-t-il. C'est ÇA qui vous met dans un tel état ?

Elle trouva la force de répondre par l'affirmative.

Pantelante, elle fixait la créature sans parvenir à détourner le regard.

Rott Weiler soupira. En quelques enjambées, il traversa son bureau. Il s'empara au passage d'un dossier cartonné, qu'il roula pour en faire une matraque.

D'un geste sec, il exécuta la petite créature. Il ramassa la forme repliée sur le parquet et, en la tenant par une patte, fila ouvrir la fenêtre. Il envoya voler le cadavre dans la neige.

— Lààà ! déclara-t-il en revenant sur ses pas. Voilà. C'est fait. Le monstre ne vous menace plus. On peut reprendre ?

Il marcha jusqu'au fauteuil qu'il redressa en ahanant. Il renonça à le pousser au travers de la pièce, l'abandonna à l'extrémité de la salle et invita de la main la jeune femme à le rejoindre. Elle finit par s'ébrouer et vint se rasseoir.

Weiler allait reprendre son interrogatoire, quand le téléphone sonna de nouveau.

Il reconnut aussitôt la voix du légiste.

— J'ai du neuf ! claironna ce dernier. Les premières conclusions étaient erronées.

Le lieutenant eut une moue agacée. S'il devait lancer un contre-ordre à toutes les patrouilles, les hommes du *precinct* ne se priveraient pas de le lui rappeler.

Il en entendrait parler longtemps.

— Allez-y, Doc, soupira-t-il.

— Les premiers coups de pelle ont été portés de bas en haut.

Hank Weiler tressaillit. *De bas en haut* ? Le légiste perdait la boule !

— Vous rigolez, Doc ? s'inquiéta-t-il. Ça n'est pas un putain de club de golf, c'est une pelle. Une pelle de chantier. Un outil lourd, difficile à manier. *A priori*, le tueur ne voulait pas lui décoller la tête, mais la lui écraser…

Il se souvint soudain de la présence de la jeune femme dans son dos et baissa le ton, gêné.

— Votre première idée était la bonne, Doc : le tueur est forcément un géant.

— À moins que... bredouilla le médecin légiste.

— Je vous écoute, capitula Weiler.

— ... que la victime se soit trouvée inversée.

— Inversée ? répéta le lieutenant sans comprendre. Vous voulez dire que le gamin marchait sur les mains ?

— Non ! ricana le légiste. Réfléchissez, lieutenant !

Weiler serra les mâchoires à s'en faire grincer les dents. Si en plus le médecin s'adressait à lui comme à un crétin, les choses risquaient de mal tourner dans les secondes à venir !

— Je suis trop vieux pour jouer aux devinettes, Doc, parvint-il à articuler en conservant son calme.

À nouveau, le légiste laissa entendre un ricanement – donnant à *Rott* Weiler une furieuse envie de tester la fameuse pelle sur son crâne – puis il consentit à une explication :

— Imaginez que le môme fasse le cochon pendu, déclara-t-il. Il a grimpé à un arbre et se balance à l'une des branches...

— Mouais, lâcha Hank sans conviction. Qui fait ça, de nos jours ?

Le médecin ne prêta pas attention à sa remarque. Il acheva sa démonstration en affectant de n'avoir pas entendu son interlocuteur :

— Si on le cueille d'un coup de pelle à ce moment-là, comme pour l'écraser, on lui donne bien un coup de haut en bas... mais son visage est atteint au menton, donc dans le sens inverse. Nul besoin d'être très grand pour porter la première attaque et, une fois que la victime est sur le sol, on peut très facilement l'achever.

Weiler visualisait la scène.

— Ça signifie que Waterman – ou quel que soit son véritable nom – connaissait son agresseur. Il a voulu lui faire une blague, qui a viré au cauchemar en...

La porte s'ouvrit soudain, laissant paraître l'officier Ditko. Visiblement inquiet, le *geek* balaya le décor, croisa le regard noir de Weiler et pâlit.

— Désolé, chef, bredouilla-t-il, mais j'ai...

Ditko s'interrompit. Le lieutenant le toisait avec cette mimique de dogue qui lui avait valu ce sobriquet de « Rott » Weiler. Soucieux de se dédouaner, l'officier désigna la jeune femme du pouce et poursuivit :

— J'ai entendu la petite qui hurlait et puis beaucoup de bruit... et puis plus rien. Du coup, je me suis dit que...

Il avait sans doute couru jusqu'au bureau et haletait sous l'effort. Sa respiration était sifflante. Des gouttes de sueur ruisselaient sur son front et ses joues, sa poitrine se soulevait sur un rythme saccadé.

Weiler allait le congédier quand son regard se posa sur le tee-shirt de Ditko.

Les super-héros s'y agitaient en cadence.

La vérité explosa soudain sous son crâne.

Les yeux arrondis par la stupéfaction, Weiler vacilla.

La scène prenait naissance en lisière de son esprit. Diffuse, d'abord, puis de plus en plus précise. Il voyait le gamin grimpant à l'arbre. Son air malicieux, tandis qu'il préparait sa blague potache. Weiler pouvait clairement l'imaginer, caché dans les branchages, attendant le moment propice, puis se laissant basculer, suspendu par les jambes.

Et puis il pouvait imaginer la surprise de la jeune femme.

Son cri de détresse, la terreur qui paralysait son esprit...

Et sa réaction soudaine, incontrôlable.

Primaire, brutale, aveugle.

Irréversible.

— Pseudos à la con, maugréa Weiler. Je t'en foutrais, du Pierre Waterman, du Holmes et consorts : une marque de stylo en chasse une autre, un détective célèbre prend la place de son bras droit et le tour est joué !

Il reporta son attention sur la jeune femme, toujours prostrée dans l'angle opposé du bureau.

— Vous ne vous appelez pas Marie-Jeanne, n'est-ce pas ? En tout cas, pas EXACTEMENT.

Elle le considéra avec gravité et finit par hocher la tête.

Le phrasé de Weiler s'accélérait :

— Et vous aviez tous les deux pris des pseudonymes pour être tranquilles chez nous. Un petit séjour au Canada, avant de retourner à Brooklyn, pas vrai ?

Nouveau hochement de tête.

— Vous n'avez pas toujours souffert de cette phobie, n'est-ce pas, mademoiselle Watson ?

— Je ne sais pas ce qui m'est arrivé ! gémit-elle. Peter pensait que le changement d'air me permettrait de me soigner, il...

Elle éclata en sanglots et réfugia son visage sous ses paumes ouvertes.

— Mon Dieu ! s'exclama-t-elle. Je ne voulais pas...

Ditko tourna vers Weiler un visage interloqué.

— Cette fille a tué l'un des plus grands héros américains, lâcha le lieutenant d'une voix sourde. Elle a massacré Spiderman.

À ces mots, Mary-Jane Watson fut secouée de sanglots.

Ditko laissa entendre un bruit étrange, entre le hoquet de stupeur et le gargouillis étranglé. Hank *Rott* Weiler secoua la tête de droite et de gauche.

— Passez-lui les menottes, ordonna-t-il non sans une pointe de regret.

Il suivit des yeux la jeune femme rousse, tandis qu'on l'emmenait vers les cellules. Sans doute serait-elle reconnue malade. Peut-être même sa condamnation serait-elle commuée en obligation de soins ?

Weiler conservait en bouche un parfum d'amertume.

Quand on souffrait d'arachnophobie, vivre avec la plus célèbre des araignées n'était pas une bonne idée.

Développé chez Julie et Jean-Luc Delouche,
dans le cadre du festival de Lisle-sur-Tarn,
achevé chez Ida et Claude Mesplède.
Septembre 2017

Armelle Carbonel

LIS MES NUITS...

Ça coule dans ma bouche, dégouline en bouillie sur mes lèvres. La substance ferreuse m'inonde de l'intérieur. L'impression de vide désolidarise mes mâchoires comme une anomalie étrangement exempte de douleur. Que m'arrive-t-il ? Où suis-je ? Je focalise mon attention sur ce qui m'entoure et prends conscience des points de contact de mon corps étendu sur un lit. Mes talons fusionnent avec le drap râpeux, mes jambes lestées de plomb creusent une tranchée en travers du matelas et mes épaules clouent mon buste à l'oreiller disproportionné. Quant à ma tête… Mon Dieu, ma tête ! Du fond de ce moi paralysé, je puise la force d'attraper un miroir de chevet – curieux objet… – et le tends devant un faciès ravagé. Mon gosier explose alors sous les vibrations d'un hurlement lorsque avisant un menton cruenté, je l'identifie au mien ! Le reflet tremblote nerveusement sur une vision horrifique. J'écarte mes lèvres sanguines pour sonder le désastre au-dedans… VOIS AU TRAVERS !

Et… je me réveille en sursaut, le buste projeté vers l'avant sous l'impact de mon cœur bondissant. L'environnement me paraît familier, rassurant, sans toutefois conscientiser mon esprit. Le brouillard de mon salon se dissipe lentement pour l'ancrer à la réalité. Combien faut-il de temps au cerveau pour s'accommoder des aspects rationnels et tangibles du quotidien ? Combien d'interminables secondes à souffrir de cette latence inconfortable, ce sas entre l'imaginaire et le factuel ?

L'horloge murale offre une réponse alarmante : 6 h 30 !

Ultime balayage visuel pour se réapproprier les lieux. J'entrevois ma bibliothèque *infernale* encombrée de manuels et de livres documentaires. Puis une planche montée sur tréteaux où trône l'outil miraculeux qui se chargera de conserver mon génie créatif sur un disque dur. Bientôt. Mais pas maintenant. Je ne suis pas en mesure d'aligner deux idées cohérentes.

Le film de ma nuit se décompose, hachuré en une succession d'éléments isolés. J'avale un fond de café froid. Grimace. File à la cuisine enclencher la machine qui m'en fournira une dose fraîchement moulue, grimpe à l'étage et rejoins ma salle de bains carrelée de frais. Cinq mois à redouter l'endormissement, à subir des assauts cauchemardesques à travers la fenêtre grillagée du sommeil. Cent cinquante nuitées en enfer tarifées diablement chères.

Une vérification s'impose. Je me plante face au miroir. Pas de sang apparent. J'hésite à franchir le cap suivant. *Ouvre la bouche ! Vas-y, ouvre-la pour une fois !* Deux belles rangées d'émail narguent mes angoisses. Instinctivement, je teste chacune d'elles d'un index hésitant… Et constate que tout est intact. Le nombre, la blancheur, tout. Parfait. Hormis mon humeur qui s'organise invariablement selon la volonté destructive de ma nuit.

Deux heures plus tard, mon portable se met à tournoyer sur lui-même en jouant le *Boléro* de Ravel. Je consulte l'écran tactile. Malheur à lui, mon directeur littéraire paiera les pots cassés de mes terreurs nocturnes. Je décroche, morose. Qu'il assume ses responsabilités tandis que je l'assomme de questions concernant les clauses de notre contrat.

— J'exige une copie intégrale de mon dossier, Georges.

— Tout est dedans… gémit-il, la voix couverte par le froissement du papier.

Frémissante au souvenir résiduel de ma nuit, je répète, affolée :

— Deux dents ?

— Sous enveloppe, oui... Le présent contrat, avenant compris, la lettre d'accord financier ainsi que le bilan annuel des ventes. Je poste l'ensemble aujourd'hui, ajoute-t-il, le regard certainement vissé à ses mocassins italiens.

Je le remercie – quoique sèchement – et m'empresse de raccrocher, un peu honteuse de transférer mes angoisses sur ce bon vieux Georges.

La matinée poursuit son hyperactivité. Je me persuade que tout va bien. Ces foutus maux de tête ignorent visiblement la portée de ma volonté. Claquemurée dans mon appartement, berceau de mon inspiration, j'épluche la paperasse entassée en prenant soin de ne pas renverser de café – une dose corsée à intervalles réguliers. Le breuvage miracle ne prodigue aucun effet, si ce n'est l'accoutumance psychologique créant un processus efficace pour entretenir ma tachycardie. Mon cœur s'en balance. Je valide donc le consensus.

Je nourris ma motivation à coups de touches forcées. L'emplacement est idéal pour offrir à mon imaginaire le luxe de vagabonder. Aucune barrière. Rien d'autre que l'horizon flottant comme une banderole par-delà les toits. La perspective d'un jour ensoleillé étiré à l'infini repousse les désordres de la nuit.

Peu avant midi, on frappe à la porte d'entrée. Mes doigts cessent de marteler les touches du clavier. Retour à la réalité redoutée de mon existence.

Il en aura mis du temps à rappliquer, je songe, exaspérée. *Il*, c'est Jim. « Mon mec à moi », comme dirait la chanson française. Si seulement *il faisait des rêves pour deux* ! Une bouffée de rage enfle soudain à l'intérieur de moi comme un ruisseau ronflant. Pourquoi ne partage-t-il pas mon lit ? Mes nuits ? La réponse dézingue mon reliquat de tolérance : sa femme n'apprécierait pas la garde alternée.

— Entre ! je hurle.

Jim s'immisce déjà dans l'entrebâillement. Son sourire me désarçonne. Je n'y résiste pas.

— Comment va ma Belle au bois dormant ?

Un tic nerveux agite mes joues fardées. *Sale con.* Je reformule ma pensée :

— Elle attend toujours que son prince vienne la réveiller.

Un ange *trépasse*. Le prince en question s'engouffre dans l'intimité de ma créativité et referme doucement la porte derrière lui. À l'abri des regards, à l'abri des commérages colportés par le voisinage... Situation follement excitante aux prémices de notre relation passionnelle, mais fatalement lassante au terme du cinquième mois.

— Tu as l'air épuisée, Aurora... Mal dormi ?

Sa prévenance me froisse, autant que ses absences. S'est-il seulement aperçu que j'écrivais ? J'en doute, vu la manière dont il focalise la transparence de mon chemisier.

Je l'observe avancer d'un pas, minauder et se tortiller lascivement comme un félin en pleine parade nuptiale. Mais le fauve se heurte à un abord un tantinet irritable.

— J'ai perdu mes dents, dis-je, d'un ton égal à celui que j'emploie lorsque j'avertis avoir acheté le pain.

— Tes dents... répète-t-il.

Jim sonde mes lèvres comme un orifice honteux maquillé de soie. Le rictus au coin des siennes exprime l'incompréhension, couplée d'une once de pitié. Son attitude frôle dangereusement la trahison compassionnelle.

— Encore un cauchemar... Ma bouche était... trouée comme un gruyère... je souffle, consciente de l'image absurde véhiculée par mes propos confus. Oublie ça ! Parlons plutôt de tes recherches. Tu as déniché l'article dont j'ai besoin ?

— Oui, patronne, lâche-t-il, guilleret – ce qui a le don d'attiser ma colère.

Puis il ajoute, sombre :

— Je ne comprends pas ton intérêt pour ce lieu sordide...

Je corrige :

— Fox Hollow Farm a son charme. La preuve, j'en fais la matière première de mon roman.

— À ce propos, j'envisageais un week-end en amoureux..., lâche-t-il en déposant une chemise cartonnée sur mon bureau.

— Et ta femme ?

Son air crispé vaut tous les affronts cumulés.

— Officiellement, je serai en séminaire... Mais je pensais que nous pourrions nous accorder un peu de bon temps au chalet ? Qu'en dis-tu ?

Le chalet des rivières. Le souvenir nostalgique de nos premiers ébats s'impose derrière la lucarne vitreuse de mes yeux. J'acquiesce. Contiens l'émotion que provoque l'invitation.

— Je dois boucler le premier tiers, fais-je en désignant l'écran.

— Aucun souci. Je tolérerai l'omniprésence de ton ordi entre deux siestes crapuleuses...

— C'est un bon compromis, affirmé-je, avant de laper ses lèvres si douces.

Lorsque mon prince s'éclipse pour rejoindre son palais à deux rues du mien, je m'autorise enfin à sourire. Un sourire parfaitement aligné à l'attrait qu'il suscite. Sans fêlure ni vide.

*

La douceur printanière de ce début de soirée explose dans une farandole de senteurs acidulées. L'auto fend l'air, habitée par l'illusion romanesque d'un amour vertueux. Moi, mordillant un ongle manucuré entre deux sourires complices. Lui, cramponné au volant, animé par la volonté farouche d'atteindre notre destination. La radio grésille sous l'habitacle. *Vivo per Lei* lénifie temporairement mes angoisses inexprimées.

— Deux jours rien qu'à nous, se réjouit Jim en sondant l'horizon brasillant.

Et deux nuits, ne puis-je m'empêcher d'appréhender.

— Et deux nuits, ajoute-t-il, comme s'il avait lu dans mes pensées. Tu devrais peut-être consulter un autre thérapeute au sujet de tes cauchemars. Voire envisager un court séjour en unité...

— Ne gâche pas tout.

Son regard dévie de la route pour s'agripper au mien.

Selon mon psy, l'assujettissement prédomine dans le schéma de mon développement mental. Du charabia médical se traduisant par une dépendance affective. Suis-je victime ou coupable si je refuse de songer au crépuscule, même blottie au creux de ses bras ? Si je repousse la nuit, même imbriquée à son corps ? Si je m'oppose à la terreur de ténèbres intimes, même cernées par elles ? Je craque :

— De toute évidence, tu me crois mûre pour l'asile.

Jim abdique en détournant la conversation :

— Au fait, j'ai réservé une table à l'*Amnesia* pour ce soir ! s'exclame-t-il, fier de son effet.

— Excellente initiative ! J'en *oublierais* presque ton allusion à l'internement !

— Qui parle d'asile ? Écoute, Aurora, je connais un éminent psychanalyste…

— Ne t'enlise pas, Jim. Les séances avec le Dr Natas m'aident bien plus que tes sermons. Profitons juste du moment présent… S'il te plaît.

Il hoche la tête comme on se désengage d'une banale conversation.

La solitude isole ma panique. Un processus courant dans l'état phobique. Je reporte alors mon attention sur l'asphalte filant à vive allure, l'auriculaire discrètement glissé entre lèvre et gencive.

Tout est sous contrôle.

Jusqu'au prochain chapitre de ma vie.

*

Sujet 0122.

Entretien préliminaire dirigé par le Dr John Natas.

La patiente présente des troubles phobiques associés depuis environ un mois. Nyctophobie sévère générée par l'émergence de l'onirophobie. Cauchemars récurrents à caractère violent attestant une défaillance narcissique brutale. Perte des dents et/ou des cheveux représente pour le sujet la peur panique de l'abandon. Le sentiment de culpabilité aggrave la pathologie. L'état phobique amène le sujet à rationaliser pour fuir la situation phobogène : prise excessive de caféine, hyperactivité – dans le seul but de « ne plus dormir ».

L'écriture intensive pallie ces heures « vides », favorise l'abréaction de ses fantasmes refoulés et diminue le risque d'automutilation et/ou de suicide.

Une séance hebdomadaire préconisée.

Fin de l'entretien.

*

Jim freine à peine, franchit l'épaisse ligne blanche censée le stopper. Le véhicule s'engage sur une voie rapide bordée de tulipiers. Il fait si noir à l'intérieur des bois qu'on se croirait errer au bord d'un gouffre. J'étouffe en silence. Le soleil couchant joue sur mes nerfs une étrange symphonie discordante oscillant entre attraction et répulsion. Un concert philharmonique des sens.

Je serre les mâchoires au point de les entendre grincer. La vision du chalet déclenche en moi un vertige incontrôlable. Je tangue entre deux états contraires. ballottée du bonheur à la terreur.

Les pneus crissent sur le gravier en soulevant un tourbillon de poussière. Derrière les vitres sales, le soleil s'incline en embrasant l'étendue sauvage. La nuit finira par tout engourdir jusqu'à ce que l'immobilité fige totalement le paysage. C'est ainsi que naissent les phobies : sur le territoire inquiétant du crépuscule, là où le pire semble irréversible.

— Viens, Aurora.

La voix de Jim se confond au brouillard de mon désarroi. J'ai soudain l'envie de fondre en larmes pour briser l'indifférence qu'il tisse face à ma souffrance. Je les retiens avec pudeur. Pour survivre au regard de l'autre, ne faut-il pas s'efforcer d'éloigner ses enfers personnels ?

Je m'extrais du véhicule et contemple le chalet isolé. La rivière hurle en contrebas. La forêt écorche le ciel de ses griffes recourbées. La beauté est définitivement relative. Tout dépend de l'individu qui en contemple les contours. Et ce soir, celle qui admire la mer végétale n'est plus l'auteur d'humeur capricieuse, mais l'amante crucifiée sur l'autel de l'adultère.

— Tout ira bien, assure Jim en m'enveloppant de ses bras.

Pourquoi ai-je l'impression qu'il me ceinture et m'étouffe ?

Jim m'embrasse tendrement...

Sa langue cisaille mon cou.

Il prend délicatement ma main et m'entraîne jusqu'au chalet.

J'entrevois les angles d'un caveau en bois.

Il est beau, Jim.

Beau comme une épitaphe gravée sur une pierre tombale.

*

L'*Amnesia* jouit d'un cadre somptueux et d'une carte aux mille délices. Attablés près de la baie vitrée, nous dégustons la pêche du jour. Jim admire le scintillement de la rivière sous la pâleur lunaire tandis que je me débats avec les pinces d'un crustacé. Tout, plutôt que me laisser avaler par l'obscurité. Les heures s'allongent en affres interminables dont je bénis déjà l'achèvement. Je me concentre sur l'appendice récalcitrant, l'arrache violemment, à tel point que mon coude se fiche entre les omoplates du client assis derrière moi.

— Pardonnez-moi, fais-je sans daigner me retourner.

L'homme toussote. Je n'y prête qu'une attention discrète, trop acharnée à décortiquer la bête qui semble se débattre au creux de mon assiette. Le borborygme se transforme en francs crachats. Je remarque que les autres clients focalisent désormais leur attention vers notre table. Leurs regards accusateurs me font l'effet de flèches tirées à bout portant.

— Aidez-le, il s'étouffe ! s'écrie une voix féminine.

Jim bondit de sa chaise et vole au secours de notre infortuné voisin de table. Un serveur s'empresse de faire volte-face avant de disparaître en cuisine – sans doute pour alerter les secours.

Les cris alarmés me parviennent lointains, déformés par la distance psychique que je crée intentionnellement. Crispée par l'émergence d'un sombre pressentiment, j'effectue une légère torsion du buste. Suffisamment pour constater la gravité de la situation. Un visage écarlate m'éclate en pleine figure.

Concert de cris. Cris de détresse. Détresse respiratoire.

Jim comprime le plexus de l'homme comme un forcené. Je pourrais presque entendre ses côtes se fêler une à une sous l'enrobage de graisse. Le *presque mort* me fixe étrangement. Je détecte dans son regard épouvanté une accointance avec mes propres terreurs. Peur de l'anéantissement, du néant.

Soudain, un sifflement aigu s'échappe de sa bouche entrouverte. Les encouragements vrombissent à travers la salle comme dans les gradins d'un stade. La gorge demeure obstruée. L'affolement collectif m'empêche de hurler lorsque je sonde le désastre au-dedans... et VOIS AU TRAVERS !

— Respirez, monsieur, c'est ça, respirez ! crie Jim, victorieux.

La femme qui l'accompagne à ce funeste dîner s'accroche amoureusement au cou du miraculé – à croire qu'elle cherche à l'étouffer une seconde fois ! Ses remerciements pleuvent en larmes de soulagement. Jim assure que son geste n'a rien d'exceptionnel. *C'est naturel*, répète-t-il en boucle, tandis que la *presque veuve* se répand en éloges.

Mes craintes s'ajustent au décor.

Absorbée par une réalité parallèle, la scène se poursuit au ralenti. Jim rejoint notre table. Ses lèvres remuent mais je suis sourde à ses mots, prisonnière d'un trouble hypnotique.

Ma vision épingle le sol.

À l'endroit exact où gît le morceau d'émail que l'homme a régurgité.

*

— Une coïncidence ? Bordel, Jim ! Ce type a avalé une dent ! Et tu prétends que mon cauchemar n'était pas prémonitoire ?

— Je crois que tu fais toute une affaire d'un simple hasard. Permets-moi de te rappeler que tu as forcé le destin en lui balançant un coup de coude dans le dos…

— C'est ma faute, maintenant !

De retour au chalet, Jim s'élance dans mon sillage tandis que je mobilise mon énergie à verrouiller portes et volets. Je vérifie par deux fois qu'aucun d'eux n'a échappé à ma vigilance. La menace extérieure NE DOIT PAS pénétrer à l'intérieur ! L'obscurité se plaque contre les vitres et tombe comme une lourde chape sur le toit… Elle écrase les murs, coule sa nébulosité entre les failles… ELLE FINIRA PAR ENTRER SI JE NE L'EN EMPÊCHE PAS !

— Aurora, calme-toi, tu veux ? C'était un geste involontaire, évidemment ! Je ne t'accuse de rien !

— Pire ! Tu me soupçonnes d'avoir provoqué inconsciemment l'accident pour donner corps à mon rêve !

— D'où tu sors ces conneries ?

Ah ça, il est beau, Jim, mais y a pas grand-chose dans l'encéphale !

— Laisse tomber, tu comprends rien de toute façon…

— T'as raison. Je suis un sinistre crétin. Et maintenant que tu as transformé notre nid douillet en véritable bunker, on pourrait peut-être aller dormir ?

Dormir. Décidément, il a le mot pour rire.

— J'ai du boulot, mais monte, je te rejoindrai plus tard.

Il hausse les épaules, se retranche à l'étage et m'abandonne face à ma pire ennemie. La nuit est partout…

Vingt-trois heures sonnent.

Et pour combattre l'hémorragie de mon imaginaire, j'enclenche la cafetière.

*

Sujet 0122.

Entretien n° 4 dirigé par le Dr John Natas.

La patiente présente de graves troubles anxieux. Elle prétend se sentir « menacée » par le monde extérieur lorsque celui-ci est plongé dans l'obscurité. Il semblerait que la proximité d'un point d'eau accroisse l'état phobique, l'obligeant à cloisonner le « dehors » du « dedans ». Ainsi, elle m'explique la manière dont elle définit un périmètre contre les dangers inhérents à la nuit. La notion de séparation (dedans, dehors) induit un effondrement identitaire.

Elle évoque sa récente liaison adultère. L'absence de place légitime dans ce couple appuie mon diagnostic.

J'en conclus que nous approchons le noyau phobique.

Outil thérapeutique envisagé : éradiquer la maladie d'un point de vue *anatomique*.

Fin de l'entretien.

*

Je m'acharne sur le clavier. Le cliquetis des touches m'ancre à la réalité alors que mon esprit vagabonde à Fox Hollow Farm. J'ai prétendu que ce lieu charmant consistait à nourrir mon roman. En vérité, la terreur qu'il m'inspire m'aide à occulter mes propres angoisses. C'est un peu comme atténuer une douleur intense en s'affligeant une blessure plus douloureuse encore. Qu'en dirait le Dr Natas ? J'envisage un instant de décrocher mon téléphone et prends conscience de l'heure indécente. Dommage, j'aurais pu lui raconter l'épisode du restaurant, évoquer le parallèle avec mon cauchemar sans être jugée ni moralement maltraitée. Mais je doute que mon thérapeute apprécie mon intrusion nocturne… Alors je relis le chapitre accouché à la faveur de la nuit et m'imprègne de l'atmosphère écrasante pesant sur l'ancienne propriété d'Herbet Baumeister. Une élégante maison de style Tudor jouissant d'un passé morbide plein de secrets non exhumés – au sens propre comme au figuré.

Mon rôle en tant qu'auteur de polars consiste à l'éclairer d'un avenir tout aussi horrifique.

Je remercie mentalement le Dr Natas. Sans son intérêt pour mes aspirations littéraires, je n'aurais jamais eu connaissance du sadisme sexuel pratiqué entre les murs de Fox Hollow Farm… L'assurance d'une inspiration illimitée ! Pas que je sois fascinée par le sujet… Au contraire, j'y puise un dégoût supérieur à tout ce que j'ai connu.

Encore une gorgée de café et mon estomac menace de se révulser. Je repose le mug d'un geste brusque. Mes doigts tremblent. Ma vue se trouble. Je perds le contrôle sur la nuit. L'épuisement incrémente la crise de panique. Je balaie le salon d'un regard fiévreux. Les boiseries ont perdu leur chaleur rassurante, évaporée dans le fantasme monochrome de mes phobies.

Dans un recoin obscur, je la vois, telle que vous me lisez. Absconse, inquiétante et pourtant bien réelle.

Je délie mon corps engourdi par de longues heures statiques et rampe dans sa direction.

Elle est là.

Elle m'attend.

L'entendement se dérobe alors que je contemple ma propre mort.

*

Sans transition, un souffle chaud incendie ma nuque. Une pression broie mes épaules mais un océan glacial ondule sous moi. Une juste définition de l'enfer. L'alternance de ressentis. Brûlure et engelure, tourment et plénitude. Le diable répète inlassablement mon prénom… *Aurora*… *Aurora*… Depuis le temps qu'il me nargue, je suis curieuse de voir sa gueule à celui-là ! Alors, dans un effort surhumain, une paupière se soulève, puis l'autre.

— Aurora !

Jim.

Je suis presque déçue de découvrir sa gueule d'ange penchée sur moi. Sans doute en raison d'une volonté inconsciente d'échapper à la réalité. La mort m'apparaît soudain libératrice. Je lui accorde cependant quelques décennies avant de me cueillir. Un miracle de l'amour, je suppose.

Mon super-héros me soulève de terre. Je ne pèse pas plus lourd qu'une poupée de chiffon entre ses bras, ni même dans son cœur.

— Je l'ai vue... je bredouille.

— Vu quoi ?

Il me porte jusqu'au sofa. Cale un épais coussin sous ma tête.

— Ma mort. Je me souviens de la chute. De l'impact. Et de mon corps gisant dans une flaque de sang... la bourbe engorgeait mes narines... Toutes sortes de fluides éclataient en bulles nauséabondes... Je...

Je désigne le renfoncement sous l'escalier. Évidemment, le sol est intact, tout comme l'embarras que j'éprouve en cet instant.

Jim m'enlace. J'ai la désagréable sensation que ses bras forment une camisole autour de moi.

— Aurora, je m'inquiète pour toi... À force de lutter, ton corps est en train de lâcher.

Et ma raison aussi.

— Je te conduis aux urgences, décrète-t-il.

— Pas question ! Tu penses réellement que les toubibs admettraient une patiente pour une overdose de cauchemars ?

— Tu souffres d'épuisement.

— J'ai dit « non ». Tu dramatises pour rien.

Le temps suspend son vol. La nuit a mis les voiles. La clarté d'un jour nouveau s'infiltre à travers mes barricades imparfaites. J'ai remporté la bataille, mais il me semble que la guerre n'en finira jamais.

— Jim, ouvre les volets, s'il te plaît.

Il s'exécute en bon petit soldat, oubliant déjà mon verbiage funeste. Je ne lui en tiens pas rigueur, *c'est un sinistre crétin* – je le cite.

Éblouie, je redécouvre la perfection de ses traits parfaitement symétriques. Étrange, cette subite envie de pleurer. Un peu comme si je l'avais déjà perdu...

Il est beau, Jim.

Beau comme une épitaphe gravée sur *ma* pierre tombale.

*

La journée se poursuit sous de meilleurs auspices.

Nous profitons des bienfaits de la nature rendue à l'état sauvage. Une longue balade sur les rives éclaboussées de soleil dissipe les scories de ma nuit. À l'heure du déjeuner, Jim désigne une crique où poser nos serviettes. Le coin respire la tranquillité. Le clapotis de l'eau douce léchant nos pieds nus rappelle à moi un puits d'espoir. Une coupe – en plastique – à la main, je savoure les notes légèrement fruitées d'un champagne grand cru. Trois rasades plus tard, ma tête commence à tourner, alors je m'allonge, lâche prise, offerte et soumise à la tendresse...

Un son inopiné dans ce décor paisible m'arrache une grimace. Ma tête pivote vers la droite. Jim me tourne le dos, hermétique à mes sollicitations passives. Il n'a même pas pris la peine d'éteindre son portable !

— C'est qui ?

Je ne suis pas certaine de vouloir entendre la réponse.

— Mmm ?

Pathétique tentative d'évitement.

— Qui t'écrit ?

— Ma femme.

— Ah.

Perplexe, je colle mon corps contre le sien et glisse le menton au creux de son épaule. Jim referme précipitamment le clapet, occultant la teneur de son mensonge. Car il est évident qu'il ment. Irritée – tant par son attitude que par la mienne – je bascule à nouveau sur le dos, l'échine douloureuse et le cœur chiffonné.

— Je vais me baigner, lâche-t-il.

Ma présence ne semble pas requise.

Je l'observe disparaître dans les eaux tièdes et reporte mon attention sur l'objet inanimé près du sac rempli de vivres. Ce machin doté d'un étui noir prend soudain tout l'espace de mon champ visuel. L'obsession vire à l'action. Mes doigts s'acharnent-ils vraiment à déverrouiller l'écran tactile, testant d'innombrables schémas incorrects ? Frustrée, je balance le téléphone bien en évidence sur la serviette de Jim, dans l'espoir qu'il remarquera ma tentative d'intrusion.

La confrontation est inévitable. Je supporte difficilement la place inconfortable qui m'est réservée dans sa vie.

Alors que Jim joue les naïades, la réflexion émise par le Dr Natas à son sujet s'impose à moi. Si cet homme représente un frein à mon épanouissement, alors il constitue un réel danger. *Au même titre que la gangrène dévore le corps, il conviendrait d'éradiquer la maladie*, a-t-il préconisé. Je ne suis pas encore prête. Rompre est une forme d'abandon. Plutôt mourir...

*

Sujet 0122.

Entretien n° 5 dirigé par le Dr John Natas.

La patiente évoque spontanément la vie monastique de sa mère, en raison de l'absence de figure masculine dans son entourage immédiat. Je l'interroge sur leurs rapports mère/fille. Elle qualifie sa relation d'« harmonieuse ». Le sujet mentionne un souvenir prégnant.

/ Transcription des propos recueillis /

— Maman me chantait une berceuse chaque soir pour m'endormir.

— Quel âge aviez-vous ?

— Je ne me rappelle pas.

— Que ressentiez-vous en écoutant la voix de votre mère ?

— Je ne sais plus…

— Un sentiment de sécurité ? De protection ?

— Non. Enfin, oui, je suppose. Je vous répète que je ne me souviens pas.

— Et la mélodie, pourriez-vous la fredonner ? Quel message véhiculait cette berceuse ?

— *Dors*…

— Dors ?

— Elle commençait par *Dors*.

— La suite vous revient-elle, Aurora ?

Le sujet fronce les sourcils, répond par la négative. Son langage corporel traduit une profonde contrariété. Je la rassure sur le caractère superficiel de cet échange infructueux et embraie sur sa relation amoureuse avec Jim. Une thématique récurrente satisfaisant ses attentes.

— Comment sait-on qu'on aime, docteur ?

— Quand on cesse de se poser la question.

Les traits crispés de la patiente se détendent. Fait rare, un rire cristallin fuse entre ses lèvres.

Je lui fournis exactement la réponse qu'elle espérait.

Fin de l'entretien.

*

La ligne d'horizon se démarque comme un ruban sombre flottant sur la rivière. Une bruine tiède annonce la couleur de cette fin de journée. Recroquevillée sur ma serviette, je frissonne et crains le crépuscule annoncé par les aiguilles folles du temps. Mon dernier cauchemar remonte des profondeurs de ma conscience et stagne désormais à la surface. Je me souviens de la chute. De l'impact. De mon corps gisant dans une flaque de sang, de la consistance vaseuse obstruant mes voies respiratoires. *J'étouffe !* Et s'il s'agissait d'un rêve intuitif, tout comme le précédent ? *Reprends-toi, Aurora. Tu finiras vraiment à l'asile avec de tels délires.* Alors je bois pendant que mon prince barbote.

Au bout d'un temps certain, Jim s'ébroue en sortant de l'eau. Ses muscles saillent sous sa peau hâlée comme une friandise à laquelle on ne peut résister. À défaut, j'avale une dernière gorgée de champagne, histoire de combattre mon désir boulimique. Je prends conscience que ce sont *eux* qui me dévorent. Lui et ses mensonges, lui et sa tendresse chronométrée par l'alliance vissée à l'annulaire. Le Dr Natas soutient que Jim détient sa part de responsabilité dans la manifestation de mes angoisses. Le déni rendait jusque-là l'option inacceptable. Mais la patience et l'expérience de mon thérapeute ont eu raison de mon obstination. Il me reste un pas à franchir pour atteindre la guérison... Mais je recule de deux enjambées lorsque l'objet de mon amour me domine en masquant un horizon déprimant.

— Ça fait un bien fou ! Tu aurais dû venir te baigner, Aurora.

— Tu ne me l'as pas proposé, je réponds d'un ton boudeur.

— J'ignorais qu'il te fallait ma permission, plaisante-t-il.

Jim enroule une serviette éponge autour de sa taille. Son regard s'arrête un instant sur son téléphone portable. J'attends une explosion de reproches, un feu d'artifice d'interrogations, mais rien ne cille. En lieu et place d'une déflagration verbale s'installe un silence pesant, seulement troublé par le clapotis d'une pluie fine à la surface de l'eau. Et s'il cumulait les conquêtes ? Si d'autres femmes se couchaient sur la liste de ses infidélités ? Je refuse d'envisager l'idée. Elle me cisaille le ventre, de désir et de rage. Je suis tout et son contraire lorsqu'il est question de Jim...

J'essaie de me remémorer les conseils avisés du Dr Natas en pareilles circonstances, mais ils m'échappent, rattrapés par un cocktail d'émotions – colère, tristesse, peur.

— Viens, on rentre, fait Jim en remballant les vestiges de notre pique-nique avorté.

De retour au chalet, je m'installe devant l'ordinateur sans me préoccuper de l'activité alentour. Je perçois un crissement en provenance de la cuisine. Sans doute Jim répare-t-il tout ce qui est réparable. Une manière comme une autre d'occuper un esprit contrarié. Le mien s'attelle à l'exploration de Fox Hollow Farm, ses mystères, ses occupants démembrés et enterrés. Entre deux pages d'écriture vomitives, je fais couler un café.

Je planche sur la complexité du protagoniste, Herbert Baumeister[1], que j'ai doté du prénom *Jim* pour les besoins de ma fiction. Ils n'ont strictement aucun point commun, mais j'ai besoin de repères pour éprouver de l'empathie envers ce monstre de perversité. Je l'ai solutionné en modifiant son identité. Suggestion de mon thérapeute.

La fringale rappelle à l'ordre la réalité.

Ce soir, pas de dîner romantique dans un restaurant chic. Je ne l'ai sans doute pas mérité… Nous nous contentons des restes fadasses du déjeuner. Et de ma verve tenace.

— Jim, tu quitterais ta femme pour moi ?

— Je le ferai.

— Quand ?

— Bientôt.

— Bientôt, c'est déjà bien tard…

— Pourquoi tu fais ça, Aurora ? On aurait pu vivre deux jours idylliques et tu…

— Je gâche tout, c'est ça ?

— Exactement.

Jim se tortille sur sa chaise. Un craquement dans l'air. Le salon ne m'a jamais paru plus hostile qu'à cet instant. La nuit se plaque aux volets clos. Je la sens ramper, reptilienne, collée à la peau pierreuse des murs.

— Tu veux un café ?

Jim opine du chef, désarmé par mon brusque changement d'humeur.

Tant mieux. Car je solliciterai sous peu toute son attention à l'annonce du *polichinelle* grandissant dans mon tiroir…

---

1. Tueur en série américain.

*

Sujet 0122.

Entretien n° 6 dirigé par le Dr John Natas.

La patiente présente des signes d'agitation. Elle refuse d'entamer la discussion, camoufle ses émotions derrière des gestes secs et nerveux.

/ Transcription des propos recueillis /

— Vous avez l'air préoccupée, aujourd'hui. Que s'est-il produit dont vous souhaiteriez me parler ?

— Je suis enceinte.

— De Jim ?

— Bien sûr ! De qui d'autre ?

— Il est au courant ?

— Non. J'ai peur de...

— Peur de sa réaction ? C'est naturel. Mais vous devez le lui annoncer, quelle que soit votre décision pour la suite.

— La suite ?

— Vous voulez ce bébé ?

— Oui. Mais ce n'est pas l'objet de ma contrariété.

— Je vous écoute.

— La berceuse que fredonnait ma mère... Je m'en souviens à présent. Depuis, mes cauchemars ont empiré en fréquence et en intensité... J'ai l'impression de les vivre, pour de vrai ! Je ne m'autorise plus à dormir, docteur, vous comprenez ?

(Silence.)

— Pourriez-vous me la chanter, Aurora ?

(La patiente me dévisage, épouvantée.)

— Oui... « Dors... »

(Le sujet fond en larmes.)

— Tout va bien, Aurora. Vous êtes en sécurité. Rien dans ce cabinet ne peut vous nuire.

(Je lui tends un mouchoir. Elle s'en saisit et reprend d'une voix chevrotante.)

— Dors, mon petit Jimbo. La forêt est tout endormie. Tu pourras jouer avec l'eau. L'eau de la rivière est jolie. Dors, mon petit Jimbo, depuis qu'le monde roule sa bosse, de tous les animaux, les hommes sont les plus féroces. Mais le petit Jimbo n'entendit pas la chansonnette car il s'est endormi trop tôt. Il est mort d'une balle dans la tête. L'âme du petit Jimbo s'en alla retrouver les anges. Il est bien mieux là-haut. Il se prend pour une mésange... Dors, mon Jimbo chéri, au ciel la vie est agréable. Il n'y a pas d'homme en paradis, ils sont en enfer près du diable. Dors, petit éléphant... Dors...

(Silence.)

— Voilà donc le déclencheur de l'onirophobie dont vous souffrez depuis plusieurs mois.

— Expliquez-moi... je ne comprends pas...

— Les paroles sont terrifiantes, vous en conviendrez. Mais elles sont bien plus que cela. Votre psyché a intégré un message selon lequel « dormir » est synonyme de « mourir ». Ce petit éléphant décrit dans la chanson est tué durant son sommeil. Vous vous identifiez inconsciemment à ce personnage. Le danger vient de la nuit, car elle-même appelle au lâcher prise conduisant à des cauchemars récurrents. Le miroir de votre propre mortalité. Ce que j'essaie de vous dire, c'est que votre interprétation infantile génère vos phobies d'adulte.

— Sans doute. Mais pourquoi maintenant ? Après tant d'années ?

(Silence.)

— Aucun détail ne vous choque dans cette chanson ? Pas de résonance en votre for intérieur ?

(Silence.)

— Réfléchissez-y, Aurora. Et lorsque vous obtiendrez la réponse, éradiquez le mal avant qu'il ne vous détruise. Je sais à quel degré l'abandon culmine sur l'échelle de vos peurs. Et si vous optiez pour une solution plus... radicale ? Une délivrance irréversible ? Je vous ai livré les clés. À vous d'ouvrir la porte.

— Et comment saurai-je que le moment est venu d'ouvrir cette porte ?

— Lorsque vous cesserez de vous poser la question. Fin de l'entretien.

*

Le café amer me brûle l'œsophage. Je ne supporte plus le silence installé entre nous, à l'instar d'un invité indésirable qu'on ne parvient à ficher dehors... *Dehors*... Et si *nous* lui faussions compagnie ? Le silence n'a qu'à rester. Je refuse de l'accueillir plus longtemps. Quitte à braver l'extérieur. *Éradiquer le mal avant qu'il ne me détruise.*

— On part en balade ? je lance.

— Tu veux dire... maintenant ? En pleine nuit ?

L'espace d'une seconde, mon courage manque se rétracter. Mais je tiens bon face aux manipulations mentales qui se heurtent sous mon crâne en hurlant *Attention, danger ! La nuit est un gouffre où règnent les ténèbres, tu vas mourir, n'y va pas !*

— Oui, maintenant.

Une lueur étrange brille dans le regard de Jim. Comme s'il avait attendu ce moment toute sa vie. Il attrape une veste, recouvre mes épaules. Et nous voilà projetés dans un monde pétri d'obscurité et de sons terrifiants.

Le chalet des Rivières s'éloigne tandis que nous empruntons un chemin le long des eaux noires. Les ombres dansent sur l'empire liquide soumis à la fragile pâleur lunaire. Je frissonne, pose une main sur mon ventre fertile. Pour rassurer la vie qui palpite en moi. Éloigner les démons intimes ralentissant chacun de mes pas.

Jim me serre contre lui.

Il est beau, Jim.

— Il recommence à pleuvoir. Viens, je connais une grotte où nous abriter, dit-il en pressant l'allure.

La cavité, perchée à flanc de montagne, nous aspire comme une bouche béante et insatiable. Un escalier naturel permet l'accès à cet abri de fortune. Jim balaie les marches inégales à l'aide de la torche intégrée à son portable. Le faisceau lumineux rivalise difficilement avec la nuit. Il déforme les ombres mouvantes qui glissent inlassablement sous nos enjambées. Plus nous prenons de la hauteur, plus mon malaise s'accentue... Effrayée, je sonde l'obscurité, la roche humide battue par un ciel en larmes. La sphère opaque se resserre autour de nous. Tous mes sens se cristallisent en une seule émotion. La terreur ! Une menace invisible me pénètre, fige le sang dans mes veines. Suis-je en train de rêver ? Évidemment, je dors ! Tirez-moi de ce cauchemar ! Réveillez-moi ! Sortez-moi de là... je vous en prie...

— Aurora ? Tu trembles ! Ça ne va pas ?

Bien sûr que non, pauvre con ! Regarde autour de nous ! La nuit est partout ! Mes jambes flanchent et mon cœur a cessé de pomper depuis... depuis quand, déjà ?

— Viens t'asseoir, ma chérie. Je pressentais que cette virée nocturne n'était pas une bonne idée...

Alors tu aurais dû m'en empêcher ! Réveille-moi, maintenant ! Ça suffit !

Mais le vide persiste et m'attire, et la pierre suinte au fond de la grotte, et le paysage aveugle grignote ma raison disséquée en parcelles infertiles. Je suis bel et bien là, plantée près d'un gouffre humide.

— Jim, je suis enceinte.

Un oiseau survole la rivière en hurlant et se fond dans le ciel d'encre. Puis plus rien. Se pourrait-il que le silence nous ait suivis jusqu'ici ?

— Enceinte de combien ? interroge soudain Jim, calculant déjà les probabilités d'un avortement.

— Je mesure le choc d'une telle nouvelle... Digérer l'information nécessite un certain temps, mais imagine le bonheur d'être père et...

— Je suis marié, Aurora.

Le ton tranchant de sa voix fend l'air oppressant et se plante en pleine poitrine. Là où mon cœur loge habituellement. La douleur est curieusement minime. Même lorsque le signal d'un message résonne sous la voûte aqueuse. Jim s'éloigne de trois pas. Consulte son portable, le nez vissé à l'écran.

— Qui peut bien t'écrire à cette heure, Jim ?

Il ne répond pas. Se contente de pianoter.

Éradiquez le mal avant qu'il ne vous détruise.

Je m'approche de lui. Son visage éclairé révèle sa perfection envoûtante, l'intensité mystérieuse de son regard. Les raisons pour lesquelles je sais que jamais je ne survivrai à la séparation qui le conduirait dans les bras d'une autre... Alors je tends les deux bras. Deux ressorts boostés par l'adrénaline phobique. La mince rambarde n'y résiste pas.

Chute libre.

Accélération.

Point d'impact, fatal.

Et l'ultime délivrance, enfin.

Il était beau, Jim...

*

Sujet 0122.

Entretien n° 7 dirigé par le Dr John Natas.

/ Transcription des propos recueillis /

— Alors, comment vous sentez-vous aujourd'hui ?

— Vivante...

(La patiente caresse son ventre. Je remarque que celui-ci commence à s'arrondir.)

— Qu'entendez-vous par « vivante » ?

— J'ai éradiqué le mal, docteur.

— Pourriez-vous expliciter ?

— Je ne me suis pas posé de questions, j'ai agi de manière impulsive.

— Je crains de ne pas vous suivre...

— Mes cauchemars ont cessé depuis que Jimbo est mort.

— Jimbo ?

— J'ai dit Jimbo ? Un lapsus, sans doute ! Je parlais de Jim. Une chute fatale. On a retrouvé son cadavre disloqué gisant dans un bain de vase. Il était…

— Beau, Jim.

— Oui. Vous aviez raison, docteur. L'abandon m'est intolérable. Mais la trahison davantage encore.

— Il vous avait trahie ?

— Je ne le saurai jamais… Son téléphone a péri avec lui. La confession d'un crime relève-t-elle du secret professionnel, docteur ?

— Croyez-le ou non, dans mon cabinet, la notion du crime est relative… Cependant, une enquête pourrait conduire à des indices vous incriminant… Y avez-vous songé ?

(La patiente inspire profondément.)

— Vous oubliez ma culture en matière de criminologie. Écrire des thrillers exige des connaissances élémentaires. J'avoue qu'élire domicile dans la tête d'Herbert Baumeister a servi ma guérison…

— À ce propos, où en est votre roman ?

— Je l'achève ce soir.

— Toutes mes félicitations, Aurora ! Je savais que l'atmosphère de Fox Hollow Farm faciliterait la créativité… Parfait, je juge donc inutile de programmer une autre séance ?

(Le sujet s'éclaircit la gorge. Un filet de voix s'échappe de ses lèvres humidifiées par une langue impudique.)

— Au contraire, docteur… Un abonnement à vos bons soins s'avère indispensable ! Savez-vous quel air me trotte dans la tête continuellement ? Au point de refréner des ardeurs inavouables ?

Are You Sleeping, Brother John[1] *?*
Are you sleeping ?
Are you sleeping ?
Brother John,
Brother John ?

1. *Frère Jacques* pour la version française.

Morning bells are ringing.
Morning bells are ringing.
Ding, dong, ding.
Ding, dong, ding...

— Aurora, vous souffrez visiblement d'érotomanie. C'est une pathologie fréquente de la part d'une patiente à l'égard de son thérapeute. Et je suis en devoir de neutraliser ce type de déviances...

— Que préconisez-vous ?

— Ce que j'enseigne. Éradiquer le mal.

Fin du sujet 0122.

De Sonja DELZONGLE à

PHOBIA

(Hommage à Lars von Trier)

Jocelyne.

À lire dans le noir...

Observatoire d'Alma, Nord-Chili, 17 août 2017, altitude 5 100 m

Sans quitter des yeux les écrans de contrôle, confortablement calée au creux de son fauteuil à mousse ergonomique au camp de base de l'observatoire d'Alma, à une altitude de plus de cinq mille mètres, Iska mord à pleines dents son sandwich, deux tranches d'un pain de mie aussi mou qu'une éponge, entre lesquelles sont prises une feuille de laitue, une lamelle de tomate verte, une lichette de fromage, un steak haché froid et une rondelle d'oignon rouge. Ça s'appelle un cheeseburger. La jeune femme, la trentaine, fait partie des cent vingt astronomes du site sélectionnés sur des critères drastiques : une vision irréprochable, aussi affûtée que celle d'un pilote d'essai, un mental d'acier, un calme à toute épreuve et une excellente condition physique en plus d'études supérieures en astrophysique, ingénierie, mathématiques et administration. Sans oublier la pratique d'au moins cinq des dix-huit langues utilisées à l'observatoire international d'Alma. Des compétences associées dans un seul but, scruter l'Univers.

Tel était le rêve d'Iska, née à San-Pedro de Acatama, le premier village des environs, à une cinquantaine de kilomètres du site où l'air est le plus sec au monde et où la

Voie lactée est visible à l'œil nu. Sa mère l'avait expulsée de son ventre au moment où tous les regards étaient rivés sur la comète de Halley, ce 9 février 1986.

Trente ans plus tard, la jeune Iska, dont le prénom, sans doute prédestiné, signifie « qui observe, qui regarde », est l'une des astrophysiciennes les plus douées de sa génération. Mais de sa jeune vie au village, elle n'a rien oublié et a même gardé ses deux épaisses nattes noires aux reflets bleutés, de chaque côté d'un visage couleur terre, éclairé par des yeux d'ambre soulignés par de longs cils sombres élégamment recourbés. Une beauté indienne que l'on verrait davantage s'épanouir sous les feux des projecteurs et devant les caméras, plutôt que devant des écrans d'ordinateur. Mais rien n'aurait détourné la comète Iska de sa trajectoire qui, un jour, l'a ramenée ici, non loin de son village natal, sur les montagnes sacrées de ses ancêtres, après de brillantes études entre Paris et Santiago. Qui l'aurait cru ?

Qui aurait alors parié sur la naissance, au sommet du haut plateau andin de Chajnantor, au nord du Chili, dans le désert d'Atacama où rien ne pousse, à cinq mille cent mètres d'altitude et entouré du Licancabur, le légendaire volcan du Chili, du Cerro Toco, du Chascon et du Lascar, de l'observatoire le plus puissant du monde, capable de percer le mystère de la naissance des étoiles en même temps que celui des origines de notre planète ? Mais Iska aurait encore moins parié sur la découverte qu'elle allait faire… Une découverte qui impliquerait l'avenir de l'Humanité. Une découverte magistrale, unique, sous la forme débutante d'un grain, d'une poussière dans l'œil de l'Univers qui, bientôt, s'avérerait être une bombe dans sa communauté scientifique.

Quelque temps avant ce 17 août 2017, que l'on inscrira sans doute dans l'Histoire, la grand-mère d'Iska lui est apparue en rêve, vêtue d'une parure inca aux éclats vermeils. Le visage et le pourtour de la bouche sabrés de rides aussi nettes que si elles avaient été tracées au couteau et les iris incolores, aussi transparents que l'eau d'un torrent.

— *Ma petite fille, je suis venue des montagnes éternelles te dire cette chose : toute civilisation, comme celle de nos ancêtres incas, est un jour amenée à disparaître. Dévorée par ses propres peurs et sa cupidité, elle s'anéantit toute seule, dans un déclin plus ou moins rapide. Tu connaîtras la fin de cette civilisation. Et tu en seras même le messager. Oui, Iska, ne me regarde pas comme ça. Tu travailles presque au sommet du monde, là où les yeux de la Terre sont braqués sur l'infini. Quelle ambition ! Quelle prétention, de regarder le divin dans les yeux ! C'est de là que viendra ce qui perdra notre civilisation. Moi, j'ai fait mon temps, je suis venue dans ce monde et en suis partie. Mais toi, tu es là et tu verras. Tu auras cette chance, ce privilège. Pourtant, il te faudra du courage, beaucoup de courage et de force. Même la connaissance ne pourra sauver l'humanité. Parce que sa fin est déjà en marche. Nous sommes programmés pour apprendre. Nous passons notre vie à apprendre ce que nous savons déjà en réalité. Et toi, ce que tu vas apprendre, au fond, tu le sais, depuis ta naissance. Voilà, ma petite fille, ce que je voulais te dire. La lumière est déjà en toi. Il n'y a plus qu'à aller vers elle. Le moment venu, tu sauras. Et maintenant, adieu, bénie sois-tu.*

Iska s'était réveillée en sursaut, la vision se dissipant en même temps qu'un reste du parfum boisé de sa grand-mère. Elle avait réfléchi à ce rêve, cherché à en comprendre les raisons, plus qu'à interpréter les « mots » de sa grand-mère qui, pour une scientifique comme elle, ne pouvaient être qu'une production de son propre inconscient. Et le « message » avait fini par s'estomper au fil des jours. Jusqu'à celui-ci, où il allait prendre tout son sens.

Telles des sentinelles géantes bravant les vents glacés de ces montagnes des Andes depuis l'inauguration du radiotélescope de l'Alma en mars 2013, une armée de soixante-six Cyclopes de cent à cent vingt tonnes braquent de concert leur œil unique vers le ciel pour en atteindre les profondeurs abyssales, là où règnent l'obscurité et le froid absolus, où flottent comme dans un liquide amniotique planètes, étoiles, naines, astéroïdes et météorites, réunies dans le magma laiteux des galaxies. De sept à douze mètres de diamètre, faite de nickel, de rhodium et de fibre de carbone, chaque antenne est conçue pour étudier le rayonnement millimétrique et submillimétrique. Ce qui signifie que dans les parties millimétrique et submillimétrique du spectre magnétique produit par les paraboles de l'Alma, d'opaque et sombre, l'Univers est devenu limpide, aussi transparent que du verre.

Au moment où Iska effectue sa troisième heure d'observation de cette fin de journée au camp de base situé à vingt-huit kilomètres du plateau de Chajnantor, un vent violent se lève sur les hauteurs, faisant hurler les paraboles qui encaissent sans bouger les rafales à plus de cent kilomètres/heure. Le sable qu'elles soulèvent crépite sur les panneaux comme de la grêle. Les visuels sur les écrans se brouillent par intermittence. Les images qui parviennent aux astronomes sont reconstituées par une machine aux performances inégalées dans le domaine, un supercalculateur conçu pour réaliser jusqu'à dix-sept quadrillions de tâches à la seconde. Alors qu'Iska vient d'avaler la dernière bouchée de son sandwich en pestant contre la neige sur les écrans, les images redeviennent subitement stables, laissant apparaître ce pour quoi la jeune Chilienne a postulé pour être engagée à l'Alma. Un spectacle unique dont elle est la spectatrice aux premières loges depuis deux ans. Des ténèbres tapissées de milliards d'étoiles, un tableau où se diluent, telles des aquarelles célestes, des traînes d'un bleu violet luminescent, des auras claires, vertes, orangées, mauves, où essaiment de nouvelles galaxies. De quoi donner le vertige. Et au milieu de tout ça, minuscule mais vivante, la Terre, avec son incroyable appétit de découvertes et de conquêtes.

Soudain, Iska se fige devant l'écran central. Arrêt sur image. De nouveau, ce point plus sombre qu'elle a déjà remarqué, la nuit d'avant, entre deux étoiles proches. Il semble avoir grossi, à une échelle de quelques millimètres, mais c'est visible pour un œil exercé. Zoomant sur l'image, elle parvient à obtenir un grossissement de cent fois la taille réelle de l'objet spatial. Une boule noire cerclée d'une lumière bleutée. Sa surface semble recouverte d'une croûte de lave. Sinistre et menaçante. « Le moment venu, tu sauras. » Les paroles de sa grand-mère résonnent dans sa tête. Mais cette fois, elle ne rêve pas. L'étoile noire, peut-être une planète, encore trop tôt pour le dire, s'est rapprochée. La Terre est sur sa trajectoire.

Nice, 17 août 2017, 1 h 12

Il leur semble qu'ils n'ont pas fait l'amour depuis une éternité. Les insomnies et les cauchemars de Vadim sont, depuis quelque temps, au centre de cette abstinence.

— Pensez-vous que son état soit dû à la situation familiale ? Aux éventuelles réactions de rejet de ses camarades d'école ?

Ces questions à la pédopsychiatre, vibrant de l'angoisse profonde de la réponse.

— Non, les avait-elle rassurés, il faut vous dire que, malgré toute la virulence de ces manifestations passées contre une loi qui n'a fait qu'officialiser un état de fait, le couple homoparental entre peu à peu dans les mœurs. Votre mariage n'a fait que clarifier votre situation, ce qui est bénéfique à Vadim et aux relations sociales. Quant au rejet, qui est certes une forme de violence insoutenable pour vous qui aimez votre enfant, qui l'avez voulu dans une démarche commune et réfléchie, dites-vous aussi que c'est souvent la peur qui engendre ces réactions extrêmes. La peur de la différence. De ce qui peut remettre en question une norme, un confort intellectuel d'où il est parfois difficile de sortir. Mais dans le cas de Vadim, ces cauchemars récurrents semblent être liés à autre chose. Quoi, nous allons essayer de le savoir et de le comprendre.

Après quelques entretiens, au cours desquels il avait surtout dessiné l'objet de ses cauchemars, Vadim semblait aller un peu mieux. Avoir retrouvé l'insouciance et l'allant qui conviennent à ses quatre ans. Pour ses parents aussi, l'apaisement est de retour et, avec l'apaisement, le retour du désir. Alors ce soir, après avoir couché Vadim et lui avoir lu un passage de *Moby Dick*, Gaël, dont c'était le tour de l'accompagner au lit, est allé rejoindre Pedro dans leur chambre séparée de celle de Vadim par le dressing. Il s'est glissé dans la chaleur des draps et du corps de son mari qui, aussitôt, s'est tendu comme une corde sous ses caresses. Le monde ne va pas trop bien, mais, dans le vaste refuge de leur appartement, au septième étage d'un immeuble de standing tout au bout de la promenade des Anglais encore marquée, un an après, par la tragédie du 14 juillet 2016, toutes ces vies fauchées par un monstre lancé à pleine vitesse, ils se retrouvent enfin au terme de semaines d'abstinence.

Alors que leurs reins pressés se cambrent, que leurs bouches avides s'ouvrent et se referment sur toutes les parties de leur corps, que leurs mains se cherchent et se nouent dans la pénombre de la chambre, au-dessus des rumeurs de la vieille ville, alors qu'un cri jaillit de la gorge de Pedro que le plaisir lui arrache, un autre cri vient se mêler au sien, strident, aigu. Un cri de terreur déchirant la nuit, toile fragile qui les enveloppe. Instantanément, les mains se dénouent, les corps se raidissent et la respiration s'arrête. Au premier cri succède un autre, puis encore un autre.

— Les cauchemars reviennent... soupire Gaël en se renversant sur le dos contre l'oreiller humide.

— J'y vais, dit Pedro en enfilant vite caleçon et tee-shirt.

À peine cinq minutes plus tard, Pedro revient, portant dans ses bras un petit bonhomme frisotté aux yeux rougis, le front en sueur, encore marqué par l'angoisse. Une angoisse paroxystique qui l'a sorti des profondeurs de son sommeil d'enfant. Une angoisse contre laquelle apparemment personne ne peut rien, pas même tout l'amour et toute l'attention de ses deux pères. Vadim leur est plus cher que tout. La consécration d'une attente interminable, de multiples tentatives soldées par de multiples échecs, jusqu'au bonheur, enfin, d'avoir trouvé la mère qui allait leur donner cet enfant délicieux. Une femme remarquable, déjà mère de quatre enfants, vivant au Canada avec son mari. Pendant neuf mois, leur vie n'avait plus été qu'allers-retours Nice-Montréal, alternance d'espoir et de crainte, après que la première tentative avait débouché sur une fausse couche. Vadim n'était pas le fruit d'un simple accouplement, entre deux coupes de champagne dans une chambre d'hôtel ou à la maison, durant le week-end, parce que la semaine, on est trop fatigué pour *mettre un enfant en route*. Il était le résultat d'une obstination commune, d'un combat, d'un défi aux lois bien souvent peu en adéquation avec les sentiments humains. Et il était leur fils à tous les deux, tous les deux avaient été les donneurs. Personne n'avait cherché à savoir lequel était le véritable père biologique.

— Alors, mon chéri, tu as encore fait un cauchemar ? demande doucement Gaël en prenant des bras de Pedro l'enfant qu'il lui tend.

Vadim secoue la tête comme un petit chien, d'une mine renfrognée.

— Tu ne veux pas nous raconter ? C'est toujours le même ?

— À Elsa… Je veux raconter à Elsa.

Les deux hommes se regardent d'un air entendu. La pédopsychiatre a pris une place importante dans la vie de l'enfant. Il arrive, comme cette fois, qu'il ne veuille se confier qu'à elle. Gaël y voit l'expression d'un manque maternel, théorie à laquelle Pedro se refuse.

— Bien, on ira la voir demain, alors, si elle peut te recevoir, répond Gaël. En attendant, tu vas dormir, d'accord ?

— Je veux rester ici… pleurniche Vadim en se frottant les yeux.

Malgré ses allures de petit bonhomme, il n'a que quatre ans. Âge auquel on est encore la proie facile des peurs et des cauchemars. Pourtant, sous les conseils d'Elsa, les deux pères ne cèdent pas. Il serait néfaste à son équilibre qu'il dorme avec eux. En dépit de ses protestations sur un ton geignard, Pedro va donc le recoucher dans sa chambre en lui chantant une chanson douce de son pays avant de revenir auprès de Gaël.

— Je me demande si ce n'est pas un peu trop tôt pour lui lire *Moby Dick*, c'est violent quand même, dit-il, une fois dans le lit.

Gaël ne répond rien, ces cauchemars incurables l'interrogent. Auraient-ils fait une erreur en s'obstinant ? Le petit garçon souffrirait-il en réalité d'un manque que ses deux pères ne pourront jamais combler ?

— Arrête de culpabiliser, Gaël... Vadim a tout ce qu'il lui faut ici.

— Pourquoi cette peur récurrente, alors ? Pourquoi cette angoisse de fin du monde ? C'est bien qu'il ne se sent pas en sécurité avec nous.

— Ce n'est peut-être pas « avec nous », mais avec lui-même. Écoute, dormons, il est tard, nous en saurons plus demain, avec Elsa.

Lumière éteinte, dans le souffle du climatiseur, côte à côte sous la couette à plumes d'oie encore gonflée de leurs étreintes, les deux hommes restent éveillés, sans pouvoir fermer les yeux. Eux aussi ont été enfants, se sont sentis petits et fragiles dans le noir, assaillis de monstres de toutes sortes que les caresses maternelles dissipaient aussitôt. Pourquoi échouaient-ils avec leur fils ? Pourquoi ne parvenaient-ils pas à le rassurer ? Cela voudrait-il dire que l'amour ne vient pas à bout de tout ?

Le lendemain, après leur appel à la première heure, Elsa leur ouvre la porte de son cabinet, qui se trouve au premier étage du même immeuble. Gaël a pris un jour de congé dans sa boîte d'informatique et Pedro, qui a sa propre entreprise de design d'intérieur, s'est rendu disponible. Seulement, tant que dure la séance avec la pédopsychiatre, ils doivent patienter en salle d'attente. Au bout d'une demi-heure, elle se présente à la porte. Vadim est resté dans la pièce de consultation, toujours à dessiner. Ils connaissent cette expression sur le visage à la peau mate d'Elsa.

— C'est encore elle, c'est ça ? demande Gaël, soucieux.

La spécialiste, bras croisés, hoche la tête.

— Oui. C'est toujours elle. Phobia.

— Comment un gosse de quatre ans peut-il lui avoir trouvé ce nom, bon sang ? s'exaspère Pedro en se dirigeant avec Gaël vers l'autre pièce à la suite d'Elsa. Sempiternelle question depuis le début de cette histoire. Il ne sait même pas ce que…

— Chut… fait Gaël, l'index sur la bouche.

— Bien, dit Elsa en prenant place derrière son bureau sur lequel s'empilent des dossiers à côté d'un écran de verre d'ordinateur fixe dernier cri, où traînent des stylos plume de luxe mêlés à des stylos Bic sans une once de lutte sociale. Vadim, tu m'as dit qu'après m'avoir parlé de ton dernier cauchemar et après l'avoir dessiné, tu es d'accord pour que tes papas voient tes dessins aujourd'hui.

— Assis sur une chaise, Vadim fixe la pédopsychiatre de ses grands yeux gris sans broncher. Ses pieds se balancent au-dessus du parquet à chevrons.

— Alors, c'est d'accord ?

— Oui.

— Voici donc le cauchemar de Vadim en images, dit Elsa en poussant les dessins sur feuilles A4 vers Gaël et Pedro. Avec, cette fois, un changement notoire.

Comme une seule, les deux têtes en face d'elle se penchent sur les esquisses aux couleurs sombres. Gaël relève la sienne et regarde Elsa, effaré.

— On dirait que… on dirait qu'elle a grossi…

— Très nettement, même, approuve la pédopsychiatre.

— Qu'est-ce que ça veut dire ? interroge Pedro d'un air perplexe.

Ses yeux gris-bleu, le seul point de vraie ressemblance avec Vadim, errent sur les dessins.

— Que sa peur prend de l'ampleur.

— Mais pourquoi ? À quoi est-ce dû ? questionne Gaël. Tu as peur de quoi, mon chéri ?

Mais Vadim s'enferme dans un silence obstiné en regardant ses baskets. Il vient de dessiner pendant presque une heure pour retranscrire son cauchemar. Un rond couvert de taches bleues, vertes et marron, censé représenter la Terre dans l'espace, entourée d'étoiles, dont le soleil et, plus loin, en face d'elle, un autre cercle rempli de noir, aux contours bleus, qui représente Phobia. C'est ainsi que Vadim a baptisé la planète noire. Elsa ressort les premiers dessins, au commencement de ses cauchemars, et les place à côté des derniers. Au début, Phobia se réduisait à un point. Aujourd'hui, elle mesure cinq centimètres et la distance entre elle et la Terre s'est sensiblement réduite. D'emblée, Vadim avait appelé la planète noire Phobia, sans pouvoir dire d'où lui venait ce nom. « À son âge, il ne peut pas connaître le sens du mot phobie », assuraient ses deux pères. « Sauf si vous l'avez utilisé devant lui sans y prêter attention, en parlant de ses peurs », avait répliqué Elsa. Mais ils ne pourraient jamais en être sûrs. Quoi qu'il en soit, cette planète le terrifiait. « Elle approche ! Elle approche très vite ! » pleurait-il. « De quoi approche-t-elle ? » lui faisait préciser Elsa. « De nous ! » Et cette fois, sur ses dessins, elle semble encore plus proche.

— La planète Phobia, tu la vois, si tu regardes dans le ciel ? demande la pédopsychiatre.

— Pas comme ça, mais dans le sommeil, la nuit…

— Donc il s'agit bien d'un cauchemar ?

— Pas un cauchemar, c'est vrai et on va tous mourir ! Phobia va nous tuer ! s'écrie le garçonnet.

Elsa lève les yeux sur les deux hommes tour à tour.

— C'est lié à une peur de la mort, dit-elle. Un début de prise de conscience que nous sommes mortels. Que ses deux papas le sont aussi.

— Ce n'est pas un peu prématuré, comme prise de conscience ? s'étonne Gaël.

— Elle se fait en général à partir de cet âge. Parfois même plus tôt. Mais c'est encore très flou. Il est possible aussi que l'attentat de l'été dernier au camion bélier l'ait fortement marqué. Comme de nombreuses familles, vous vous trouviez avec lui sur la Promenade pour le feu d'artifice, m'avez-vous raconté. C'est un véritable traumatisme qui a pu laisser des séquelles psychologiques.

Un quart d'heure plus tard, Gaël et Pedro, désemparés, ressortent du cabinet avec Vadim qui a recouvré son insouciance et n'a qu'une hâte, sortir voir la mer. Les galets tiédis par le soleil massent leurs pieds nus presque douloureusement. Vadim furète un peu plus loin, à la recherche de quelque trésor à ramener. Cette capacité tout enfantine de passer d'un état à un autre, du rire aux larmes, d'une crise de panique à la légèreté, impressionne les deux adultes qui marchent main dans la main. Chacun tient de l'autre sa paire de chaussures qui se balance doucement au rythme de leurs pas.

— On devrait tout le temps être pieds nus, dit Pedro.

— L'homme l'a été, un jour. Et encore aujourd'hui, à l'autre bout du monde.

— Un reste de liberté, soupire Pedro.

Dans ses yeux dansent les vagues de la même couleur. Sa peau foncée n'en rend le contraste que plus vertigineux.

Soudain, Gaël s'immobilise et se tourne vers son mari.

— Et si c'était vrai ? dit-il.

— Quoi ?

— Si Phobia existait vraiment ?

— Tu es sérieux, là ?

— J'essaie.

— Qu'est-ce que tu veux dire ?

— Les enfants ont parfois des dons. Des dons de clairvoyance. Ils sont plus instinctifs et sentent ce que les adultes ne sont plus capables de sentir. Comme les animaux, ils sont plus réceptifs aux phénomènes naturels. Il est possible que Vadim, avec sa sensibilité plus forte que la moyenne, ressente des choses. Tu n'as pas remarqué que, lorsqu'il en parle, ça semble vraiment réel ? Ce qui n'aurait rien à voir avec une peur irrationnelle, mais au contraire, avec une réalité qui se profile.

Le regard de Pedro se perd sur la ligne d'horizon pour revenir sur son compagnon.

— Toi, toi, Gaël Lepage, tu penses donc qu'une planète pourrait venir percuter la Terre et causer sa destruction totale et que c'est ça qui fait si peur à notre fils ?

— Je ne fais que me poser les bonnes questions, Pedro. Celles qui s'imposent quand on a fait le tour de toutes les autres.

Alpes françaises, la fuste à Jo,
21 août 2017, 22 h 10

Enfant, déjà, il rêvait d'aller toucher les étoiles, de caresser la lune. L'Univers avait toujours exercé sur lui une profonde fascination. Il ne pouvait se résoudre à ce que nous soyons les seuls dans cette immensité. À ce que la vie se résume à cette planète nommée Terre. Cette planète qui porte le même nom que la matière dont elle est faite, bien qu'elle soit constituée majoritairement d'eau. Il se demandait alors pourquoi on ne l'avait pas tout bonnement baptisée Eau. Face à ses incessantes questions, engendrées par une insatiable soif de connaissance, ses parents demeuraient impuissants. Ils n'étaient ni scientifiques ni universitaires, des gens simples, comme on dit. Simplicité n'écartant pas le bon sens. C'est donc armés de ce bon sens qu'ils tentaient d'apporter quelques réponses à leur plus jeune fils. Celui de leur dernière jeunesse. Joseph était né en dépit de toutes les tentatives des médecins pour les dissuader d'avoir ce cinquième enfant à leur âge. Surtout pour sa mère qui frôlait la cinquantaine. Mais Joseph était venu au monde simplement, pour la plus grande joie de ses parents. Élevé comme un fils unique, sans véritable compagnon de jeu à la maison, il s'était tourné vers l'univers. Car l'univers lui parlait.

Aujourd'hui, c'est à son tour d'avoir cinquante ans, mais de ne pas avoir d'enfants. Joseph, dit Jo, est vieux garçon. C'est plus que célibataire, qui n'est parfois qu'un statut transitoire. Vieux garçon, c'est dans l'âme. C'est ce qui transpire quand on le voit arriver. Comme une odeur que l'on respire à son approche. Une odeur caractéristique, reconnaissable. Une odeur qui fait fuir. Un rempart qui l'isole encore davantage. Mais Jo n'y accorde pas plus d'importance. Car sa vie n'est pas sur terre. Sa vie est dans les étoiles qu'enfant, il voulait toucher. Pour s'en rapprocher, il a pris de la hauteur. Il est allé vivre dans les montagnes. Avec pour compagnons ses deux chiens et ses moutons. Ceux-là, au moins, sont de vrais moutons, ils ne le sont pas malgré eux.

Lorsque la nature renaît, il conduit ses bêtes paître dans les alpages, là-haut, où l'herbe est plus verte et plus fraîche. Il passe des heures à lire ou, étendu sur le dos, à contempler le ciel et ses mystères. Mais ce n'est pas le jour qui l'intéresse. C'est observer tout ce qui, dans la nuit, prend une autre dimension et se révèle à ses yeux émerveillés. Son corps a vieilli, les années sillonnent son visage, mais ses yeux sont toujours ceux d'un enfant. Du petit Jo qui rêvait de lire dans les étoiles. Derrière la plupart des réalisations, il y a un rêve d'enfant. À peine caché. Le sien est là, désormais, à portée de regard. Avec ses économies il a pu acquérir un précieux outil, une lunette télescopique assez puissante pour lui permettre de voir dans l'espace comme jamais il n'a vu à l'œil nu. Les planètes et les étoiles lui paraissent désormais assez proches pour lui donner l'impression qu'il pourrait les atteindre. En même temps que son troupeau, sur lequel veillent ses deux chiens, en plus de son fusil, il prend avec lui, dans son sac à dos, sa lunette et ses lentilles, devenues le prolongement de ses yeux. Avant de l'acheter, faire son choix lui avait demandé quelques mois de documentation et d'essais dans différentes boutiques. Il savait qu'il n'en achèterait qu'une seule dans sa vie, il lui fallait donc la meilleure.

Là-haut, il s'est construit une fuste. La fuste à Jo. Une jolie cabane tout en rondins. À l'intérieur, de quoi dormir et se faire à manger. Les toilettes sont dehors, à ciel ouvert, l'herbe, la terre. Il a orienté son refuge vers la bien nommée étoile du Berger. Au-dessus de l'entrée, il a peint en lettres blanches LA FUSTE À JO. Pour lui donner un nom. Comme on lui en avait donné un à lui. Sur le pas de la porte, il a installé son matériel. La lunette repose sur un pied, tournée vers l'infini. Dans le doux tintement des cloches du troupeau confiné dans l'enclos pour la nuit, partageant un sommeil vigilant avec les chiens, sans avoir à bouger, Jo s'adonne au plus merveilleux des voyages. Celui de l'espace.

Depuis des années qu'il en observe les merveilles et les subtils changements, il n'a encore jamais vu ça. Lorsqu'il l'avait aperçue, il y a quelques semaines, ce n'était qu'un point dans la lentille. Une sorte de verrue qui se détachait, légèrement bleutée, dans la nuit sidérale. Ces derniers jours, elle remplit presque la lentille. À tel point qu'il a dû en changer pour une moins grossissante. Est-ce une étoile, une planète ou autre chose, il ne saurait le dire. Mais son aspect l'intrigue. Une boule sombre, presque noire, auréolée de bleu. Jo n'est pas homme à prendre peur. Même à l'approche du loup. Ses chiens l'avertissent et il leur donne toute sa confiance. Et si nécessaire, son fusil ferait le reste. Bien qu'il détesterait avoir à tuer. Que ce soit un loup ou tout autre être vivant. Pourtant, à quoi lui servirait son fusil face à l'étoile noire ? Elle est, malgré les apparences, trop éloignée pour que les balles l'atteignent. Et puis, on ne détruit pas une étoile avec des balles. Une planète habitée, peut-être. Et aussi, pourquoi la détruire ? À cause de cette menace indéfinissable qui en émane ? Parce qu'elle semble se rapprocher résolument de la Terre ?

Ce soir, comme les autres soirs, dans l'air tiède de cette nuit d'été, le berger a déployé le pied et y a fixé la lunette, tournée vers son étoile. Août est un mois idéal pour observer le ciel sans nuages. Mais, chose étrange, la boule noire n'est pas au rendez-vous. Aurait-elle changé de position ? Jo a beau bouger la lunette de gauche à droite et inversement, la déplacer sur son pied, il ne la voit pas. Mais, plus étrange encore, dans la lentille tout est sombre, opaque et aucune étoile ou planète n'est visible. Rien d'autre qu'un noir profond. Intrigué, Jo regarde si, à tout hasard, il n'aurait pas oublié d'enlever le cache qui protège la lunette. Le cache est bien retiré. Peut-être, en changeant de lentille, le résultat sera meilleur, se dit-il. Mais là non plus, il n'obtient rien de plus. Des grognements soudains lui parviennent de l'enclos, en même temps qu'un concert de tintements de cloches affolés. Puis un des chiens se met à hurler, longuement, un hurlement à la mort. Il est temps d'aller voir.

Jo replie son matériel et va prendre son fusil à l'intérieur. Arrivé à l'enclos qu'il éclaire de sa torche, il constate une agitation anormale dans le troupeau. Les chiens manifestent une inquiétude singulière par des geignements, la queue entre les pattes. Un comportement bien différent de leur façon de réagir à l'approche du loup. Après avoir promené le cône lumineux de sa lampe tout autour de l'enclos, Jo tente de calmer les chiens en leur parlant d'une voix douce, en vain. Ils se sont même collés aux moutons et tremblent de tous leurs membres.

Se faisant de la place au milieu du troupeau, il s'assied entre trois moutons, le fusil posé sur les cuisses. La chaleur animale le gagne peu à peu, il commence même à s'assoupir. Il ferme enfin les yeux quand un des chiens se met à hurler de nouveau, la tête renversée, pendant que son compagnon, aplati au sol, babines retroussées, oreilles plaquées en arrière, grogne furieusement, le regard rivé au ciel. Portant le sien dans la même direction, le berger se fige instantanément. Au-dessus d'eux, énorme, effrayante et belle, ceinte de son aura bleutée, l'étoile semble suspendue dans le ciel, un ballon prêt à s'écraser sur la Terre. À cet instant, Jo comprend. Il ne pouvait la voir au télescope à cause de ça. Parce que, trop proche, elle occupait toute la lunette. Oui, si proche maintenant, terriblement proche, il sait. Il sait qu'il n'y a plus d'avenir. Que, bientôt, la Terre disparaîtra, avalée par l'étoile noire. Et, pour la première fois de sa vie, il connaît la peur. Une peur animale, brute, qui le saisit tout entier. Une peur qui ressemble à l'étoile noire, prête à l'aspirer dans son gouffre. Une peur telle que, recroquevillé sur lui-même, il se lâche dans son pantalon sans pouvoir se retenir. Dans sa bouche revient un mot, un seul mot, qui ressemble à un nom qu'il n'a jamais entendu. « Phobia... Phobia... », ne cesse-t-il de répéter comme un automate.

San Pedro de Acatama, Nord-Chili,
22 août 2017, 15 h 30

« Tu as besoin de vacances, Iska. » C'est ce que lui a dit son chef sur un ton faussement paternaliste. Elle avait cru à une plaisanterie. Mais un froncement éloquent des sourcils fournis d'un gris argent qui se rejoignaient lui signifia qu'il était on ne peut plus sérieux.

« Tu as besoin de vacances. » Sous ses airs de bienveillance, cette phrase, aussi tranchante qu'un couperet, relevait du verdict. Une sanction qui lui avait valu un retour à San Pedro, et encore, elle pouvait s'estimer heureuse de ne pas avoir été enfermée chez les fous, avait-il ajouté. Elle avait péché par curiosité, puis par excès de zèle et, enfin, par orgueil. Pourtant, elle n'avait fait que les prévenir... Attirer leur attention sur la réalité. Mais apparemment, celle qu'ils préfèrent tous, à Alma, est celle qui ne se voit pas. Et surtout pas dans un télescope géant.

« Elle est devenue folle » ; « Elle l'a toujours été, mais on ne l'avait pas vu » ; « Iska ? Elle a pété les plombs, c'est l'altitude, c'est pas un job pour elle ». Des mots soufflés sur son passage, qui l'avaient atteinte comme des balles, avant qu'elle ne sorte de l'observatoire pour gagner sa vieille

Jeep. Chassée comme une intruse, un grain de sable dans l'œil de la Science, ou comme une sorcière. Pourtant, tous l'avaient vue, comme elle. La planète noire. Énorme, fixe, menaçante. Elle n'avait pas grossi, mais s'était simplement rapprochée de la Terre à une vitesse inquiétante. D'après ses calculs, la collision sera inévitable. Dans douze heures précisément. Et devant la taille de la planète, quatre fois plus grosse que la Terre, celle-ci devrait être pulvérisée ou absorbée. Sur ce point, Iska a encore un doute. Que, désormais privée de matériel d'observation, elle ne pourra hélas plus dissiper. Un doute sur la matière, la consistance de cette planète inconnue. De quoi est-elle composée ? De glace, de matière solide ou bien a-t-elle une consistance gazeuse ou molle ? En fonction de cette consistance, les conséquences sur la Terre seront plus ou moins graves et définitives. La matière solide signera la fin du monde immédiate et, s'il s'agit de gaz ou de matière molle, la Terre risque d'être plongée dans une nuit permanente qui, à terme, tuerait toute vie à sa surface.

Pourquoi s'obstinent-ils à nier l'évidence… ? Sans doute parce que ce que l'on ignore n'existe pas. Mais tous, sauf elle et Juan, un jeune astrophysicien qui travaille lui aussi à Alma et avec lequel il y a indéniablement une attirance mutuelle, ont une famille, une femme, un mari, des enfants. Des êtres chers qui les attendent quelque part dans une ville, à Santiago ou ailleurs, des proches à retrouver, à serrer dans les bras une dernière fois, à qui dire adieu…

L'unique matériel dont elle dispose désormais est la lunette que lui avait achetée son père avec toutes ses économies pour son dixième anniversaire. Elle savait déjà que son avenir serait niché là, dans les étoiles. Observer, chercher. Jusqu'à cette terrible découverte. Celle de sa vie. Iska vient de découvrir ce qu'est la peur. Une peur incoercible, gluante, visqueuse, qui colle à la peau comme la sueur, qui écrase, avale, disperse, pulvérise tout sur son passage. Comme le fera cette planète. Celle qu'elle a baptisée Phobia.

Nice, 22 août 2017, 14 h 12

Une semi-obscurité enveloppe désormais toute la ville et ses hauteurs. Au fil des heures, l'horizon s'est assombri et le ciel s'est nappé de plomb. Pourtant, aucune éclipse solaire n'a été annoncée ni d'alerte à la pollution donnée. Le centre météo n'a pas non plus prévu d'orage ni de tempête. Le phénomène semble tout à fait inédit. Les voitures circulent feux allumés dans une atmosphère crépusculaire. Le soleil d'août semble avoir disparu. On ne devine même plus son disque luminescent à travers le voile opaque. Quelques groupes de piétons qui, en temps normal, ne se seraient même pas parlé, sont arrêtés sur les trottoirs, au coin des rues, ou sur la jetée et, ensemble, échangent quelques propos en regardant le ciel avec perplexité. Déjà touchée par cette tragédie dont les cicatrices se ressentent encore, la Promenade est comme figée, retenant son souffle face à ce qui s'apprête à s'abattre de nouveau sur la ville. Tous parient sur une tempête d'une intensité qui aurait échappé aux météorologues. Mais un être sait ce qu'il en est réellement. Un enfant unique de quatre ans et certainement l'un des seuls, dans une ville comme Nice, à avoir deux pères.

Les dessins qu'exécute Vadim lors de ses séances chez la pédopsychiatre ne représentent plus qu'un fond noir qui recouvre toute la feuille. Une nuit permanente sans étoiles, sans vie. Il ne fait plus que ça. Remplir de noir des pages vierges à la chaîne. À peine en a-t-il fini une qu'il passe à une nouvelle et ainsi de suite. Malgré les réticences de Gaël, il a voulu en tapisser les murs de sa chambre. Au centre aéré où ses deux pères l'ont inscrit pour le mois, il ne parle plus, ne joue plus avec ses camarades dont il commence à être le bouc émissaire et, lorsqu'il ne crayonne pas de noir les feuilles que lui a confisquées l'animatrice avec les feutres, Vadim reste prostré à regarder par la fenêtre. À tel point que la directrice du centre a convoqué Gaël et Pedro en présence des deux animateurs pour leur faire part de ses inquiétudes sur le comportement anormal de Vadim, leur suggérant même que l'autisme de leur fils avait pu leur échapper. « Il est suivi par une pédopsychiatre des plus renommées à qui un trouble aussi grave ne serait pas passé inaperçu », a aussitôt répondu Gaël, plus sèchement qu'il ne l'aurait souhaité. Mais l'accumulation de nuits troublées par les cris et les cauchemars de Vadim, le manque de sommeil et leurs doutes avaient fini par retentir aussi sur les deux hommes et leurs nerfs.

Pourtant, cela faisait trois jours que les cauchemars de Vadim avaient cessé, laissant place à un calme étrange. Inquiets de cette soudaine absence de terreurs nocturnes, Pedro et Gaël étaient allés à tour de rôle dans la chambre vérifier si tout allait bien et le trouvaient la plupart du temps allongé sur le dos, silencieux, les yeux grands ouverts, rivés au plafond. Mais ce soir-là, les lèvres du gamin remuent sur des syllabes prononcées si vite que ni l'un ni l'autre ne parvient à les saisir.

— Qu'est-ce que tu dis, Vadim ? demande Gaël sur un ton encourageant. Répète plus doucement, que papa comprenne.

Mais le garçonnet semble cloîtré dans son monde. Un monde devenu inaccessible aux deux adultes qui partagent sa vie.

Le lendemain, dimanche, jour de repos pour Gaël et Pedro, devant le ciel menaçant, les deux hommes décident de rester à la maison avec Vadim.

— Et si elles avaient vu juste, pour l'autisme ? suggère Pedro, alors qu'ils discutent sur le canapé.

— Je reste sceptique, dit Gaël en remuant un fond de vin dans son verre. Il n'a presque rien touché au déjeuner. Mon neveu est autiste Asperger et il a été diagnostiqué bien plus tôt, à deux ans. Au même âge, jusqu'à ce que les cauchemars et les peurs nocturnes se produisent, Vadim était un petit garçon épanoui et tout à fait normal.

— C'est vrai. Mais...

— Mais, mon chéri, tu ne trouves pas plutôt bizarre que la ville soit presque plongée dans une sorte de crépuscule en début d'après-midi ?

— Si, et quel rapport avec Vadim ?

— Pas avec lui, mais avec l'objet de ses peurs. Cette… cette chose.

— Tu parles encore de Phobia ?

Gaël hoche la tête d'un air grave.

— Je suis sûr qu'il sent quelque chose.

— Admettons. Il serait le seul alors ? Selon ta théorie sur la sensibilité des enfants qui est proche de celle des animaux, d'autres enfants devraient ressentir la même chose.

— Ça dépend de leur sensibilité aussi. Vadim est peut-être un enfant hypersensible. Certainement, même.

— Je pense que…

Pedro s'interrompt en pleine phrase, pétrifié. Gaël suit son regard et se fige à son tour. Devant eux, Vadim, nu, le visage barbouillé de noir d'où ressortent, comme deux lacs, ses yeux gris-bleu. En d'autres circonstances, Pedro et Gaël auraient sans doute éclaté de rire. Mais ce comportement inattendu de l'enfant s'inscrit au-delà du simple jeu, dans une histoire plus sombre et plus complexe. Gaël est le premier à rompre leur silence médusé.

— Vadim ? Que fais-tu sans tes habits ? Tu risques de prendre froid.

Essayant d'adopter le ton le plus neutre possible, il ne relève pas le barbouillage sur le visage de l'enfant qui ne bouge pas. Pedro se lève du canapé et, allant s'agenouiller devant son fils, lui prend ses petites mains dans les siennes. Les doigts du gamin sont aussi froids que des glaçons.

— C'est Phobia, c'est ça ? lui souffle-t-il à l'oreille.

Sans sortir de son mutisme, Vadim hoche la tête de bas en haut. Ses gestes sont ceux d'un automate.

— Elle approche ?

Nouveau hochement de tête silencieux. Puis, brusquement, dégageant ses mains de celles de Pedro, le garçonnet se dirige vers la fenêtre, comme aimanté. Dehors, il ne fait presque plus jour. La mer, calme et sombre, ressemble à une immense plaque d'ardoise. Le ciel est presque de la même couleur. La plage s'est peu à peu vidée, toute activité semble suspendue, comme si la Terre retenait son souffle. Se sait-elle menacée ? Vadim possède-t-il vraiment un don de clairvoyance, ressent-il le danger qui s'annonce ou bien ses terreurs ne sont-elles qu'une coïncidence avec une tempête qui se prépare ? Des interrogations qui rongent les deux pères sans qu'ils parviennent à les exprimer.

— Viens, mon chéri, on va aller t'habiller, dit Gaël en s'approchant à son tour de Vadim, debout devant la baie vitrée.

Mais, alors que son regard se porte dans la même direction que celui de son fils, ce qu'il voit le paralyse. En suspension dans le ciel, juste au-dessus de la mer, gigantesque, monstrueuse, une boule noire cerclée d'une aura bleutée. Intrigué par la réaction de son mari, Pedro arrive du fond du séjour et vient se poster à côté de son compagnon et de son fils, la même expression figeant ses traits.

— Elle est là, souffle Gaël à voix basse comme si elle pouvait l'entendre.

Ce sont les derniers mots qu'il prononce avant de rejoindre Pedro et Vadim au fond de leur silence.

Groenland, 22 août 2017, 8 h 08

La neige encore rougie du sang des animaux que le chaman vient de sacrifier à l'aide de son ulu est dure comme du verre, gelée par le froid intense qui s'est subitement abattu. Le soleil, de retour depuis début mars, succédant à la nuit polaire, ne s'est pas levé, ce matin d'août, et ne se lèvera sans doute plus jamais sur le monde. Les yeux au ciel, le chef inuit regarde la mort en face. Il a toujours communiqué avec l'au-delà, avec les esprits des défunts, sans éprouver aucune peur. Mais peut-être est-ce justement la peur qui motive ces rituels et ces sacrifices. La crainte d'une force supérieure qu'il faut apaiser et satisfaire. Et c'est sous la forme d'une sphère noire au moins deux fois grosse comme la Terre que cette force vient se manifester depuis quelques heures. Elle est là, énorme, aussi sombre que la nuit, suspendue au-dessus de l'immensité glacée.

Lorsqu'ils se sont réveillés, sortant de leurs igloos, les membres de la tribu du chaman ont commencé à pousser des cris. Les mystères de la nature ont toujours effrayé les Inuits qui attribuent leurs manifestations à la colère des dieux ou des esprits. Comme les aurores boréales. Mais cette fois, le phénomène n'a rien d'aussi terriblement beau et fascinant. Il a plutôt des allures de menace directe, de danger imminent. La monstrueuse boule noire auréolée de bleu paraît presque à portée de main. En quelques heures seulement, elle avance lentement et inexorablement vers la Terre après avoir déjà englouti le soleil. Le chaman sait que, cette fois, rien n'y fera, que les sacrifices seront vains, que le sang de l'ours blanc aura coulé inutilement, allant rougir la croûte immaculée. Mais il continue ses rituels, brûle de l'huile en faisant des incantations au-dessus de la fumée. Les siens se terrent dans les igloos, comme des animaux apeurés, refusant de sortir. Que se passera-t-il une fois que la sphère noire aura heurté la planète ? Malgré toute sa connaissance et son observation atavique de la nature, sa matrice, le vieil Inuit n'a pas de réponse à cela. Seul dans cette nuit soudaine, à travers ses paupières entrouvertes, il ne quitte pas des yeux la planète noire. Il a vécu et est prêt à mourir. Tout Inuit doit être prêt à mourir et accepter la mort d'un proche. Mais pour les siens, si jeunes ou encore dans la force de l'âge, c'est tellement inattendu qu'ils ne peuvent se faire à cette idée. Le chaman a essayé de les rassurer, cette fois en vain. La peur est entrée dans leur corps, s'y est enlisée, s'en est emparée comme d'un territoire à conquérir qu'elle ne quittera plus. Une peur qui n'a ni nom ni objet, mais enfin un visage. Celle qui, insidieuse et sournoise, étend son ombre sur le monde au fil des siècles.

Dans quelques heures, la planète noire engloutira toute vie, tout espoir. Personne n'a voulu la voir, sauf une poignée d'hommes, de femmes et d'enfants à travers le monde, comme Jo, du haut de sa montagne, Iska, l'astrophysicienne d'Alma, Vadim, le petit Niçois de quatre ans, ou encore ce chaman inuit quelque part sur une île de glace. Des êtres que leurs semblables ont pris pour des illuminés, des fous, des autistes. Personne n'a remarqué cette boule noire grandissant dans le ciel des illusions, la plupart l'ont ignorée, préférant baisser les yeux, restreindre leur champ de vision à leur petite vie. Regarder au-delà était un trop gros effort. Et pendant que tous se complaisaient dans cette cécité confortable, Phobia gagnait du terrain, grossissait dans la lentille de Jo le berger, dans l'œil des Cyclopes d'Alma, dans la perception affûtée de Vadim et au-dessus de l'immensité de glace du territoire inuit. Dans quelques heures, Phobia aura absorbé la Terre impuissante, laissant la place à l'éternité noire de la peur.

Damien ELEONORI

DE L'OMBRE À LA LUMIÈRE

— Maman !

Éveillé par un bruit inconnu, Antoine cherche son doudou. À pleins poumons, il respire l'odeur familière de sa peluche et attend.

Derrière la fenêtre entrouverte, les volets grincent au rythme du vent. Éclairées par la faible lueur de sa veilleuse, des ombres s'étirent. Virevoltantes au-dessus de son lit, elles semblent vouloir l'emmener dans un endroit effrayant. Ses larmes, jusqu'alors refrénées, montent irrémédiablement jusqu'à ses yeux.

— Maman ! Viens !

S'il te plaît...

Sa voix tremble de peur. Peur de l'obscurité, des ombres, des bruits. Sa chambre devient l'antre de monstres prêts à le dévorer. Pris de panique, Antoine se réfugie sous ses couvertures. Au cœur de son refuge, il se sent à l'abri.

Un grincement, long et lugubre. La porte de sa chambre s'entrebâille, lentement.

— Tu m'as appelée, mon ange ?

— Maman !

D'un bond, le jeune garçon sort de sa cachette.

— Qu'est-ce qui t'arrive ? Encore un cauchemar ?

— J'ai entendu un bruit.

— Un bruit ? Quoi comme bruit ?

Antoine sait que sa mère cherche à le rassurer. À faire fuir sa peur par une explication rationnelle.

— J'ai entendu un rire.

— Un rire ? Je crois que tu as fait un cauchemar, Nino. Ça arrive.

Le garçon pose son regard humide sur sa mère.

— Il n'y a personne dans ta chambre, tu peux être rassuré. Allez, maintenant il faut te rendormir. Si tu as besoin de quelque chose, je ne suis pas loin. Tu m'appelles et j'accours, d'accord ?

À contrecœur, Antoine hoche la tête. À l'idée de se retrouver de nouveau seul, sa peur reprend le dessus. Sa mère dépose un ultime baiser sur son front.

— Fais de beaux rêves, bonhomme.

— À demain, Maman.

— À demain.

Antoine suit chaque pas de sa mère. Les pantoufles frôlent à peine le parquet vieilli. La main se pose sur la poignée de la porte.

Ne ferme pas la porte, Maman.

La lumière du couloir diminue, masquée par le bois sombre. Son doudou serré contre sa bouche, le garçon espère.

Pas complètement, s'il te plaît.

Les secondes semblent interminables. Jusqu'à ce que le claquement du pêne sonne le glas. Un infime rai de lumière subsiste au travers du trou de la serrure, avant de disparaître.

De nouveau, le noir. Pour ne pas l'affronter, Antoine ferme les yeux. Ce silence le terrifie.

Il n'y a pas de monstre dans ma chambre, Maman était là et il ne s'est rien passé. En plus, Maman est dans la pièce juste à côté. Il ne peut rien m'arriver.

Le bruissement du drap contre ses jambes ressemble à une respiration. Les bruits de l'extérieur paraissent tellement proches, presque sous son lit. Un craquement. Antoine connaît ce bruit, celui du plancher de sa chambre. Quelqu'un se dirige vers son lit, il est en est certain. Pétrifié, le garçon se force à garder les yeux fermés.

Il n'y a personne. Papa m'a déjà expliqué ça, le plancher craque tout seul des fois. Je ne dois pas avoir peur, je suis un grand garçon maintenant.

— Nino.

La respiration de l'enfant se bloque. Quelqu'un l'appelle, de ce surnom qu'elle seule utilise. Une voix aiguë, murmurée. Mû par une irrépressible curiosité, Antoine ouvre ses paupières.

— Papa, c'est toi ?

Non, je suis bête, la porte est fermée, Papa n'a pas pu entrer dans la chambre. J'étais peut-être déjà en train de rêver et je...

— Tu ne rêves pas, Nino, regarde, je suis juste là, au pied de ton lit.

Son corps tremble de terreur. Des larmes silencieuses coulent sur ses joues. Antoine cherche à se cacher sous ses draps, dans sa forteresse imprenable, mais il en est incapable.

Je n'arrive plus à bouger. Qu'est-ce qui m'arrive ?

Une force invisible le maintient immobile. Son torse lui fait mal, comme si une main puissante bloquait sa respiration.

Je veux me réveiller, je veux me réveiller. Maman, aide-moi. J'ai peur.

Une ombre gigantesque apparaît au-dessus de lui dans un rire féroce. En proie à une terreur incontrôlable, Antoine tente de hurler de toutes ses forces, mais il reste désespérément muet.

— Tu as été méchant, Nino, tu le sais ça ? Très très méchant.

Non, je n'ai rien fait, c'est un mensonge.

— Tu oses me traiter de menteur ?

Arrêtez, j'ai peur. Papa m'a déjà grondé pour ma bêtise avec les ciseaux, je ne recommencerai pas.

— Ne fais pas semblant, Nino, tu sais de quoi je parle. Tu es très très méchant.

Ne me faites pas de mal, s'il vous plaît.

— Tu ne me crois pas ? Regarde comme tu as été méchant, Nino.

L'ombre disparaît dans un souffle.

Contre ses jambes, un frisson glacé. Antoine ne sent plus le contact moelleux de sa couette. Quelque chose frôle sa nuque. Le garçon s'écarte d'un geste réflexe. Autour, sa chambre n'est plus la même. La fenêtre, fermée, trône de l'autre côté. Les volets abîmés laissent passer de fins rais de lumière. Lentement, les meubles acceptent de se dévoiler. Lorsqu'il comprend où il se trouve, Antoine pousse un soupir de soulagement. Sous ses fesses, un plancher froid. Assis par terre, il s'adosse au lit de ses parents.

Un sentiment de sécurité s'empare de lui. Ses doigts se relâchent et laissent glisser un objet au creux de sa paume. Un objet qu'il reconnaîtrait entre mille.

Une paire de ciseaux. Celle confisquée par son père.

Papa va me disputer s'il me voit encore avec ça.

Le métal contre sa peau est chaud, moite, comme s'il avait été tenu pendant de très longues minutes. Un bruit brise le silence, semblable à celui d'une goutte sur le sol. Sur son front, un liquide ruisselle et laisse un sillon humide contre sa peau. Instinctivement, Antoine le touche. Il est plus chaud que l'eau, plus épais aussi. Curieux, le garçon porte son doigt à la bouche.

Ce goût, Antoine le connaît. Du sang.

Pourtant, il n'a mal nulle part et ne se souvient pas de s'être cogné. Le silence, persistant, l'oppresse. Une main, assortie d'un bras ballant, se pose lourdement sur son épaule et le fait sursauter.

— Tu m'as fait peur, Maman. J'ai encore fait un...

Quelque chose de chaud couvre la main de sa mère. Antoine sent son pouls accélérer jusqu'à tambouriner dans son corps tout entier.

— Maman ? Réveille-toi, Maman !

La peur revient, furibonde, et l'emplit entièrement.

— Maman ! Maman !

Le jeune garçon parvient à se lever et lâche les ciseaux. D'un pas fébrile, il se dirige vers l'interrupteur.

— Tu as été très très méchant, Nino.

*

Le soleil de plomb tombait sur les épaules du lieutenant Enzo Saco. Ses chaussures vernies foulaient la poussière, il suait dans l'atmosphère moite.

Une quatrième disparition. Les événements se répétaient, encore et encore : d'abord un premier appel, inquiet, d'un proche soucieux de ne pas avoir de nouvelles, puis les premières recherches, prudentes. Des jours qui passent avant qu'un indice, un morceau de vêtement arraché, une trace de sang ou même un téléphone portable, soit retrouvé. L'enquête débutait alors. La vie de la victime était épluchée, ses proches interrogés, son passé fouillé. Toujours en vain. Leur ravisseur, sans doute le même détraqué, était un fantôme, insaisissable.

Enzo bouillait. Les visages de ces jeunes femmes le hantaient, elles lui criaient leur douleur. La dernière, Christelle Legrand, était portée disparue depuis plus de vingt-quatre heures. Une éternité.

— Bougez-vous ! Je veux que chaque centimètre carré soit passé au peigne fin ! Il ne doit pas nous échapper cette fois ! hurla-t-il pour évacuer sa frustration.

Le soleil brûlant brouillait ses sens. Difficile de détecter le moindre indice dans ces conditions infernales. Pourtant, Enzo persistait et scrutait chaque fourré, écartait chaque branche au sol, à la recherche de la moindre trace.

Allez, je suis sûr que tu as merdé cette fois.

Depuis le point de départ indiqué par les proches de Christelle Legrand, ils avaient parcouru plusieurs kilomètres. Beaucoup trop. Le chemin traversait la forêt de pins de long en large et s'étendait sur plusieurs dizaines de kilomètres. Une joggeuse, même aguerrie, ne parcourt pas autant de kilomètres pour une course matinale, surtout avant une journée de travail. Si des traces d'agression existaient, elles devaient se trouver beaucoup plus en amont de leur position. Enzo laissa les autres officiers poursuivre leurs recherches et revint sur ses pas.

Tu l'as frappée ici, assommée sans doute. Et ensuite quoi ? Tu as un corps inerte sur les bras, tu en fais quoi ? Le matin, on risque de te voir...

Le cerveau d'Enzo tournait à plein régime.

Une voiture garée dans le coin ? Non, trop risqué, tu aurais pu laisser des traces.

Machinalement, il s'enfonça dans la nuée de pins et erra au hasard de ses réflexions. Une question cruciale le percuta de plein fouet.

Qu'est-ce que tu foutais ici, sur son chemin ? Au petit matin, en plus. Tu ne repères pas tes victimes, tu ne les suis pas et pourtant tu savais qu'elle serait ici, seule. Comment ?

Le bruit d'une circulation fluide lui parvint : il était revenu près de l'orée de la forêt. L'enseigne d'un bureau de tabac se détacha du paysage. Selon ses premiers calculs, Christelle avait entamé son jogging vers 6 h 30, soit une heure avant l'ouverture du commerce.

Tu es un prédateur. Je suis prêt à parier que tu as attendu que ta proie se fatigue, s'essouffle.

Au moment de l'agression, le tabac était ouvert, Enzo en aurait mis sa main à couper.

Pourquoi avoir couru le risque d'être vu ? Comment as-tu su qu'elle...

Une hypothèse, d'une évidence cristalline, germa dans son esprit.

Tu étais ici. Tu l'avais vue, par hasard, faire son jogging.

La chaleur était de plus en plus étouffante. Une douleur lancinante grondait sous son crâne. Les bruits de cette forêt se mêlaient, les arbres semblaient se mouvoir autour de lui. Ses jambes s'écroulèrent. Enzo se laissa tomber et s'adossa contre un tronc. Usé, son corps lâchait prise.

Pas maintenant, je suis à deux doigts de t'avoir. Tu étais là, dans cette forêt, à même pas sept heures du mat'... Qu'est-ce que tu es venu foutre ici ?

Autour de lui, le décor devenait sombre. Au milieu de cet enchevêtrement de formes, une ombre blanche émergea.

Vacillante, les cheveux attachés en une queue de cheval ébouriffée. Ses vêtements déchirés, des hématomes parsemant sa peau salie.

Christelle ? Christelle Legrand ?

Une hallucination, persistante. Loin d'être effrayé, Enzo la suivit du regard alors qu'elle s'enfonçait au cœur de la forêt. Envoûtante.

Où est-ce qu'il t'a emmenée, Christelle ? Vers une…

Un shoot d'adrénaline le réveilla en sursaut. Le mirage s'évapora d'un clin d'œil.

Vers une planque. Tu as une planque dans cette forêt, espèce d'enfoiré. Et tu l'as emmenée là-bas, jusqu'à ce que la nuit tombe.

Ne restait plus qu'à la trouver.

*

Ses muscles se tétanisaient, paralysés par l'attente. Plus d'une heure, immobile, avec comme seul équipement son téléphone et une lampe révélatrice de taches de sang. À chaque minute, l'obscurité prenait toute son ampleur.

Un voile sombre s'étendait désormais au-dessus de lui. Enfin, la nuit. Son domaine. Là où il vivait, pour ne pas avoir à affronter ses visions cauchemardesques. Enzo ne voulait plus dormir. Plus depuis sa mort.

À nous deux.

Il se leva. D'un clic, sa lampe projeta une lumière bleutée. Le décor autour s'emplit de nuances inquiétantes et contrastées. Méthodiquement, Enzo débuta ses recherches. Même s'il devait y passer la nuit, il trouverait l'indice qui lui permettrait de coincer cette pourriture. Ses pieds froissaient les épines sèches, heurtant çà et là des branches mortes.

Il trébuchait, usé par la fatigue et par une perpétuelle impression de tourner en rond. Les arbres se ressemblaient tous, sans aspérités, sans signes distinctifs. La nuit avançait, ses vêtements prenaient l'humidité.

Mais Enzo persistait, encore et encore.

Déjà, la nuit cédait sa place à l'aube, son échec devenait de plus en plus inéluctable.

Une minuscule trace attira soudainement son regard. Seul le sang s'illuminait au contact de la lumière de sa lampe. Prudemment, Enzo s'approcha. Un deuxième éclat apparut à sa droite, suivi d'un autre. Un chemin sanglant apparut, semblable à des lucioles le guidant vers sa destination. Soudain, ses pieds se dérobèrent. La terre laissa place au vide. *In extremis*, il se rattrapa à une branche souple. Masqué par de hauts branchages, un talus plongeait dans les abîmes. Le long d'une pente raide, les racines des arbres alentour, mises à nu, se dévoilaient. Délicatement, il dévala le terrain meuble qui s'effrita sous ses pieds. En bas, la végétation avait repris ses droits. Lierre et ronces se mêlaient, hostiles à son passage et parsemés de résidus de sang que sa lampe éclairait. Enzo les suivit du regard. Au loin, en grande partie cachée par les broussailles, apparut l'entrée de ce qui lui semblait être une grotte. Ce n'était pas une grotte. De larges pierres, taillées par la main de l'homme, façonnaient une arche abîmée par le temps.

Un ancien abri militaire. Vestige d'une guerre passée qui avait laissé bon nombre de ces bâtiments abandonnés, à la merci de la nature. Encadrée de pierres recouvertes de mousse, l'entrée semblait l'appeler. La main sur son 9 mm, Enzo continua à avancer.

Le souffle matinal s'engouffra dans l'abri et renvoya un écho sinistre. Un cri de douleur.

À quelques centimètres de l'entrée, il s'arrêta. Seul un corridor interminable se laissait deviner. Coloré d'un noir si dense qu'aucune forme ne parvenait à s'en extraire. Du néant sortait une odeur nauséabonde, mélange de moisissure et de terre fermentée. Enzo brandit sa lampe en avant et entra.

L'obscurité s'illumina.

Putain…

Les murs étaient couverts de traînées bleutées. Des résidus luminescents qui formaient un chemin lugubre plongeant au cœur des ténèbres. Le sang tapissait les pierres, souillées d'une violence inouïe. Sur sa droite, des empreintes de main. Évanescentes, étalées dans toute leur longueur avant de disparaître.

Ces traces...

La victime s'était accrochée à la vie. Une dernière lutte dont les murs portaient le témoignage indélébile.

Elle était en vie quand tu l'as amenée ici. En vie et consciente.

Cette fois, c'était peut-être sa chance. Enzo continua son avancée Une grande pièce ovale remplaça l'étroit couloir : le cœur de l'abri. Enzo pouvait distinguer des déchets rongés par le temps, des tags ou encore un cendrier improvisé. Un repaire de marginaux.

Au fond de la pièce, une immense boîte métallique. Assez longue pour y enfermer un être humain. Le long du couvercle, les taches se multipliaient. Certaines disparaissaient sous les minces interstices de l'ouverture. Plein d'appréhension, Enzo tenta de l'ouvrir.

Un relent putride lui sauta au visage et le força à détourner la tête. Son cœur se souleva. Les vapeurs se dissolvaient dans l'air ambiant. Lentement, il s'approcha et se pencha. À l'intérieur, de minces traits émaillaient les contours de façon uniforme, recouverts d'éclats brunâtres. Enfermée dans ce cercueil improvisé, Christelle Legrand avait désespérément essayé d'en sortir, raclant ses ongles jusqu'au sang.

Enzo balaya l'intérieur du regard. Dans un coin, une forme sombre se cachait. Il cligna des yeux, persuadé d'avoir mal vu. Une peluche d'enfant. De sa main libre, il s'en saisit. Le tissu, d'une propreté inconcevable dans cet endroit, était d'une douceur qui le fit frissonner. Au milieu de ce cauchemar, ce doudou, synonyme d'innocence, attisa sa peur. Jusqu'ici, seules des femmes étaient portées disparues. Et si ce pervers avait également jeté son dévolu sur des enfants ?

Enzo s'apprêta à faire demi-tour. Un dernier coup d'œil. Là où se trouvait la peluche, le métal était éraflé. Ciselé de contours arrondis. Des lettres. Enzo braqua sa lampe sur l'inscription qui s'illumina, maculée de sang.

Une écriture mal maîtrisée, comme celle d'un enfant. Un seul mot, un prénom.

Nino.

*

Épuisé, Enzo s'étira. Depuis quatre jours, il vivait au rythme de cette affaire, jusqu'à réduire son sommeil à un pointillé entre deux lignes de terreur. Un prétexte de plus pour ne pas avoir à affronter la nuit. Sur l'écran de son ordinateur, un énième article détaillait un nouveau traitement thérapeutique contre la paralysie du sommeil. Une appellation scientifique pour mettre des mots sur ses hallucinations. Celles qui l'empêchaient de dormir et transformaient ses nuits en véritable bataille. Une bataille perdue d'avance.

Les souvenirs affluèrent. Ceux d'une époque où son métier hantait ses rêves, au grand désespoir de celle qui partageait sa vie. Addict au travail, autant qu'aux somnifères. Ce soir de juillet. Les cachets dans sa gorge, son esprit qui divague, avant le sommeil, réparateur. Le réveil, éteint d'un geste réflexe pour ne pas la réveiller. Cette odeur. La tache rouge sur les draps, le sang encore chaud qui se répand sur le sol. Son cri de douleur. Sa femme, tuée à ses côtés, le thorax transpercé de violence.

Enzo secoua la tête, chassant cette blessure encore à vif. Il ferma sa fenêtre de navigation et revint aux feuillets éparpillés sur son bureau. Les résultats des premières analyses provenant de la malle.

Des ADN, tous identifiés. Les disparues de ces dernières semaines avaient désormais leur bourreau. Un seul et même homme les avait retenues enfermées dans cette prison de métal rouillé.

Quatre victimes, sans aucun point commun.

Au mur, comme un rappel permanent, une carte de la région le narguait. Punaisée de points rouges et de photos vieillies. Les yeux injectés de sang, creusés de cernes sombres, Enzo buvait un énième café. Le breuvage chaud coula dans sa gorge et diffusa sa substance salvatrice.

Une autre nuit blanche l'attendait. Ses nerfs s'approchaient dangereusement du point de rupture.

La sonnerie du téléphone le fit sursauter.

— Oui ?

— Enzo, c'est Ben.

— Dis-moi que tu as quelque chose.

— Et la politesse ? Il va falloir que tu retravailles ton éducation, je suis en train de faire des heures sup' pour toi, tu le sais ça ?

— Fais pas chier, Ben. Je t'offrirai un verre quand tout ça sera terminé.

— Je note. Bon, écoute, pour ta fameuse malle… Elle est introuvable.

— Comment ça ?

— Ces malles étaient utilisées pendant la Seconde Guerre mondiale pour stocker les provisions des soldats. Seul hic, et de taille, tous les exemplaires connus ont été rapatriés dans des musées spécialisés.

— Tous ? Tu es sûr de toi ? Des objets datant de cette période, tu en trouves partout. Brocantes, vide-greniers, antiquaires et j'en passe.

— Sauf que ces malles-là, personne n'en veut. Elles étaient principalement stockées dans des bunkers ou des galeries isolées. La plupart ont été enfouies ou dégradées par le temps. Ce ne sont que des tas de rouille.

Des bunkers.

— Ben, tu es un génie.

— Je ne te suis plus, là, même si je suis d'accord avec toi.

— Tu peux me lister les bunkers qui se trouvent dans la région ? Limite-toi pour le moment à une zone de dix kilomètres autour de la ville.

Pas de réponse. Au bout du fil, l'analyste pianotait frénétiquement sur son clavier.

— Tu as du bol, toi, tu sais. Le conseil départemental a lancé une grande action de recensement des vestiges de la Seconde Guerre mondiale l'année dernière. Je te transfère ça, avec les coordonnées GPS de chaque bunker.

— Quand ?

— Laisse-moi quelques minutes au moins.

— Je crois que j'en connais déjà un. Je me mets en route, envoie-moi ça au plus vite par mail.

Sans attendre de réponse, Enzo raccrocha et sortit en trombe.

*

Antoine reste immobile. Le jeune garçon pleure, perdu dans l'obscurité, assis en tailleur au milieu de ce qui lui semble être une clairière, entouré d'arbres effrayants. Ses sanglots se muent en hoquet et couvrent les bruits nocturnes de la forêt alentour.

Où je suis ? Maman, j'ai besoin de toi. J'ai peur !

Même son doudou n'est plus à ses côtés pour le réconforter. Son innocence n'est plus, seule sa terreur enfantine subsiste.

Qu'est-ce que je vais faire ? Les monstres, ils vont venir me manger. Maman, viens me chercher !

Une voix, emplie d'un ton maternel, résonne brusquement à ses oreilles.

— Nino…

— Ma… Maman ?

— Nino… tu es là, mon ange ?

Antoine se retourne d'un bond. Quelques mètres plus loin, des murs de béton sortent de terre pour former un gigantesque puits. Lentement, l'enfant se lève.

— Viens, Nino, n'aie pas peur.

Amplifié par l'écho, la voix résonne en un appel lancinant. Étrangement, Antoine n'a plus peur. Son corps semble apaisé par cette voix, douce et calme. Comme celle de sa mère. De sa manche pleine de terre, il essuie ses larmes et avance vers ce qui lui paraît être une cabane, enterrée sous terre, si profondément que les monstres ne peuvent la trouver. Des chants lui parviennent. Un air qu'il reconnaît aussitôt et qui lui arrache un mince sourire.

Cerf, cerf, ouvre-moi, ou le chasseur me tuera. Lapin, lapin, entre et viens, me serrer la main.

Des rires s'y mêlent, ponctués de pas étouffés. Penché au-dessus du vide, Antoine tente de discerner quelque chose. Des formes se déplacent, furtivement, à peine visibles dans le néant. Le noir l'appelle, il peut le sentir. Un noir cotonneux, agréable, aussi doux qu'une peluche.

Qu'est-ce qu'on doit être bien là-dedans. Peut-être que Maman m'y attend.

Sûr de lui, le jeune garçon s'assied sur le rebord.

— Viens, Nino, on est tous là, en bas. On t'attend, viens jouer avec nous.

Je ne serais plus seul, je pourrais jouer avec eux. Et avec Maman, j'ai tellement envie de la revoir.

En un instant, il bascule dans le vide.

Son corps atterrit sur un sol moelleux. Malgré la chute, Antoine n'a pas mal, bien au contraire. Il éprouve même une agréable sensation et s'imagine être sur un de ces immenses tapis gonflables de parcs d'attractions.

— Tu es avec nous maintenant, Nino.

Des mains le frôlent, douces et amicales. Le jeune garçon se laisse emmener au son de rires d'enfants. Ensemble, ils fredonnent cette comptine entêtante.

Cerf, cerf, ouvre-moi, ou le chasseur me tuera. Lapin, lapin, entre et viens, me serrer la main.

*

La région grouillait de ces bunkers désaffectés. La plupart étaient cependant murés ou ensevelis par les années. Inaccessibles. Munis des coordonnées envoyées par Ben, Enzo les passait en revue. Un par un.

Sa lampe torche clignota, à bout de forces, avant de s'éteindre définitivement. Enzo pesta et alluma son téléphone. Le regard absorbé par l'appareil, il trébucha sur quelque chose. Son smartphone éclaira le sol d'une faible lueur.

Un chausson d'enfant. Imprimé d'un personnage de dessin animé.

Merde...

Tant d'hypothèses dans ce simple objet. La présence d'un enfant ici, sans doute contre son gré. Tiré de force, à en perdre un de ses chaussons.

Enzo releva les yeux. Le bunker trônait, bloc de béton au cœur de la forêt. Ses murs lisses ne laissaient apercevoir aucune entrée apparente. Sur le dessus, là où une trappe d'accès permettait, il y a de nombreuses années, de pénétrer dans cette forteresse, un trou béant s'étendait. Le plafond s'était écroulé, ne laissant qu'un puits sans fond.

Le visage penché au-dessus du gouffre, il évaluait la situation. Les bunkers regorgeaient de sols érodés capables de s'écrouler en un instant.

Au-dessus de sa tête, le ciel se couvrit de nuages menaçants. L'obscurité prit possession des lieux. Enzo composa le numéro personnel du commissaire Munoz, abandonna son téléphone portable sur le sol, puis sauta dans le vide.

Ses pieds atterrirent sur une surface meuble. Les ténèbres devinrent encore plus profondes. Il eut la sensation d'être un gamin piégé dans le noir. Une peur incontrôlable remonta de ses entrailles. Les présences fantomatiques autour de lui s'intensifièrent, l'isolant comme une proie terrifiée.

Des murmures lui parvinrent. Des rires d'enfant. En un instant, ses certitudes s'ébranlèrent. Enzo venait de pénétrer dans une autre dimension. Un univers où l'horreur régnait, où enfants et démons ne faisaient qu'un. Des pas étouffés résonnèrent non loin de lui. Avant qu'Enzo ne puisse réagir, une main puissante s'agrippa à sa cheville. Il s'écroula sur le sol.

Son visage heurta la terre. Humide, imprégnée d'une substance liquide. Un goût métallique emplit sa bouche et lui déclencha un haut-le-cœur.

Du sang. Ce sol n'était que sang et boue.

Sur son bras, une pression : on le tirait. Un relent pestilentiel lui parvint, comme un souffle purulent collé à son visage. Un murmure. On le conduisait droit en enfer.

— Aidez-moi...

La voix fluette résonnait d'un timbre sans vie. D'autres masses bougèrent autour de lui. Un marécage humain tentait de l'attraper. Sous ses mains, la terre frissonna de vagues, accompagnées par un râle de douleur.

Au loin, un grondement sourd. L'orage approchait. Un éclair illumina la portion de ciel encore visible. L'espace d'une seconde, Enzo vit.

Non...

Pris de panique, il se releva aussi vite qu'il le put. Ce n'était pas de la terre, mais des cadavres. Un sol de cadavres. Des morts, ou laissés pour tels, tapissaient ce bunker. Certains en état de décomposition avancée, d'autres respirant encore. Un véritable charnier à ciel ouvert.

Un nouveau flash.

Ces brefs laps de temps lui permettaient de ne pas céder à la peur. À ses pieds, une ombre bougea. Plus rapide que les autres. Vivante.

L'attaque, aussi violente qu'inattendue, le surprit. Avant une douleur, fulgurante, au niveau de la cuisse. Instinctivement, sa main se porta vers la blessure. Sans se douter du piège. Le second coup transperça sa paume.

Les ténèbres s'éclairèrent, déchirées par un nouvel éclair. Le temps s'arrêta.

Face à lui, un visage. Celui d'un enfant, souriant. Heureux. La vision cauchemardesque disparut dans l'obscurité. Enzo sentit la lame tranchante s'enfoncer plus profondément encore dans sa chair. La plaie, déjà béante, s'élargit. Il hurla. De douleur, de peur, de rage.

Comment est-ce possible ? Comment un enfant pourrait-il...

Les questions se multipliaient, embrouillées par ses forces qui le quittaient. Il sentait son sang ruisseler.

Un enfant, caché au milieu des cadavres... il n'était pas la victime...

— Tu as été très très méchant, Nino.

Ce garçon n'avait plus rien d'humain, il n'était qu'un monstre.

Un monstre... je ne dois pas... c'est un monstre, pas un enfant...

Galvanisé par l'adrénaline, Enzo ferma les yeux, oublia ce sourire innocent et frappa. Au hasard, de toutes ses forces. Le coup fendit le vide. Son poing s'écrasa contre un cadavre dans un fracas d'os brisés et de chair transpercée. Une fragrance insoutenable l'envahit. Il hoqueta violemment, ses tripes saisies de spasmes répétés.

Profitant de cette faiblesse, l'arme ressortit de sa chair, avant de pénétrer son abdomen. Jamais il n'avait ressenti une douleur si intense, chaque millimètre transperçant sa chair n'était que pure souffrance.

Il allait mourir, ici, comme les autres.

Dans un ultime baroud d'honneur, Enzo se saisit à pleine paume du couteau enfoncé en lui et remonta jusqu'à pouvoir attraper le bras de son adversaire. De toute sa rage, il frappa. Son coup atteignit une arcade sourcilière qui se fendit dans un cri rauque.

Sa colère se déversa. Il heurta encore et encore ce visage d'enfant, jusqu'à sentir son adversaire perdre toute résistance.

C'en était terminé. Enzo s'écroula.

*

Ses paupières s'ouvrirent sur un blanc éclatant.

— Comment ça va, Enzo ?

Le visage du commissaire Munoz le fixait, inquiet. Allongé sur un lit d'hôpital, Enzo ne sentait plus ses jambes. Dans un état second, il arrivait à peine à articuler.

— Où je suis ?

— En unité de soins. On t'a trouvé grâce à Ben.

Ben. Les bunkers. Le noir.

— On aurait dit… un enfant.

— Un enfant ? Non, Enzo, c'est bien un homme que l'on a découvert à tes côtés.

— Il… il est où ?

— Sous étroite surveillance, ne t'en fais pas. La prochaine fois, retiens tes coups, il est méconnaissable.

— Je n'ai pas pu.

— Tu sais que tu vas devoir en répondre à ta sortie de l'hôpital ?

Le commissaire Munoz soupira.

— Je t'appuierai, ne t'inquiète pas, on aurait tous eu la même réaction. Tiens, je t'ai apporté de la lecture.

D'un geste nonchalant, Munoz balança une épaisse pochette cartonnée sur les couvertures avant de se diriger vers la fenêtre.

— Il s'appelle Michel Borsini.

Les mains d'Enzo tremblaient.

Sous ses yeux, un visage inconnu. Un homme, aux pommettes saillantes, à la peau couverte d'une mince barbe.

— Schizophrène, bipolaire, psychotique. Persuadé de s'appeler Antoine Borsini, fils de lui-même. Interné l'année dernière pour le meurtre de sa femme, de trente-quatre coups de ciseaux.

— Comment… Il est en liberté ?

— Bonne question. Son évasion n'a pas été signalée aux autorités, pour préserver la réputation de l'établissement où il était interné. Le directeur est en garde à vue.

— Ses victimes ?

— Aucun lien entre elles. Toutes au mauvais endroit, au mauvais moment. On cherche encore à déterminer le mode opératoire mais notre homme n'est pas prêt à nous livrer ses secrets. Entre ses blessures et son état psychologique, plus qu'instable, je parie qu'on ne connaîtra jamais le fin mot de l'histoire.

— Combien ?

— Comment ça, combien ?

— Dans le bunker, elles étaient combien ?

Le commissaire Munoz garda le dos tourné, les mains appuyées sur la mince bordure de fenêtre.

— Tu les as vues. Certains corps sont dans un état… enfin, tu comprends, c'est compliqué de les identifier. Pour l'instant, cinquante-deux.

Cinquante-deux. Un électrochoc.

— Putain, mais comment c'est possible ? Elles viennent d'où ces femmes ? Personne n'a signalé leur disparition ?

— Je te l'ai dit, c'est en cours. Dans tous les cas, cette affaire ne te concerne plus. On a notre coupable, ses victimes, la suite n'est plus de notre ressort.

La colère laissa place à la frustration.

— Calme-toi, Enzo, ça ne sert plus à rien. Tu as fait ton boulot. Maintenant, repose-toi, tu vas avoir besoin de toutes tes forces pour revenir à ton poste. Des Michel Borsini, il y en a des tonnes dans la nature.

— Vous avez raison, commissaire. Je… j'étais persuadé d'avoir vu un enfant. Quand les éclairs ont éclairé l'intérieur du bunker, je… j'ai cru…

— Les éclairs ? Quels éclairs ?

— L'orage. Ça tonnait dehors, c'est grâce à ça que j'ai pu le voir.

— Il n'y a eu aucun orage, Enzo.

Impossible.

— Allez, je te reprends ça. Tu as besoin de te reposer. Avec toutes les saloperies qu'ils t'injectent, tu dois être shooté. Fais-moi signe dès que tu sortiras de là.

— Je… Bien, commissaire.

*

Allongé sur son lit, la fenêtre ouverte, Enzo ne dort pas. L'esprit embrumé par la succession d'événements et de révélations, il ressasse les heures qui viennent de s'écouler.

Jamais il ne se fera à la folie humaine. Comment un homme peut-il basculer à ce point ? Ce monde se remplit de psychopathes pour qui tuer procure du plaisir. Même un certain soulagement. Les hommes comme Enzo ne font que brasser du vent, en arrêter un lorsque dix autres naissent.

La fenêtre claque dans un bruit sourd. Un courant d'air.

Entravé par la perfusion, Enzo se lève péniblement. Les douleurs se réveillent, il peut désormais sentir chaque hématome. Son bras libre ferme la fenêtre. Encore un effort et il parvient à se rallonger sur le lit grinçant. Au-dehors, les étoiles brillent au cœur d'un ciel d'encre. La pleine lune l'éclaire.

Il ne veut pas dormir. De peur de devoir encore subir cette foutue paralysie. Ses muscles figés, un par un, cette sensation d'être prisonnier de son propre corps. Avant les hallucinations, les monstres… Les terreurs nocturnes, dans leur plus pure essence.

Seulement, son corps est à bout. Usé par tant de nuits blanches, blessé par des plaies profondes. Il ne tient plus. Enzo doit dormir, traverser son purgatoire.

Ses yeux se ferment. Instantanément, les images affluent. Son esprit vagabonde. Il revoit sa mère. La maison où toute la famille, unie et heureuse, passe les vacances. Ce surnom qu'elle lui donne. Son deuxième prénom, celui de son grand-père maternel. Antonino.

Nino.

Un nouveau courant d'air, brûlant. Sa poitrine se compresse brusquement, sous l'effet d'une force invisible. Il ne peut plus respirer. Ses paupières s'ouvrent en un sursaut, ses yeux s'écarquillent.

Ce n'est que dans ma tête, ce n'est que dans ma tête.

De l'air. Il lui faut de l'air. La fenêtre. Enzo tente de se lever mais aucun de ses muscles ne parvient ne serait-ce qu'à frissonner. Un voile sombre plonge progressivement sa chambre dans la pénombre. Enzo essaie de crier, d'appeler à l'aide mais aucun son ne sort de sa bouche.

Que dans ma tête… Rien n'est vrai.

Des pas lents, terriblement puissants, résonnent sur le carrelage froid de l'hôpital.

Une ombre massive au-dessus de lui. Une silhouette désarticulée, secouée de violents spasmes. Ses yeux. Ils fixent Enzo d'un regard noir. Le regard du malin.

— Cela faisait un bail. Je croyais que tu ne voulais plus me voir… Nino.

Laisse-moi tranquille. Tu n'existes pas, tu n'es que dans la tête.

— Tu es sûr de ça ? Et si ce n'était pas le cas, Nino ? C'est peut-être moi que vous appelez le croque-mitaine. Le dévoreur de rêves… Hombre Del Saco.

Non, tu n'existes pas, je vais me réveiller et tout sera terminé.

— Est-ce moi qui n'existe pas ou toi, Nino ? Qui es-tu vraiment ?

Qui… Qui je suis ?

— Tu as raison, il est temps de te réveiller.

Un clic. Quelque chose d'enfoui remonte. Des souvenirs. Sa chambre, dans la maison de vacances. Les ciseaux. Son doudou. Le noir. Sa mère. Cette sensation étrange, agréable.

Enzo s'efface pour laisser la place à Nino. Éveillé par l'obscurité, mû par une envie irrépressible de tuer.

— Tu as été très très méchant, Nino. Très méchant.

— Je sais. Et je vais enfin pouvoir recommencer.

Johana GUSTAWSSON

DANS LE VENTRE DE LA BÊTE

Göteborg, vendredi 19 mai 2017, 17 heures

Les yeux d'Anna fixaient, fascinés, la main plaquée contre la porte. Ouverte comme un soleil, une alliance étranglant l'annulaire, elle était parcourue d'une cicatrice rosie du pouce à l'index.

Anna tourna la tête et déglutit en découvrant la pièce sans fenêtre. Un homme assis derrière une table lui adressa un sourire sec, comme étriqué – fatigué, peut-être. Avachi sur la chaise, il semblait sur le point de glisser dans le sommeil.

L'adjointe fit basculer son poids d'un pied sur l'autre et poussa un soupir bourru. Anna frôla son uniforme auréolé de sueur, la boutonnière gondolée par sa poitrine proéminente. « *Bon, tu te bouges le cul, cocotte ? Je vais pas te la tenir toute la journée, cette porte !* » Voilà ce qu'elle avait envie de lui dire, la balafrée, avec son regard mauvais.

— Madame Hellenström ?

La voix de l'homme était aussi lasse que son sourire. Traînante, comme un baiser baveux sur la joue, ou sur les lèvres.

Anna acquiesça en tirant sur son gilet.

Il désigna une chaise face à la sienne. Il l'invitait à s'avancer. À s'asseoir devant lui. À entamer la discussion. Ou plutôt, sa confession. Il ne lui restait que quelques mètres à franchir avant la délivrance. Passer le seuil et entrer. Ensuite, ça irait tout seul.

En se fermant, la porte lâcha une brassée d'air dans le dos d'Anna.

Brassée d'air... frais... respire... souffle... dernier souffle...

Elle fonctionnait comme ça : par association d'idées. Un jeu qui lui permettait de cartographier l'esprit d'un individu en quelques secondes. Elle aurait répondu quoi, la grosse balafrée, si on parlait de sa main abîmée ? Cicatrice ? Toucher ? Griffer ? Bercer ?

Anna humecta ses lèvres sèches et râpeuses, striées de gerçures.

— Vous voulez que je vous fasse apporter un verre d'eau ?

— Non, non... merci, commissaire.

L'homme gratta sa barbe rase du bout des doigts sans la quitter des yeux.

Anna refréna une grimace. Le contact des ongles sur les poils drus : un son touffu, indécent.

— Pourriez-vous revenir sur ce que vous avez dit à ma collègue, s'il vous plaît ?

— Depuis le début ? demanda-t-elle en croisant les jambes sous sa chaise.

— Depuis le début, oui.

Anna songea à la première chose qui lui avait traversé l'esprit : comment allaient-ils la transporter ? Ses cheveux mouillés plaqués contre son crâne comme ceux d'une nageuse qui sort de l'eau, sa peau marbrée de rouge, les bras ballants, le clapotis des semelles des ambulanciers dans la mare au pied de la baignoire... L'allongeraient-ils sur une civière avant de la recouvrir d'un drap ? Non... l'étoffe s'imbiberait de sang et collerait au corps... La placeraient-ils dans un sac ? Ces grands sacs noirs qui ressemblent à des housses de skis et qu'on voit dans les séries criminelles. Ils le refermeraient sur son visage exsangue, en coinçant une poignée de cheveux dans la fermeture Éclair ; une touffe blonde et poisseuse, comme un épi malvenu sur une tête laquée.

Laquée... ordonnée... propre... cirée... cireux...

Le commissaire recula dans son fauteuil, donnant l'impulsion à Anna qui libéra un soupir sonore et se lança.

— Je... Elle... elle était instable, ces derniers temps. Elle n'avait pourtant jamais montré de signes de déséquilibre, avant...

Elle serra les dents si fort qu'elles crissèrent.

— Avant quoi, Anna ?

Il lui avait demandé de recommencer depuis le début. Mais le début se trouvait *bien avant* les premiers signes de mal-être.

— Peut-être que je devrais remonter plus loin... avant qu'elle n'aille mal. Sinon, je n'explique rien. Je ne fais que constater. Et tout le monde va penser qu'elle est coupable, responsable de ses actes, alors qu'elle ne l'était pas. Vous comprenez, commissaire ?

Il acquiesça d'un signe de tête en remontant ses lunettes d'un doigt. Son index glissa sur le verre, laissant une empreinte huileuse.

— Elle était comptable et travaillait de chez elle. Elle ne voyait que rarement ses clients. Elle n'était pas très sociable. Plutôt solitaire. Comme Tomas, son compagnon. Ils étaient casaniers, tous les deux.

Les lèvres d'Anna esquissèrent un sourire.

— Comment l'avait-elle rencontré ?

— Au lycée. Je voudrais bien de l'eau, en fait.

Le commissaire leva le bras à la manière d'un client hélant un serveur. Anna sursauta et porta brusquement les mains à son visage. L'imposant miroir sans tain lui renvoyait une image impitoyable : ses joues creusées comme des cratères, sa frange coiffée sur le côté dégageant un front plissé, ses yeux bouffis de mauvais sommeil. La culpabilité la rongeait. La peine aussi.

Boudinée dans son uniforme suintant de transpiration, la balafrée entra dans la pièce et déposa deux gobelets sur la table.

Anna rajusta le col de son chemisier Liberty et avala une première gorgée pour s'humecter les lèvres. Un goût de sang se propagea dans sa bouche.

— Vous me parliez de son compagnon…

— Oui… pardon, commissaire.

Elle secoua la tête pour chasser les images de la baignoire. Cette eau si rouge qu'elle en paraissait visqueuse.

— Je… Ils vivaient ensemble depuis huit ans. Il est agent immobilier.

Anna ôta l'élastique qui retenait ses cheveux. Du bout des doigts, elle peigna les mèches sur le sommet de sa tête et les recoiffa en queue de cheval.

— Il… il n'a rien vu. Il n'a pas compris que sa fatigue était liée à un profond malaise.

Anna caressa la table.

— Mais ce n'est pas sa faute, ce n'est pas un mauvais gars. Les hommes ne sont juste pas équipés du quotient émotionnel nécessaire pour lire les signes de détresse d'une femme… ou de qui que ce soit d'autre, d'ailleurs…

— C'est avec lui que tout a commencé ?

— Non. Pourquoi… Ah, pardon, commissaire…

Elle adressa un sourire triste à la table.

— On dit que les traumatismes et les peurs prennent leur source dans l'enfance, n'est-ce pas ? C'est donc certainement le cas… son cas à elle aussi, je veux dire.

Enfance… racines… parents… transmission… déracinées…

— Vous pensez à quelque chose en particulier ?

Anna déglutit. Un élancement rayonna de sa gorge à ses oreilles. Elle leva les yeux vers son interlocuteur ; il semblait plus alerte. Il avait dû dépasser le seuil de la fatigue et fonctionnait sur ses réserves d'énergie. Mais ça lui réussissait : il paraissait attentif et intéressé. En revanche, sous cette effroyable lumière jaune qui douchait la pièce, l'empreinte grasse sur le verre de ses lunettes occultait en partie son œil droit.

Son regard glissa vers le miroir sans tain. Bon sang, elle était tout échevelée, comme si elle était tombée du lit… Dieu qu'elle avait hâte de reprendre le chemin d'elle-même ! Elle aperçut soudain une bosse sur sa poitrine : un pli sur son gilet. Elle avait boutonné « lundi avec mercredi », comme aurait dit sa mère.

Comme aurait dit Maman.

— Je pensais à sa mère, commissaire. Ce qui est arrivé à sa mère.

Il garda le silence, la tête légèrement penchée sur le côté, les avant-bras posés sur les accoudoirs de son fauteuil, comme si son corps et son visage appartenaient à deux personnes différentes.

— Sa mère a grandi avec une sœur handicapée. Arriérée mentale. Débile profonde, pour être exacte. Le genre qui, quand on lui demandait d'appeler l'ascenseur, criait : « Ascenseur ! », si vous voyez ce que je veux dire.

Anna s'interrompit. L'homme s'était redressé sur sa chaise et massait son front plissé du bout des doigts.

— Ne pensez pas que je me moque, commissaire, pas du tout. L'exemple que je viens de vous donner est véridique : elle criait vraiment « ascenseur » quand on lui... Bref, sa mère a vécu cette... sororité avec beaucoup de difficulté. Ses parents lui interdisaient tout ce que sa sœur ne pouvait pas faire, ce qui ne lui laissait pas grand-chose : pas d'après-midi entre filles, pas de sorties, pas de petit copain... Elle a vécu en recluse jusqu'à ce que sa sœur se noie, à l'âge de dix-sept ans. Un traumatisme pareil, ça ne guérit pas du jour au lendemain, commissaire, et il lui a fallu des années pour être à l'aise en société. Finalement, c'est un peu comme si sa sœur, même morte, avait continué à ligoter sa vie. C'est tragique, vous ne trouvez pas ?

— Ça l'est, en effet, Anna.

Il avala à son tour une rasade d'eau.

— Vous imaginez la suite : handicapée sociale mais impatiente de quitter ce foyer qui l'avait chosifiée, elle a épousé le premier venu. Et elle est très vite tombée enceinte.

Anna ferma soudain les yeux. Une migraine avait planté ses griffes dans ses tempes et la douleur, brutale, lui enserrait le crâne comme un étau.

— Je suis désolée, commissaire… Est-ce qu'avant de continuer je pourrais d'abord vous raconter comment j'ai découvert son corps ?

— Bien sûr, Anna. Mais pourriez-vous préciser de quel corps il s'agit ? J'avoue être un peu perdu…

Il ponctua sa phrase d'un sourire tendre, presque paternel. Il devait la prendre pour une folle. En même temps, il y avait de quoi : elle était incapable de mettre de l'ordre dans ses idées. Comme le fil trop fin d'une couturière, son raisonnement cassait d'un coup, s'évaporait littéralement, laissant sa dernière phrase perdue dans une foule de mots, et son auditeur avec un air ahuri de vieille femme abandonnée sur un banc public.

— C'est vrai… tout cela est confus, pardon, commissaire… Je sais que vous préféreriez un récit chronologique, mais les images de ce jour-là n'arrêtent pas de… (sa main dessina des volutes devant son visage)… de perturber ma pensée et j'aimerais autant me débarrasser de… de tout ça, avant de vous parler du reste.

— Peut-être pourriez-vous identifier les personnes dont vous me parlez, ce serait peut-être plus simple, qu'en dites-vous ? Comment s'appelait la mère dont vous étiez en train de me raconter l'histoire ?

— Linn.

— Et sa fille, celle dont le compagnon s'appelle Tomas ?

Les lèvres d'Anna se scellèrent. Son menton se fripa et se mit à trembler.

— Marta, murmura-t-elle.

— Marta ?

Anna acquiesça d'un signe de tête en lâchant un soupir saccadé.

— Bien, très bien. Linn, la mère, et Marta, la fille. Merci, Anna, j'y vois plus clair maintenant. Racontez-moi la découverte du cadavre de Marta.

Cadavre. Le mot la gifla. Il portait en soi toute la puanteur de la chose. L'odeur putride de la mort, mais aussi sa brutalité. Un point final sanguinolent, rouge vif, qui éclabousse une ligne de vie et devient le seul que l'on remarque. Le seul dont on se souvient.

Anna déglutit plusieurs fois pour repousser la bile qui montait à l'assaut de sa gorge. Elle but sa dernière gorgée d'eau.

— Je n'avais pas prévu d'aller la voir, ce matin-là. Marta. Je n'avais pas prévu d'aller voir Marta. Pourtant, je me suis réveillée avec cette idée en tête. Obsédante. Comme si je l'avais notée en lettres majuscules sur un pense-bête. J'ai donc pris ma voiture pour me rendre chez elle, sans prévenir. J'ai sonné. Une seule fois. Comme elle ne répondait pas, j'ai ouvert avec mes clés. Au rez-de-chaussée, tout semblait en ordre : la table de la cuisine débarrassée, la télévision éteinte. Je suis montée au premier étage. Là aussi, son lit était fait. Rien dans la salle d'eau attenante. C'est au bout du couloir menant vers la chambre d'amis que je l'ai trouvée... Enfin, la chambre d'amis, ça allait...

Anna marqua une pause, comme absorbée par les stries du bois devant elle.

— Elle avait abandonné ses vêtements devant la porte de la salle de bains. En boule. Une culotte noire et une chemise de nuit blanc et rose. Comme si elle souhaitait nous prévenir, avant d'entrer, que c'était là qu'elle nous attendait. Elle avait même fermé la porte.

Elle repoussa sa frange d'une main tremblante.

— Je n'ai pas frappé. Je suis entrée. J'ai d'abord aperçu son bras qui pendait, à cheval sur le rebord de la baignoire. Puis l'arrière de son crâne. Elle avait tourné la tête vers le mur. Peut-être délibérément, je ne sais pas... Je ne voyais pas le reste de son corps. Absolument rien. L'eau était...

Anna se massa le bout des doigts, comme si elle venait de plonger la main dans cette baignoire.

— ... épaisse... visqueuse... rouge...

Elle s'essuya la bouche du revers de la main.

— J'ai appelé les secours.

— Vous n'avez pas essayé de voir si elle était vivante ? De lui prendre le pouls ? De la toucher ? De lui tenir la main ?

Anna se redressa sur sa chaise. Il la jugeait. Il s'était avancé sur le bord de son fauteuil, avait posé les paumes à plat sur la table et fixait des yeux un point sur son front. Il jugeait son inertie.

— Non, je n'ai pas essayé de… Non… Je suis restée à côté de la baignoire à les attendre. Les secours. Même si je savais bien qu'elle était morte.

— Qu'est-ce qui vous faisait dire qu'elle l'était ?

Cette fois, il avait planté son regard dans le sien. Il ne la jugeait pas, il l'accusait. Elle se leva d'un bond, le crissement de sa chaise recouvrant ses paroles.

— Anna, rasseyez-vous, s'il vous plaît.

— Je n'apprécie pas votre ton, commissaire ! J'aurais pu rester chez moi, mais je suis là ! J'essaie de racheter sa réputation ! sa conscience ! Et vous, vous m'accusez ? Vous êtes en train de dire que j'aurais dû essayer de… de quoi au juste ? J'ai appelé les secours, non ? J'étais chez elle alors que je n'aurais même pas dû y être ! Les secours ont tardé à venir, ce n'est pas ma faute si…

— Anna, je ne vous accuse de rien. Absolument rien. Et je vous suis très reconnaissant de votre venue ce soir. Rasseyez-vous, s'il vous plaît.

Anna se plaça derrière sa chaise et en agrippa le dossier, les yeux rivés à ses mains.

— Je suis restée debout, commissaire. À regarder son corps immergé. À écouter le silence. C'était terrifiant, ce silence. Comme si elle m'avait engloutie avec elle. Comme si c'était moi, dans cette baignoire… À ce moment-là, j'ai pensé à cette mère qui avait parlé à la radio de la mort de son fils. Elle disait que le pire, c'était le silence. Plus de petits pas pressés dévalant l'escalier, plus de rires cristallins, d'imitations de sirènes de pompiers ou de cris de victoire de pirates, plus de télé à tue-tête ni de pleurs, de jouets qui s'entrechoquent ou d'assiettes renversées, plus d'éclaboussements dans le bain. Plus de vie.

Elle contourna lentement la chaise et se rassit.

— Ils l'ont posée sur une civière. Sa peau était couverte par endroits d'une pellicule brune, un peu comme le dépôt au fond d'une bouteille de vin. Quand ils lui ont rabattu les bras sur le corps, une de ses mains a atterri entre ses cuisses, comme si elle essayait de cacher sa nudité. Je pourrais ravoir de l'eau ?

Il leva la main.

— Qu'avez-vous fait, ensuite ?

— Ce que j'ai fait ? C'est-à-dire ?

— Vous êtes allée à la police ? Vous êtes rentrée chez vous ?

— Je suis rentrée chez moi.

Cette fois, ce fut un jeune homme qui apporta l'eau. Non plus deux verres en plastique, mais deux petites bouteilles. Anna en dévissa une et but quelques gorgées au goulot.

— Je vais peut-être continuer l'histoire de sa mère, non ? proposa-t-elle en reposant la bouteille.

— Si vous le souhaitez, Anna.

— Ça ne vous intéresse pas ?

— Bien entendu : cela m'aide à expliquer son geste. Mais je peux comprendre que vous soyez fatiguée et préfériez continuer plus tard.

Elle ouvrit la bouche, puis la referma aussi sec.

— Oui, Anna ?

Elle posa sur lui un regard gêné.

— Peut-être est-ce vous qui êtes fatigué ?

Il lui sourit. Des rides strièrent les coins de ses yeux. Il ôta ses lunettes, sortit un mouchoir de sa poche et en nettoya sommairement les verres.

— Je suis fatigué, oui. Le travail de nuit ne me réussit pas. Je ne suis jamais parvenu à m'y habituer, pour être honnête. Mais je suis ici jusqu'à 7 heures demain matin, et je serais ravi d'écouter l'histoire de la mère de Marta. Linn, c'est bien ça ?

Anna acquiesça d'un bref signe de tête.

— Vous voulez quelque chose à grignoter avant de commencer ? Je suis désolé, mais je n'ai pas dîné et je meurs de faim.

— Non merci, commissaire.

— Ça vous ennuie si je mange un petit quelque chose ?

— Pas du tout, non, je vous en prie.

Il n'eut même pas besoin de lever le bras. Le jeune homme pénétra dans la pièce presque aussitôt, avec deux tranches de pain polaire garnies de fromage et une tasse de café ; le tout sur un plateau.

— Vous êtes sûre que vous ne voulez rien, Anna ?

— Rien, merci.

— Même pas un café ?

— Non, ça ira, merci.

Il dévora la première tartine avant de goûter prudemment à son café.

— Je peux commencer, commissaire ?

— Allez-y, bien sûr, Anna. Vous me disiez que Linn avait épousé le premier venu et était tombée très vite enceinte.

Les lèvres d'Anna s'étirèrent en un sourire reconnaissant.

— Exactement.

— Que s'est-il passé après ? questionna-t-il en mordant dans sa deuxième tartine.

— La grossesse a été un enfer. Un voyage en enfer. Linn était persuadée qu'elle allait donner naissance à un enfant handicapé – handicapé comme sa sœur. Elle était persuadée que le cauchemar qu'elle avait vécu, pratiquement jusqu'à l'âge adulte, allait recommencer. Qu'elle allait être aliénée, encore une fois. Que quelqu'un allait annihiler sa vie, comme sa sœur. Elle a même… elle a même songé à interrompre sa grossesse. À avorter.

— Elle ne l'a pas fait ?

— Non… elle n'a pas trouvé la force de… de le faire partir…

— C'était un petit garçon ?

— Je me référais au bébé. « Il » pour *le* bébé.

— Ce bébé est-il né handicapé ?

— Pas du tout, non. Il était en parfaite santé.

— Cet enfant, était-ce Marta ?

— Oui, c'était Marta, commissaire.

Il appuya son dos contre le dossier du fauteuil, qui bascula légèrement en arrière, et posa sa tasse en équilibre sur son genou.

— Anna, qui vous a parlé de la vie de Linn ? Linn elle-même ? Marta ? ou peut-être Tomas ?

— Linn.

— Vous étiez proches ?

Le regard d'Anna passa de ses mains au miroir sans tain.

— Est-ce qu'on était proches ? Certainement, oui, pour qu'elle me raconte quelque chose d'aussi intime et déstabilisant… On devait l'être, sans doute. Pour avouer à quelqu'un que l'on compte se débarrasser de son bébé à naître, il faut lui faire confiance, je suppose.

— Comment s'est passée l'enfance de Marta ?

Anna dodelina de la tête.

— C'est difficile à dire… Je ne sais pas si je suis en mesure de vous apporter une réponse… Je sais juste que Linn a été consumée par une peur vorace qu'il n'arrive quelque chose à cet enfant. C'était une mère extrêmement protectrice, voire étouffante. Le côté assez ironique de la chose, c'est qu'elle reproduisait avec ses enfants exactement ce que ses parents lui avaient fait subir : cet enfermement, cette dépersonnalisation, ce renoncement à la vie. Quelque part, elle recréait tout, elle répétait leurs errances, pour des raisons différentes, certes, mais elle les reproduisait quand même.

— Quel impact cela a-t-il eu sur Marta ?

— Elle a continué à récolter les graines semées par sa grand-mère : elle a poursuivi le travail de sape sur elle-même…

— Pourtant, vous me disiez que son instabilité était récente et qu'elle n'avait jamais montré de signes de déséquilibre auparavant ?

— C'est exact. Ce travail de sape inconscient était invisible pour son entourage. Tomas n'a rien vu venir. Linn non plus.

— Et vous, Anna ?

Elle balaya la table de la main, comme pour l'épousseter.

— Moi non plus... Moi, comme les autres, je suis passée à côté des signes qui auraient dû m'alarmer... Vous savez, c'est un peu comme lorsque vous avez de violentes migraines et que votre médecin vous assure que vos maux de tête sont dus au stress ; il vous conseille de faire du sport, de la méditation, et six mois plus tard on vous découvre une tumeur au cerveau de la taille d'une pêche. Je l'ai d'abord trouvée fatiguée, puis tendue et inquiète. C'est lorsqu'elle est devenue... abattue que j'ai commencé à me dire que quelque chose n'allait pas. Que quelque chose ne tournait pas rond. Mais c'était déjà trop tard.

— Pourquoi ?

Anna secoua la tête pour chasser les mèches qui lui masquaient la vue.

— Parce qu'elle était déjà enceinte. De presque quatre mois.

Elle tira sur les pans de son gilet qui plissait à la taille.

— Elle ne s'en était pas rendu compte. Ses règles avaient toujours été irrégulières et elle n'avait pas de symptômes particuliers...

— Vous disiez que c'était trop tard ? Je ne comprends pas pourquoi.

Anna lui adressa un regard surpris.

— Parce qu'à quatre mois de grossesse, on ne peut plus avorter.

— C'était le fait d'être enceinte qui causait son mal-être ?

— Oui, sa grossesse a rouvert les plaies familiales jamais cicatrisées. Elle ne voulait pas se retrouver colonisée par un être qui allait la consumer tout entière. Elle l'a compris en apprenant qu'elle était enceinte ; jamais elle ne se serait doutée que porter un bébé lui procurerait de tels sentiments, sinon elle aurait fait en sorte de ne pas tomber enceinte.

— Comment vous en a-t-elle parlé ?

— C'est moi qui lui en ai parlé. J'avais…

Anna se mordit la lèvre supérieure.

— C'était sa façon de vivre sa grossesse… Elle se sentait habitée par un parasite qui la rongeait de l'intérieur… comme une tumeur.

— Elle a employé ces mots-là ? *Parasite* et *tumeur* ?

Anna acquiesça, son regard rivé à ses mains posées sur ses cuisses.

— Elle sentait qu'un corps étranger avait pris les commandes du sien. Elle se trouvait déformée… Elle m'avait même avoué avoir cherché sur le Net comment provoquer un avortement…

— Que lui avez-vous répondu ?

— J'ai voulu prévenir Linn et Tomas, mais elle m'a suppliée de ne rien dire, que ça les alarmerait pour rien. Elle m'a assuré que ses pensées noires étaient liées à son taux d'hormones et que ça s'apaiserait avec le temps.

— Qu'avez-vous fait ?

— Ce que je n'aurais pas dû faire : je l'ai crue. Une semaine plus tard, elle se lacérait le ventre dans sa salle de bains.

Le souvenir de Marta allongée dans sa baignoire poisseuse s'éclaircit : Anna pouvait maintenant le voir dans sa totalité. Son cerveau avait nettoyé les images douloureusement stockées : il les avait polies jusqu'à effacer les plus intolérables, celles qui lui égratignaient l'âme.

Les yeux d'Anna se gonflèrent d'horreur.

— Anna, ça va ? Qu'est-ce qui se passe ?

Elle ouvrit grand la bouche pour mettre des mots sur ce qu'elle venait de découvrir, mais sa gorge ne lâcha qu'un cri rauque.

— Anna ?

Elle ferma les yeux jusqu'à friper ses paupières, puis les rouvrit. Elle saisit la bouteille d'eau et en engloutit la totalité. Elle s'arrêta lorsque le plastique se mit à craqueler sous l'effet de sa succion.

— Anna ?

— Ça va… ça va… le rassura-t-elle d'une voix essoufflée en reposant la bouteille. Pardon, commissaire.

— Qu'est-ce qui se passe ?

— Je crois que j'ai… J'ai effacé de ma mémoire certains des souvenirs du jour où j'ai découvert Marta. Il y avait trois lames de rasoir au pied de la baignoire… dans une mare de sang…

Elle essuya ses joues zébrées de larmes.

— Je pensais que… Je revoyais la scène, et j'étais persuadée que l'eau du bain était pratiquement opaque et que je ne distinguais pas le corps de Marta… Mais… ce n'est pas vrai, commissaire…

Un sanglot s'étrangla dans sa gorge. Elle déglutit pour le chasser.

— Ce n'est pas vrai ! L'eau du bain n'était pas opaque : j'ai pu voir le corps de Marta. J'ai vu son corps, commissaire ! Son ventre mutilé ! Elle l'avait tailladé… jusqu'au sexe ! Son ventre rond… Son ventre rond…

Elle appuya ses coudes sur la table et se massa frénétiquement les arcades sourcilières.

— Comment j'ai pu… oublier tout ça, commissaire ?

Elle leva vers lui un regard implorant.

— C'est un mécanisme fréquent d'autoprotection, Anna : votre cerveau a fait barrage, car vous n'arriviez pas à gérer la violence émotionnelle de la situation. Il vous a protégée en rendant ces images inatteignables, le temps que vous soyez capable d'en supporter la brutalité et de faire face au traumatisme. Ce n'est pas votre faute, Anna.

— Ce n'est pas ma faute…

— Non, ce n'est pas votre faute. N'importe qui aurait réagi comme vous.

— N'importe qui, oui… Nous étions proches…

Il planta ses coudes sur la table.

— Anna, est-ce que vous pourriez me parler de votre relation avec Marta ?

Les sourcils d'Anna se froncèrent un instant.

— Ma relation avec Marta ?

— Oui. Votre relation. Vous dites que vous étiez proches.

— Oui.

— Depuis quand vous connaissiez-vous ?

Anna esquissa un sourire las.

— Depuis toujours. C'est en tout cas l'impression que nous avions...

— Ce matin-là vous n'aviez aucune raison d'aller chez Marta. Elle ne vous attendait pas ; et pourtant vous vous êtes réveillée avec la sensation qu'il fallait absolument que vous passiez chez elle.

— Oui.

— Comment pouvez-vous expliquer cela ?

— Le lien qui nous unissait était très fort.

— En effet, il l'était. Vous me confiiez tout à l'heure que vous vous étiez réveillée avec cette idée lancinante en tête. Une pulsion incontrôlable qui revêtait un caractère d'urgence, au point que vous aviez l'impression de l'avoir – selon vos propres mots – « notée en lettres majuscules sur un pense-bête ». Il fallait à tout prix vous rendre chez elle. Comment expliquez-vous cette sensation, Anna ? Ce besoin impérieux d'aller voir Marta ?

Anna secoua la tête, ses lèvres gonflées en une moue incrédule.

— Je ne sais pas...

— Anna, tout à l'heure, vous me parliez de Linn et de ses problèmes liés à sa grossesse et à sa maternité.

— Oui.

— Je me trompe peut-être, mais j'ai eu l'impression que vous lui en vouliez, que vous pensiez qu'elle n'avait pas soutenu sa fille comme une mère aurait dû le faire.

Le visage de Linn s'interposa entre eux, ses joues sillonnées de rides, cette inquiétude constante qui donnait à ses yeux une courbe triste, cette façon qu'elle avait de sceller les lèvres avant d'exprimer son désaccord, de présenter sa version de la chose, toujours baignée de pessimisme ; sa main posée sur l'épaule de Marta, qui se voulait réconfortante mais ne parvenait qu'à l'enfoncer et à la tourmenter davantage.

— Vous ne vous trompez pas, commissaire.

Anna planta son regard dans le sien.

Il pencha la tête sur le côté, prêt à recevoir les mots, ou peut-être à les esquiver.

— C'est elle qui a creusé la tombe de son petit-fils.

Il allongea son bras droit sur la table, paume au ciel, en une invitation. *Elle ressemble à une coupe, cette main*, songea Anna. Elle l'imaginait remplie d'eau ; ses lèvres se posaient sur la chair calleuse, en aspiraient doucement le contenu. La fraîcheur du liquide vivifiait sa gorge jusqu'aux oreilles et lui donnait le sourire.

Elle posa sa main au creux de la sienne. Il referma ses doigts en une étreinte protectrice. Pas de moiteur sexuelle, pas de caresse lubrique. Juste un contact rassurant ; comme si cette main incarnait l'essence du réconfort d'un parent.

— Anna, tout à l'heure vous avez parlé des enfants de Linn ; vous avez dit « ses enfants ».

— Oui…

— *Ses* enfants.

Un tremblement traversa le visage d'Anna.

— Je sais, oui, je sais… C'est juste difficile de parler des autres…

— *Des autres*.

— Les autres, c'était moi aussi, oui…

— Oui, Anna. Linn est votre mère, à vous aussi.

— Oui…

Linn avait posé une cape de doute sur les épaules de Marta, tout comme sur les siennes ; elle maintenait une chape de plomb sur leurs têtes jusqu'à les écraser toutes les deux. Anna avait essayé de se libérer de la toxicité de leur mère. De ce bain d'acide qui vous rongeait l'envie, la joie. Linn prétendait être mère, mais elle ne l'était pas. Enfanter ne rend pas mère. La maternité ne naît pas avec l'enfant : elle grandit avec lui. Elle est un apprentissage ;

l'art de l'oubli de soi, ou plutôt la capacité de dompter ses craintes, ses angoisses et ses doutes pour ne pas les transmettre à ses enfants ; la capacité de protéger sans étouffer, d'aimer sans retenir.

— Et Marta ?

— Marta est ma sœur. Ma sœur jumelle.

— Oui, tout à fait, Anna. Marta est votre sœur.

— Marta est ma moitié.

Ils venaient de fêter l'anniversaire de Linn. Cette année-là, Anna et sa sœur l'avaient préparé à la va-vite : entre les examens de fin d'année et l'organisation des célébrations pour la *Studenten*, elles n'avaient pas eu une minute à consacrer à leur mère. Linn avait pris un air pincé durant tout le repas, soufflant ses bougies du bout des lèvres et touchant à peine sa part de gâteau. Elle avait commencé à ouvrir son premier cadeau avant de s'interrompre. Elle avait croisé ses bras avec une lenteur travaillée, planté son regard dans celui de chacune de ses filles, puis elle leur avait raconté sa grossesse infernale. Sa détresse de devenir mère. Son envie d'avorter, de tuer ses jumelles. Puis elle avait continué à ouvrir ses cadeaux. Maman Linn. Linn.

— Marta est ma sœur, oui.

— C'est pour cela que sa douleur est devenue la vôtre.

Anna posa sa tête sur le bureau, plaqua sa joue contre la surface tiède.

— Et le bébé, Anna ? Si nous parlions du bébé ?

— Le bébé de Marta... Il était dans son ventre lorsqu'elle s'est lacérée avec les lames de rasoir. Trois lames.

— Il avait un nom cet enfant ?

Anna libéra sa main et se redressa.

— On peut déjà parler d'« enfant », à ce stade ?

— Il y a des bébés qui naissent à sept mois, Anna.

— Non, il n'avait pas de nom.

Pas de nom. Ni de chambre. Cet « enfant » ne semblait exister que lorsqu'il bougeait dans le ventre de sa mère. Marta se renfermait dans son angoisse, Tomas insistait pour préparer la venue du bébé. Quant à elle, elle essayait de divertir sa sœur ; elle lui apportait des revues de décoration et des livres humoristiques sur la maternité, mais Marta prétextait qu'ils avaient le temps, que tout organiser en amont était à double tranchant : s'il arrivait quelque chose au bébé, la chute n'en serait que plus douloureuse. Alors, avec Tomas, ils avaient battu en retraite. Après tout, c'est elle qui portait cet *enfant*.

— Qu'est-ce qui a été inscrit sur sa pierre tombale, alors, Anna ?

La salive déserta sa bouche.

— Je ne sais pas... c'est Tomas qui s'en est occupé...

Tomas avait choisi le minuscule cercueil, la pierre tombale, le passage de la Bible que le pasteur lirait. Elle ne s'était jamais demandé ce qu'il avait fait graver sur la pierre. Elle n'avait pas pu quitter des yeux cette caisse, songeant que le bébé était passé d'un contenant à un autre, du ventre à une boîte. D'un cercueil obscur à un autre.

— Comment l'auriez-vous appelé, Anna ?

— On avait dressé une liste de noms avec Marta. Ou plutôt, j'avais listé des prénoms pour elle.

— Lequel était son préféré ? Et le vôtre ?

— Oscar. On aimait toutes les deux Oscar.

— Vous pensez que c'est ce que Tomas a fait inscrire sur la pierre tombale ? Oscar Hellenström ?

— Oscar Ljung.

— Ljung ?

— C'est le nom de famille de Tomas.

Elle relâcha sa tête entre ses épaules.

— Anna ?

— Je repense à l'enterrement... l'enterrement du bébé, commissaire...

Il se pencha et posa sa main au centre de la table.

— Vous voulez m'en parler, Anna ? questionna-t-il en cherchant à accrocher son regard.

Elle se souvenait de l'odeur de terre humide qui saturait l'air, comme celle qui émane des débris de branches et d'écorce après un orage ; de l'épaisse barrière de nuages qui semblait suspendue au-dessus de leurs têtes ; de la fraîcheur de la soie sur sa peau ; des mains qui étreignaient par intermittence ses épaules nues ; de la douleur qui lui labourait le ventre ; de la voix aigrelette du pasteur ; des pleurs étouffés de sa mère.

— Nous étions là, tous les quatre.

— Tous les quatre ?

— Oui, c'est ce que je viens de dire, commissaire, tous les quatre. Tomas, Linn, Marta et moi.

— Marta aussi ?

— Oui Ma...

Anna se leva d'un bond, renversant sa chaise. D'une main tremblante, elle remonta sa jupe jusqu'au nombril. Des cicatrices rayaient son ventre jusqu'au pubis. Roses et boursouflées, elles recouvraient presque la totalité de son abdomen. Même son nombril s'étirait en une affreuse grimace.

Elle poussa un cri animal. Il mourut dans sa gorge et des sanglots prirent la relève. Ils la secouèrent tout entière, comme un arbuste pris dans une bourrasque. Elle tanguait d'avant en arrière, sa jupe chiffonnée encore serrée dans son poing.

— Ça va aller, Anna, ça va aller...

Il se tenait debout, juste à côté d'elle. Elle ne s'était pas rendu compte qu'il s'était levé pour la rejoindre. Elle blottit son visage contre son torse et se laissa aller à ses pleurs. Il posa une main entre ses omoplates ; l'autre caressait délicatement sa tête. Il attendit que les pleurs se tarissent et que sa respiration s'apaise avant de la guider jusqu'à sa chaise.

Elle y prit place, essuya la morve et les larmes qui lui balafraient le visage, et leva vers lui un regard perdu.

— Je ne comprends pas... je ne comprends pas... C'est moi, commissaire ?

Il plaça son fauteuil en face d'elle et s'assit.

— Vous vous appelez Anna Hellenström. Vous avez trente-deux ans. Vous êtes comptable. Vous vivez avec Tomas Ljung. Vous vous connaissez depuis longtemps, depuis...

— Depuis le lycée, enchaîna-t-elle d'une voix rauque.

Il lui adressa un sourire d'encouragement.

— Exactement, Anna. Vous vous souvenez de votre adresse ?

— Bokvägen 37, à Kållered.

— Parfait.

— Ma mère s'appelle Linn Hellenström. Ma sœur Marta Hellenström. C'est ma sœur jumelle. Elles vivent aussi à Kållered.

— C'est ça, répondit-il en souriant. C'est bien, Anna.

Le regard d'Anna passa rapidement de gauche à droite, comme si elle suivait un match de tennis.

— Vous voulez faire une pause ?

— Non, non, je veux continuer. J'y suis. Je le vois. Je dois continuer.

Elle poussa un soupir saccadé avant de poursuivre.

— Ce matin-là, je me suis réveillée alors que Tomas était déjà parti au travail. J'ai avalé mon seul café de la journée en écoutant les informations à la radio. Je me souviens qu'une mère parlait de la mort de son fils de deux ans. Du vide abyssal qu'elle ressentait. Je lui enviais ce vide. Ce bébé n'était pas encore né qu'il prenait déjà tant de place. Trop de place. Lorsque je me suis levée pour débarrasser, le bébé a bougé. Il s'appuyait sur une de mes côtes et me coupait la respiration. J'avais l'impression d'avoir un serpent dans le ventre. Un serpent qui me donnait des coups de gueule pour essayer de sortir. Et, comme s'il avait pu lire dans mes pensées, il s'est mis à gesticuler de plus belle. Il voulait me faire comprendre que mon corps n'était plus le mien : il l'habitait et en avait pris les commandes. Je n'étais plus maître à bord. Il décidait de ce que je mangeais, de la qualité de mon sommeil, de mon énergie, de la grosseur de mes seins. Il tirait la peau de mon ventre comme celle d'un tambour et rendait le coït insipide car laborieux. Il m'empêchait d'être femme et me forçait à devenir mère.

Grossesse… bébé… poison… toxique…

La bouche d'Anna se tordit en une moue dédaigneuse.

— Je me suis dit que j'allais prendre un bain chaud pour apaiser les douleurs et me calmer. Je n'avais pas d'autre choix que d'accepter sa présence ; je m'en étais aperçue trop tard pour avorter. Je devais faire avec. Avec lui. Ou elle. Je suis allée dans la salle de bains près de la chambre d'amis, celle de notre chambre ne possède qu'une douche. Je portais ma chemise de nuit à bretelles, blanche à pois roses, avec quatre boutons sur la poitrine et un nœud en satin. Une de ces effroyables choses que j'avais dû acheter pour m'accommoder de mon ventre et de mes seins difformes.

Elle leva les yeux au ciel, comme exaspérée par ce manquement forcé à son sens aiguisé de la mode.

— Je me suis fait couler un bain. Je *nous* ai fait couler un bain, plus exactement. Lorsque je me suis allongée dans la baignoire, j'ai songé à quel point ce bébé m'empêchait déjà de vivre à la cadence qui est la mienne ; selon mes goûts, mes envies. Je déteste les bains. C'est pour ça qu'il n'y a pas de baignoire dans notre salle de bains. Je trouve que c'est une perte de temps. Il n'y a que Tomas qui utilise cette baignoire lorsqu'il doit se raser le torse ou le pubis, parce que je déteste retrouver des poils dans la douche. Mais je me suis tout de même allongée dans cette foutue baignoire. Avec mes seins et mon ventre énormes qui sortaient de l'eau comme une provocation. Il s'est mis à bouger, poussant un coude ou un genou juste au-dessus de mon nombril, créant une autre difformité. Il fallait que ça cesse. C'est ce que je me suis dit en regardant mon ventre déformé. Je ne voulais plus être habitée par ce parasite. Je n'en pouvais plus de cette tumeur qui me bouffait de l'intérieur. Après tout, c'était mon corps. *Mon* corps.

Elle lissa de la main sa jupe froissée.

— J'ai pris le verre où Tomas gardait son rasoir et ses lames. Il restait trois lames. Je les ai posées sur le rebord de la baignoire. Je les ai sorties de leur enveloppe de protection, puis j'ai commencé à creuser la peau tendue de mon ventre, pour lui faire comprendre que c'était encore le mien. J'ai continué jusqu'à ce que je perde connaissance, je suppose, car lorsque je me suis réveillée, j'étais à l'hôpital, et Marta était à mon chevet. Elle m'a raconté comment elle m'avait trouvée. Elle voulait savoir si on ne m'avait pas attaquée ; mais je voyais bien qu'elle n'y croyait pas une seconde. Elle savait que je m'étais lacéré le ventre. Que c'était moi qui avais tué mon bébé. Car je savais qu'il était mort. Tout rentrait dans l'ordre à l'intérieur, je le sentais. Le parasite avait enfin été chassé.

— Comment vous sentez-vous maintenant ? demanda l'homme après un moment de silence.

Elle posa un regard serein sur lui.

— Beaucoup mieux, commissaire. L'esprit clair. Détendue.

— Bien, très bien, Anna.

— Je ne sais pas pourquoi j'ai refoulé tout ça… pourquoi j'ai fait tant d'amalgames… pourquoi j'ai pensé que Marta était morte… Ma Marta adorée… Je suis tellement désolée…

Ses lèvres s'étirèrent en un sourire tendre.

— Vous savez que lorsque nous sommes nées, nous étions incapables de dormir séparément ? La seule chose qui nous calmait était le contact de l'autre : ma tête blottie au creux de son cou ou mes bras enchevêtrés aux siens.

— Vous me parlez de Marta ; elle vous manque ?

— Beaucoup…

Anna fronça les sourcils. Son front se plissa.

— Oui, Anna ?

Elle pencha la tête sur le côté, se leva et marcha prudemment vers le miroir. Elle observa son reflet, puis, soudain, son cœur se mit à tambouriner de joie. Elle reconnut les joues creuses, la frange plaquée sur le côté révélant un front constamment plissé, les yeux bouffis de fatigue. Elle reconnut le sourire tendre, inquiet, gorgé d'amour. Le sourire maternel. Elle posa ses mains contre la vitre, de part et d'autre de son visage.

— Marta, murmura-t-elle.

— Oui, Anna, c'est Marta, de l'autre côté de cette vitre.

Des larmes roulèrent sur ses joues pâlies par la fatigue.

— J'ai cru que c'était moi... je croyais voir mon reflet dans ce miroir...

— Vous voulez la voir, Anna ? Vous voulez voir votre sœur ?

Anna acquiesça d'un signe de tête impatient, les yeux pétillants d'une joie innocente.

Il adressa un signe de tête à Marta, qui montra du doigt la pièce où Anna se trouvait. Anna se dirigea vers la porte en courant, l'ouvrit et sauta dans les bras de sa sœur. Elle enfouit son nez au creux du cou de Marta, fermant les yeux de plaisir sous les caresses des doigts qui couraient dans sa chevelure.

— *Hej min älskling*[1]... Mon petit cœur... Mon Annita, chuchota Marta, ponctuant chaque mot d'un baiser.

Elle posa ses mains sur les joues d'Anna, effleura son nez du sien.

— Tu m'as manqué, mon petit cœur... Dieu, que tu m'as manqué...

— Pardon, Marta, pardon... Je ne sais pas pourquoi je pensais que tu étais morte... je ne sais pas... Pardon... murmura Anna d'une voix vacillante.

— En mettant tes jours en danger, tu as enfoui, oublié, une partie de toi ; et cette partie, c'était moi... Il te fallait juste du temps pour retrouver le chemin de toi-même, *min älskling*. Et regarde, tu y es arrivée.

— Tu ne m'en veux pas pour Oscar ?

Marta chassa ses larmes du revers de la main.

— Non, bien sûr que non...

— Je suis désolée, Marta... Je ne pouvais pas... le porter en moi...

— Ne t'inquiète pas... Comment te sens-tu ?

— C'est étrange... je ne sais pas... Je ne comprends pas comment j'ai pu... oublier, mélanger, me tromper... Et Tomas ?

1. Bonjour, ma chérie.

Le regard de Marta bascula avant de plonger dans celui de sa sœur.

— Il est parti, n'est-ce pas ?

Sa caresse dessina un arc de cercle du front à la joue d'Anna.

— Oui, il est parti, *älskling*.

Anna ferma les yeux quelques secondes. Quand elle les rouvrit, ils brillaient d'un enthousiasme enfantin.

— Tu veux qu'on aille manger un morceau ?

— J'adorerais, mais il est trop tard, mon cœur. Je reviens te voir demain matin, avant de me rendre au travail, d'accord ? Tu devrais aller te coucher, toi aussi.

— D'accord. J'ai hâte d'être à demain. Tu me raccompagnes ?

L'homme s'approcha des deux femmes.

— Je dois parler avec votre sœur, Anna. Je vous fais raccompagner, ça vous va ?

— Oui, merci, commissaire.

Le jeune homme qui leur avait apporté les bouteilles d'eau un peu plus tôt se tenait devant la porte.

— Vous voulez bien reconduire Anna chez elle, s'il vous plaît, Peter ?

— Bien sûr. Vous venez avec moi, Anna ?

Anna accepta d'un signe de tête, étreignit sa sœur, puis disparut dans le couloir.

Marta se laissa tomber sur la chaise.

— Ça va aller ? Elle ne va pas se mettre à hurler et attaquer cet infirmier une fois qu'elle aura compris que c'est dans sa chambre qu'elle va et non « chez elle » ?

— Sa chambre, c'est son « chez elle » pour l'instant, et Peter le lui expliquera. Ça ira, Marta, ne vous en faites pas.

— La balafre qu'elle a laissée sur la main de cette pauvre infirmière n'est pas faite pour me rassurer !

— Anna a dépassé ce stade agressif. Il n'y a plus eu d'incident de ce type depuis près de deux mois.

— En tout cas, elle m'a l'air d'avoir fait un pas de géant ce soir, vous ne pensez pas, docteur ? Ou bien je m'enthousiasme de peu…

— Oui, c'en est un, vraiment. Tout dépend maintenant de ce qui se passera en séance demain matin. Et lors de votre prochaine visite. Il est possible qu'elle rejoue la scène du commissariat, comme ce soir, ou qu'elle se fasse appeler Marta, comme les premières semaines de son internement. Mais ce soir, elle est parvenue à retracer le chemin de ses fantasmes à la réalité. C'est un progrès énorme, même si elle est encore complètement dénuée d'empathie pour son fils.

Son fils…

Anna, si tu voyais ses yeux pétillants de malice lorsqu'il s'apprête à recracher sa purée du soir ; ses épaules menues qui se secouent comme celles d'un adulte lorsqu'il rit aux éclats ; son pouce qui glisse entre ses lèvres lorsqu'il dort à poings fermés. Si tu sentais ses baisers mouillés sur tes joues creuses, Anna, la caresse de ses épis blonds, son odeur d'innocence, de printemps, d'éternité. Si seulement tu pouvais, mon Anna, cet enfant te réparerait tout entière…

Notre petit Oscar, seize mois déjà, songea-t-elle en refermant derrière elle la porte de l'hôpital psychiatrique.

Ton fils… Notre fils…

MON fils.

Nicolas KOCH

1 + 1

~~Pour~~ De Laurence,
pour Jocelyne,
Nul besoin d'être
fort en maths por
frissonne...
Merci pour ELA!
Nicolas Koch

— Tout a commencé par un malaise, je crois. Oui, c'est ça, une sensation soudaine de mal-être ; vous savez, comme une intoxication alimentaire, l'estomac se tortille, ça vous fait des nœuds dans le ventre. Là, c'était un peu ça, une sorte de haut-le-cœur qui a envahi tout mon corps. Au départ, je ne comprenais pas pourquoi. Mais avec la répétition des symptômes les jours suivants, j'ai fait le lien avec les chiffres. L'évidence m'a sauté aux yeux : à chaque fois que je voyais des chiffres, cette même sensation désagréable s'emparait de moi. C'est comme ça que tout a commencé.

Je fais une pause. J'ose lever les yeux vers l'homme assis derrière son bureau, affalé dans son fauteuil, les mains croisées sur le ventre. Son expression faciale, sa posture molle et détachée transpirent l'incrédulité.

Il me met mal à l'aise et il le sent. Comme si de gros chiffres s'affichaient en permanence sur son visage. Je n'ose pas croiser son regard. Mes yeux se vissent à mes cuisses.

Soudain, le psychiatre est penché sur moi, la bouche déformée par un rire sadique, un couteau à la main. Puis une voix :

« *Vas-y Alice, prends-le...* »

Je lâche un cri discret comme si je me réveillais en sursaut tandis que je reviens à la réalité. Je balaie alors la pièce du regard, en tâchant d'éviter celui du psy, pour me rassurer. L'espace d'une fraction de seconde, je prends conscience que je n'ai jamais vraiment regardé cette pièce. Pas juste jeter un coup d'œil, non, mais bien *regarder*. Son bureau sent le propre, il est d'un chic de mauvais goût, clinquant, des dorures qui m'éclaboussent les yeux de milliers de scintillements sous la lumière du lustre, les livres sont bien ordonnés dans l'énorme bibliothèque qui occupe toute la surface d'un mur, les diplômes sont affichés comme des trophées de chasse. Une horloge d'un style ancien indéfini égrène derrière moi un tic-tac qui me paraît calqué sur les battements de mon cœur. Je ne suis pas à ma place ici.

Mes yeux glissent en direction du bureau, vers un petit objet nonchalamment posé dessus. Mon cœur rate un battement. Un étau se referme sur moi, m'écrase les côtes, broie mes poumons. Je ne peux plus respirer, je me fige.

Le psy perçoit mon trouble. Sans bouger la tête, il laisse son regard glisser vers le mien. Puis il comprend.

D'une main, il fait pivoter la petite pendule digitale qu'il utilise pour chronométrer les séances, de sorte que je ne voie plus les chiffres affichés. Un bruit de frottement – plastique contre bois – emplit la pièce baignée de silence. J'ai l'impression qu'elle va m'écraser.

Il faut que je sorte. Tout de suite. Je ferme les yeux pour m'évader mentalement.

— Vous me prenez pour une folle, c'est ça ?

Je respire profondément, j'opte pour l'attaque frontale. Tout le monde me croit folle, de toute façon.

— Je ne suis pas là pour vous juger, Alice.

Sa voix est neutre, dépourvue de la moindre émotion. Il n'exprime aucune compassion et m'a collée d'office dans une case.

Alice : tarée.

— Je ne juge pas, poursuit-il, mais j'ai besoin de comprendre jusqu'où va votre phobie. Ce qu'elle engendre chez vous comme réaction.

D'un geste sec, le psy retourne la pendule digitale vers moi.

Les chiffres orangés s'impriment aussitôt sur ma rétine, comme des poignards qu'on m'envoie droit dans les yeux.

15 h 47.

Quatre chiffres. Plus dangereux que le regard de la Méduse qui pétrifie tous ceux qui osent la défier du regard.

1. 5. 4. 7.

C'est trop.

Mes muscles se tendent, mes pupilles se dilatent. J'ai un mouvement de recul si brusque que je manque de renverser la chaise sur laquelle je suis installée. Ce type est aussi taré que moi. Il me pousse dans mes retranchements. Je dois me concentrer sur autre chose.

Ma main empoigne un coupe-papier, presque malgré moi. Mes doigts serrent le manche de l'objet si fort que les jointures de mes phalanges blanchissent. Je n'ai plus qu'une envie… Une seule envie…

« *Vas-y, Alice…* »

Ma main tremble. Je dois le faire.

— Alice ?

Écran noir.

— Alice ?

Je reviens à moi. Le psychiatre est assis derrière son bureau, les mains croisées et la pendulette tournée vers lui. Le coupe-papier n'a pas bougé. Tout s'embrouille dans mon esprit.

— Vous avez eu une absence, Alice. Vous étiez ailleurs. Cela vous arrive-t-il souvent ? Quand vous êtes stressée ?

— Je… je ne sais pas. Non…

Je suis perdue. J'ai envie de pleurer. Ai-je déjà eu ce genre de crise ? Qu'est-ce qui s'est passé ? Mon esprit semble flotter. Est-ce que ce sont les médicaments que je prends qui me font cet effet ?

— J'ai cru que vous aviez retourné la pendule vers moi… pour voir ma réaction.

Le psy a une hésitation. Il regarde l'objet. Je crois distinguer un rictus au coin de ses lèvres.

— Vous me pensez capable de faire ça ? lâche-t-il.

Sa question, qui me désarçonne, me fait l'effet d'une béquille dans la jambe.

— Non... je ne crois pas... enfin...

— Que s'est-il passé lorsque vous avez vu – ou cru voir – les chiffres, Alice ?

— Je ne sais pas vraiment. Tout est flou. Une crise de panique, je dirais.

— Elles sont fréquentes, ces crises ?

— Les chiffres sont partout, vous comprenez : à la maison, dans les journaux, dans la rue, les magasins, dans votre bureau... C'est un cauchemar éveillé que je vis au quotidien. Je me sens assaillie de toute part. C'est devenu difficile physiquement. Crises de larmes, douleurs, crampes, vomissements...

Même moi, j'ai l'impression de raconter n'importe quoi. Comment j'ai fait pour devenir tarée à ce point, juste à cause de chiffres ?

— Et les cours, le lycée, comment gériez-vous cela ?

— Mal, évidemment. Je n'y allais plus. Seulement les cours de maths, au début. Puis tous les autres au bout de quelque temps. C'était devenu impossible de mettre un pied dans une salle de classe. J'allais à l'échafaud à chaque fois.

— C'est-à-dire ?

— Dès le collège, j'ai été le sujet de moqueries, de simples railleries, lorsque les premiers symptômes ont pointé leur nez. Puis ça a empiré à mesure que ma phobie grandissait. Vous savez comment sont les gamins à cet âge. Aucune pitié, aucune compassion. J'ai été cataloguée « dingo de service », même par les profs. Comment expliquer qu'on a peur des chiffres, surtout à douze ans ?

À mesure que je parle, je suis assaillie d'images, de souvenirs surgis des méandres de mon cerveau.

Penchée sur ma feuille d'exercice, les chiffres tournent devant mes yeux. Ce ne sont pourtant que de bêtes opérations. Mais aujourd'hui, résoudre ces opérations me paraît impossible.

Je ne comprends plus ce que j'ai devant moi. Mon stylo est bloqué. Ma main est bloquée. Je ne sais pas quoi faire. Il ne me reste que peu de temps pour rendre ma copie à la prof de maths mais j'en suis incapable. Physiquement incapable, comme paralysée. Pourquoi ? Qu'est-ce qui se passe ? Je réalise avec effroi que je n'ai fait aucun des exercices du contrôle. Rien. Feuille blanche. Mon cœur tremble.

Une goutte glisse sur ma joue et s'étale sur ma feuille. Puis d'autres.

Je suis terrorisée.

Ma voisine voit mon problème et se penche vers moi. Elle me chuchote :

— Bah alors, qu'est-ce que tu fous, Alice ? Il reste cinq minutes et t'as rien fait ? T'es malade ou quoi ?

Malade. Ce mot se grave dans mon esprit. Je suis malade. Il faut que je sorte.

Je me lève, balance mon stylo et cours vers la porte.

La prof, installée derrière son petit bureau sur l'estrade à côté du tableau, me regarde partir en trombe.

— Alice ? Ça ne va pas ? Qu'est-ce qui te prend ?

La semaine suivante, la sanction tombe. Zéro pointé.

Je crois que cette note est la pire honte de ma vie. Et je ne m'en explique pas la raison.

Avec les semaines, les zéros en maths continuent de s'empiler dans mon carnet.

0. 0. 0... Une montagne de honte.

— Vous savez, continue le psy, je dirais qu'il y a presque autant de phobies que d'êtres humains. On peut avoir peur de n'importe quoi, même de la chose la plus insignifiante. Au fond, une araignée par exemple, c'est ridicule, tout petit, elles sont inoffensives pour la plupart d'entre elles. Pourtant, l'arachnophobie est largement répandue, tous ceux qui en souffrent n'en sont pas pour autant fous. Tout est question de déclencheur. À un moment, un événement a fait que vous avez associé les chiffres à une peur, à une douleur physique, ou à autre chose. Inconsciemment, bien sûr. Puis, avec le temps, l'association s'est enracinée, jusqu'à devenir ancrée au plus profond de vous. Les phobies font partie de ce que nous sommes, d'une certaine façon.

— On ne peut rien y faire, alors ?

— Bien sûr que si. Toute phobie se soigne par la thérapie, et aussi par la prise de certains médicaments pour calmer les symptômes les plus handicapants. (Il fait une pause.) Mais dans votre cas, Alice, cela dépasse de toute évidence la simple phobie.

*

Allongée sur mon lit, je repense à la séance du jour en fixant le plafond. Là, je suis certaine de n'y voir aucun chiffre. Il est tout blanc, rien ne vient me perturber. Ça me rassure, je me sens bien lorsque je contemple le néant.

La pièce n'est pas très grande, meublée du minimum vital. Et pas de réveil. Mais j'ose à peine la regarder, comme si des chiffres allaient surgir sur les murs, blancs eux aussi. Je suis chez moi, et pourtant tout me paraît comme étranger. Je suis chez moi, mais la pièce ne ressemble en rien à ma chambre, celle que j'avais quand j'étais petite, avec ses couleurs vives, ses peluches, ses jouets… Quand j'étais normale. « Normale. » Ce mot n'a plus de sens. J'ai perdu la notion de normalité.

J'ai peur.

« *Les phobies font partie de ce que nous sommes.* »

La phrase du psy tourne en boucle dans ma tête et je cherche une échappatoire dans le plafond. Qui suis-je ? Si les phobies font partie de nous, alors cette phobie me définit. Il n'y a pas d'avant. Juste du présent. Je suis moi. Je suis cette phobie. Pourtant, j'ai l'impression de ne pas être la même depuis le début des crises. Elles ont renversé tout ce qui me définissait.

Alice la tarée. C'est moi désormais. Celle qui a des hallucinations. Malgré tout, je n'arrive pas à croire que j'ai rêvé. Le psy a tourné la petite pendule vers moi, je l'ai vu faire.

Était-ce la réalité ? Où se trouve la frontière ?

*

— J'ai besoin d'en savoir un peu plus sur votre phobie, Alice.

Nouvelle séance. Le psy a changé de posture. Il est accoudé à son bureau, un stylo-plume Montblanc en suspens au-dessus d'une feuille blanche. À côté, un dossier, le mien. « Alice Jeanne » est gribouillé dessus, avec d'autres informations que je n'arrive pas à décrypter à l'envers.

Devant lui, le coupe-papier, le même que la dernière fois, bien en évidence. Le psy l'a fait exprès. Il me nargue. Il ne vaut pas mieux que tous les autres.

— Car la phobie des chiffres, c'est une notion assez vaste, continue le psy en ôtant ses lunettes.

— Je ne sais pas quoi vous dire…

— Eh bien, est-ce un chiffre ou un nombre en particulier ? Le 4, le 7, le 13, le 666…

Je ferme les yeux et m'oblige à me représenter mentalement ces chiffres en toutes lettres. *Quatre. Sept. Treize. Six cent soixante-six*. C'est le seul moyen – dérisoire – que j'ai pu trouver pour détourner mon esprit.

— Par exemple, la tétraphobie est une peur très répandue en Asie. Elle tire ses origines de la prononciation du chiffre 4, laquelle ressemble beaucoup à celle du mot « mort » en chinois. À tel point que le chiffre est banni de divers endroits. Dans les ascenseurs, il arrive que l'étage 4 – ou 14, 24, etc. – soit omis.

Je l'écoute sans l'écouter. Mes poils se hérissent tandis qu'il continue d'égrener des chiffres et des explications censées justifier son boulot et son salaire. Je dois faire un effort surhumain pour ne pas perdre pied. Les chiffres valsent dans ma tête. C'est une torture.

Le coupe-papier me nargue encore.

« *Vas-y, Alice…* »

— … et le 666 est aussi bien connu des sociétés judéo-chrétiennes. On l'appelle la « marque de la Bête » – autrement dit, le diable. Il apparaît dans les Écritures saintes et dans certaines œuvres religieuses comme la tenture de l'Apocalypse d'Angers…

— Non, non, rien de tout ça, je le coupe. Ce sont les chiffres, n'importe quels chiffres. Plus ils sont nombreux, plus les angoisses sont fortes, profondes et engendrent des symptômes physiques ingérables.

— Et c'est en classe que ça a vraiment empiré ?

Je le vois griffonner sur sa feuille.

— Oui, je crois. En dehors des cours, je pouvais me couper des chiffres, je m'enfermais dans ma chambre, tournais mon réveil. La simple vue du pavé numérique de l'ordinateur me bloquait. Du coup, je ne l'utilisais plus. Et en classe, impossible d'échapper aux chiffres.

— Et pendant les cours, que se passait-il ? insiste le psy.

Je dois fouiller dans ma mémoire. Cela fait bien longtemps que j'ai quitté les établissements scolaires. Et cette fouille que je m'interdis d'habitude met au jour mes peurs et mes hontes. Je suis sans doute là pour ça. Pour extérioriser.

Le cours de maths va commencer. J'ai pu rentrer dans la salle parce qu'il n'y a aucun chiffre écrit au tableau. Dans ces cas-là, cela me permet de rejoindre ma place sans trop de mal. Ce que je fais aujourd'hui, la tête basse, le regard fuyant. Pas un mot ne filtre de mes lèvres.

Je fuis tout en étant là. Voilà à quoi se résume ma présence en classe.

J'évite les regards des autres. Des élèves, des profs de maths qui se sont succédé au fil des années. Je peux encore venir assister au cours. Pour combien de temps ?

Je sens les yeux braqués sur moi. J'entends presque murmurer : « Est-ce qu'elle va péter un câble aujourd'hui ? J'espère, c'est trop drôle à voir. »

Mon cas fait rire les autres. Je suis un animal de foire. Les autres sont des voyeurs. Je ne dis rien mais j'ai envie de tous les envoyer chier. De leur hurler ma colère à la gueule.

Je serre les poings pour contenir ma rage, tandis que la prof défile entre les rangs pour distribuer des photocopies. Des chiffres, des opérations, des équations à résoudre. Elle arrive à ma hauteur et marque une pause. Je sens qu'elle hésite à déposer la feuille. Elle me toise de toute sa hauteur et de son dédain. Pour elle, je ne suis qu'une bonne à rien qui a trouvé un stratagème ridicule pour échapper à son cours. Elle n'entend pas se faire marcher sur les pieds par une petite ado comme moi. Elle a l'impression que je lui veux du mal, que je ne suis là que pour lui pourrir la vie. Ce n'est pas le cas, si je pouvais être ailleurs, je le serais. Alors elle va essayer de m'humilier. L'attaque est la meilleure défense.

— Alice, est-ce bien la peine que je te donne le devoir ? Ou tu vas te tirer comme les autres fois ?

Je n'ai pas envie de lui répondre. Qu'est-ce que je pourrais bien lui dire ?

La feuille truffée de chiffres glisse sous mes yeux.

— Fais ce que tu peux, lâche la prof.

Une chaleur humide envahit alors mon entrejambe…

Lorsque je rouvre les yeux, je ressens encore l'urine chaude sur mes cuisses. Je baisse la tête et contemple mon bas-ventre. Une tache se forme peu à peu. Je viens de me pisser dessus, comme une gosse de quatre ans qu'on a grondée après une bêtise. La panique m'agrippe de toute sa cruauté. En face de moi, le psy se met à rire, la bouche grande ouverte. Il rit de toutes ses dents.

Il a perdu la raison. Comment ose-t-il, alors que je suis sa patiente ?

Sous moi, la tache s'agrandit. Je me lève d'un bond et regarde la chaise. Un voile coule alors devant mes rétines.

Elle est propre. L'urine n'est plus là. Le psychiatre marque une expression interrogative face à mon geste.

— Qu'est-ce qui se passe, Alice ? Vous avez encore eu une absence ?

Tout ce qui suit cette phrase n'est que brouillard dans mon esprit.

*

Assise sur mon lit, je tiens une petite écuelle en aluminium dans ma main. Dedans nagent diverses pilules dont j'ai oublié le nom. Tout ce que je sais, c'est que je dois les avaler tous les jours. Ces médocs sont supposés me calmer ; je crois surtout qu'ils ne font qu'accroître mon mal.

Dans cette chambre quasi vide hormis mon lit, une petite table et une chaise, je m'enfonce. Il n'y a pas de chiffres pourtant. Je devrais aller mieux. Me sentir à l'aise, vivante. Mais ce n'est pas le cas.

« *Pas une simple phobie* », a dit le psy. Il doit avoir raison.

La thérapie sera longue, m'avait-il prévenu dès le premier rendez-vous. On ne guérit pas d'une telle emprise en quelques jours. Ni en quelques semaines. Cela va se compter en mois, voire davantage. Le prix à payer pour retrouver une vie normale.

C'est à moi de ne pas me laisser envahir par ma phobie. Facile à dire. Elle ne m'a pas envahie, elle a englouti mon existence. À tel point que j'ai dû me couper du monde.

Les larmes dévalent mes joues et émettent un bruit métallique en tombant dans la petite écuelle.

C'est à ce moment que je remarque le pansement sur mon poignet gauche. Une tache grenat en son centre me fige.

Mes doigts lâchent l'écuelle qui tombe sur le sol en éparpillant les pilules. Je ne comprends rien.

Un cliquetis attire mon attention vers la porte de la chambre. Le verrou craque, les gonds grincent alors que la porte s'ouvre. Suis-je enfermée ? Dans ma propre chambre, dans ma maison, ou ailleurs ?

Une silhouette se détache de l'entrebâillement. Je la reconnais, c'est celle du psy.

— Docteur ? Mais qu'est-ce que vous faites chez moi ? Qu'est-ce qui se passe ?

Ma voix chevrote plus que je ne l'aurais voulu. Il s'avance, ses chaussures cirées reflètent les éclats aveuglants des lumières du plafond. Ses semelles grincent sur un parquet usé. Il s'assied au bord du lit.

— Je suis inquiet, lâche-t-il sans ménagement ni compassion. Lors de notre dernière séance, vous avez fait un profond malaise, vous ne vous souvenez de rien ?

Je bredouille, avant de me ressaisir. Le bandage et le coupe-papier me reviennent en mémoire.

— Qu'est-ce que j'ai fait ? Est-ce que j'ai tenté de me suicider ?

Ma voix frôle la panique.

— De vous suicider ? Non, pas du tout. Pourquoi dites-vous cela, Alice ?

— À cause de ceci !

Je tends au psychiatre mon poignet pour lui coller ma vérité sous le nez. Mais il n'y a plus aucun bandage. Aucune marque sur la peau. Rien.

— Je ne comprends pas...

— Vous avez fait une crise psychotique. Des bouffées hallucinatoires s'emparent de vous, balayant la frontière entre le réel et l'imaginaire. C'est une rupture avec le monde tel qu'il est. Tout ce que vous avez cru voir dans mon bureau n'était pas réel. J'insiste là-dessus, Alice, ne vous égarez pas à la frontière entre le vrai et le faux. Sinon, vous ne pourrez plus revenir.

La frontière...

— Normalement, poursuit-il, avec les médicaments que vous prenez, vous ne devriez pas être sujette à ce genre de troubles. Ils sont censés les atténuer, apaiser votre stress. C'est là qu'est mon inquiétude.

Les mots prononcés s'entrechoquent dans mon esprit. Ils devraient faire sens, mais ils n'en ont aucun pour moi. Mes yeux se promènent sur les médicaments encore éparpillés sur le sol. Ils me font soudain peur. Je les compte inconsciemment. Un. Deux. Trois. Quatre. Cinq. Six... Pourquoi me fait-on avaler ce cocktail dont je n'ose imaginer la composition ? Barbituriques, anxiolytiques, antidépresseurs...

On me tue à petit feu en me rendant plus folle que je ne le suis déjà. On veut se débarrasser de moi au lieu de me soigner. Le type assis en face de moi n'est qu'un bourreau.

Un assassin...

— Je vais changer un peu votre traitement, il ne semble plus adapté à votre situation, Alice. Est-ce que vous me comprenez ?

Je hoche la tête, je sens que je n'ai pas le choix. Le docteur se lève et quitte la chambre sans un mot de plus. Je perçois le cliquetis du verrou.

Pourquoi m'enferme-t-on chez moi ?

Et où sont mes parents ?

*

— Je ne saurais vous dire le nombre de fois où l'on m'a fait rencontrer le psy scolaire ou le médecin. Personne ne me croyait. On me balançait à la tronche que je simulais pour ne pas aller en cours, en inventant des excuses plus tordues les unes que les autres. On m'a même testée pour voir si je me droguais ou buvais, ce qui aurait pu, selon tous ces gens, expliquer mon comportement. J'ai passé des mois et des mois à me faire cataloguer. Fainéante. Droguée. Alcoolique, et j'en passe. Les profs m'avaient en horreur. Plus personne ne me parlait...

Face à moi, le psychiatre est affalé dans son fauteuil de bureau, les mains jointes au-dessus de son ventre. Il m'écoute, du moins c'est ce qu'il semble faire. Il n'a pas dit un mot depuis le début de la séance. Ce type me fait peur d'une certaine façon. C'est un bloc inexpressif, froid, presque inhumain.

La pendulette est tournée dans sa direction. Le coupe-papier est encore là. Je n'ose pas le regarder, j'ai l'impression qu'il va m'appeler. Je préfère fermer les yeux.

— *Allons, mademoiselle, vous me prenez pour qui ?*

Le psychologue scolaire se tient à côté de moi, debout. Je suis assise. Il me toise. Me teste. J'ai la tête baissée, une attitude devenue habituelle. Je ne regarde plus personne en face. Ni le monde, d'ailleurs.

— Vous croyez que je vais gober votre histoire de phobie des chiffres ? Ça n'a aucun sens, mademoiselle Jeanne. Je connais bien les phobies scolaires et leurs symptômes, vous ne me tromperez pas. Vous savez, tout au long de ma carrière, j'en ai rencontré des gamins tels que vous, des petits fainéants qui trouvent n'importe quelle excuse bidon pour ne pas aller en cours. Mais là, je dois dire que vous remportez la palme, Alice. Le directeur du lycée est sur le point de vous renvoyer. Et je dois dire que je n'ai pas vraiment d'autre option que de l'appuyer dans sa décision. Nous allons réunir un conseil de discipline.

— Connard... je marmonne.

— Pardon ?

Je n'avais pas réalisé que ce mot était sorti de ma bouche. Tant pis. Au point où j'en suis, ça ne changera pas grand-chose. Le psy ne dit rien et retourne derrière son bureau. Il ouvre un tiroir et attrape diverses feuilles. Mon sort est scellé. Le juge vient de marteler ma sentence.

Les adultes ne sont que des connards. Personne ne cherche à me comprendre. Je ne suis qu'un OVNI pour eux.

Se débarrasser de moi, voilà le boulot de toutes ces personnes. Autant leur faciliter la tâche et le faire moi-même.

— Qu'en disaient vos parents ? s'enquiert le psy.

Je rouvre les yeux.

— Mes parents ? Aux abonnés absents. Ils ne comprenaient rien comme tout le monde. Pour eux aussi, je ne cherchais qu'à sécher les cours. Ils n'ont fait que suivre les recommandations des médecins. J'ai erré d'établissement en établissement.

Le psy cherche à lire en moi, j'ai l'impression qu'il veut me mettre à nu, me déshabiller au sens littéral. Ce n'est qu'un connard dont le seul but est de me shooter aux médocs.

Faire ses petites expériences personnelles pour publier un article avec son nom bien gros en haut de la page dans une revue quelconque de psychiatrie. Il m'apparaît comme un ennemi, un danger.

Un frétillement parcourt mes jambes et grimpe depuis mes mollets pour gagner mes cuisses, puis mon ventre. Des microdécharges électriques activent mes muscles. Ils se tendent comme des câbles, les tendons saillent sous ma peau.

L'envie m'enserre de nouveau.

Elle est là, elle n'attend que mon lâcher-prise. Elle veut s'exprimer et je l'en empêche. Pourquoi ? Elle me libérerait.

J'ai envie de bouger, de tendre le bras et de saisir l'objet de toute ma convoitise. Le psy remarque mon regard verrouillé sur son bureau. Il se penche en avant et attrape le manche du coupe-papier. Il se lève et contourne son bureau tout en faisant jongler l'objet entre ses doigts, comme un lanceur de couteau prêt à entrer en piste. Il s'approche de moi. Impossible de décrypter ses intentions. Pourtant, j'imprime un léger mouvement de recul.

Et là, tout devient clair dans ma tête.

Un assassin.

Je me lève d'un bond, empoigne la chaise et la lève au-dessus de ma tête avec la ferme intention de l'envoyer vers l'homme en costume qui sourit désormais. Ma respiration s'accélère. Il veut ma peau et j'aurai la sienne. Je recule de quelques pas alors qu'il continue d'avancer lentement dans ma direction.

« Allons, Alice, nous savons tous les deux ce que vous avez fait, c'est pas très joli joli. C'est pour ça que vous êtes ici. Pour qu'on vous soigne. Et ceci est votre médicament. »

Il me tend le coupe-papier. Je ne sais plus quoi faire, je demeure immobile.

« Allez, prends-le. Tu le veux, je le sais. Tu le regardes depuis trop longtemps, vas-y, je t'y autorise. »

Je hurle et lâche la chaise qui s'écrase à grands fracas sur le parquet. Pourtant, le psy continue d'avancer vers moi, le coupe-papier tendu en avant.

« Sois raisonnable, Alice, laisse aller ton envie… Tu te sentiras mieux après. Tout sera fini… »

*

Je me redresse d'un bond dans mon lit, les yeux écarquillés, prenant une profonde inspiration comme si j'émergeais d'une plongée en apnée. Une vive douleur derrière le crâne m'agresse aussitôt. Des coups de marteau résonnent dans ma cavité crânienne et la lumière, aussi meurtrière que des aiguilles ardentes instillées dans mes pupilles, me fait clore les paupières. Céphalées et photophobie. Les symptômes d'une bonne migraine.

Je cache mes yeux à l'aide de mon bras, et tente de me lever à la recherche de l'interrupteur. Ma main caresse le mur, je progresse presque à l'aveuglette. Après une bonne minute de tâtonnements, je prends conscience qu'il n'y a aucun bouton dans ma chambre et que les néons du plafond distillent toujours leur violence crue. Mes yeux s'habituent un peu à cette agression mais les coups de marteau redoublent d'intensité dans mon crâne. J'ai envie de cogner ma tête contre le mur tellement j'ai mal. J'avance péniblement vers la fenêtre pour descendre les stores et apaiser un peu la lumière vive mais elle est fermée. Même en la secouant, rien n'y fait.

Mes poings tambourinent sur les carreaux, une fois, deux fois, trois fois… les forces me quittent, ou la résignation s'installe. Le renoncement, voilà uniquement de quoi je suis capable. Je me laisse glisser le long du mur, vers le sol, où je m'accroupis, les genoux collés à mon visage.

Et je crois que je m'endors.

Car lorsque je rouvre les yeux, la lumière crue n'est plus. Ma chambre est presque plongée dans l'obscurité ; seules des silhouettes se découpent, celles de mon lit, de la table de nuit. Combien de temps s'est-il écoulé ?

Ma migraine a disparu, elle aussi. L'ai-je rêvée ? Non, c'est impossible, je me souviens de tout. Je ne suis pas si folle. Instinctivement, je passe une main contre mon épaule, je ressens une légère gêne à cet endroit, comme celle qu'on peut éprouver après une piqûre ou un vaccin.

Qu'est-ce qui se passe ? Quelque chose cloche. Je suis censée suivre une thérapie pour canaliser ma phobie des chiffres et me voilà enfermée. Ce n'est pas chez moi, on m'a emmenée ailleurs, mais où ?

Alors que mes yeux s'habituent au manque de lumière, je me sens mal. Il me faut quelques minutes pour en cerner la raison.

Une sorte de présence malsaine m'enveloppe.

Je ne suis pas seule dans la pièce. On m'observe. Je sens des yeux qui glissent sur moi, ils sont presque palpables. Je suis nue tout en étant habillée. J'esquisse quelques pas hésitants vers le recoin le plus sombre de la pièce, les bras en avant. Je sais qu'il y a quelqu'un. Une sensation identique à celle ressentie dans le bureau du psy m'assaille. Comme s'il était là. Mais au fond, je sais qu'il n'y a personne *physiquement* dans la pièce, même si mon esprit est persuadé du contraire.

Je sursaute alors qu'un claquement résonne. Sur le mur en face de moi s'affiche une série de chiffres, comme diffusée depuis un projecteur.

L'envie de fuir me prend d'assaut. Devant mes yeux les chiffres par dizaines dansent, sautillent, se rient de moi.

— Non... arrêtez...

Je me retourne pour ôter de mon regard ces chiffres mais ils surgissent encore devant moi.

Vertige, jambes qui tremblent, sol qui bouge. Je tourne la tête de tous les côtés pour mettre fin à cette horreur mais elle me suit partout.

Les vertiges s'accroissent à mesure que les chiffres dansent sur les murs, disparaissent puis reviennent tels les stroboscopes hypnotiques d'une boîte de nuit. Ils tournent, tournent... Le sang cogne contre mes tempes.

Je hurle : « Arrêtez ! Laissez-moi… ! », mais personne ne m'écoute. Les larmes dévalent mes joues et s'écrasent sur le lino.

— Arrêtez ça…

J'enfouis mon visage entre mes jambes, pour dissimuler mes yeux. Je devrais pouvoir résister mais j'en suis incapable. Mes sanglots emplissent tout l'espace de la pièce exiguë, dont les murs veulent me happer. Ils se resserrent sur moi.

« Ne vous égarez pas à la frontière entre le vrai et le faux. »

Je suis arrivée à cette frontière. Il me faut faire un choix. Partir d'un côté ou de l'autre. Or, je ne sais pas lequel est la réalité et lequel n'est que le fruit de mon imagination.

D'un claquement la lumière revient. Douce cette fois, enveloppante, chaleureuse. Mon pouls ralentit. Mais cette sensation qu'on m'observe ne me quitte pas, même si je vois bien qu'il n'y a personne dans ma chambre. J'aperçois mon reflet dans la fenêtre et constate que je ne suis plus qu'un squelette. Mon teint est diaphane, les arcades osseuses saillent sous la peau de mes joues. Je suis l'ombre de moi-même, quasi transparente. Est-ce bien moi ? J'esquisse quelques pas en direction de mon reflet, je veux le toucher, le palper.

L'obscurité m'en empêche, brutale, totale.

Puis les chiffres sur les murs reviennent. Partout. Les mêmes vertiges s'emparent de moi et le sol tangue. *Non, pas encore… !*

Je ferme les yeux. Je ne veux plus les voir, c'est insupportable !

— Arrêtez…

J'essaie de penser à autre chose. La fuite, encore.

Aussitôt, des images viennent à moi. Je suis assise dans le bureau du psy, le lieu est devenu familier, plus que ma maison que j'ai presque oubliée. Mais je suis seule dans ce bureau. En face de moi, le fauteuil de cuir est vide. Pourtant je sais qu'on m'observe.

Et me parle.

« *Alice, concentrez-vous. Faites le vide dans votre esprit.* »

Je balaie la pièce dans tous les sens, mais il n'y a personne.

— Docteur ?

« *Je suis avec vous, Alice. Ne pensez plus à rien. Respirez calmement. Inspirez. Soufflez.* »

Je ne sais pas pourquoi je lui obéis, comme si je n'avais pas le choix. Je peux partir à tout instant, quitter ce bureau vide et retourner chez moi.

Mais ses mots m'apaisent. Ma respiration se calque sur sa voix.

« *Inspirez. Soufflez. Inspirez...* »

Je me laisse porter par sa parole. Je me sens légère, éthérée. Le calme me gagne peu à peu. Tout ceci va s'arrêter bientôt, je le sais.

« *Inspirez. Soufflez...* »

Je me sens bien mieux.

« *Puis ouvrez les yeux.* »

Je m'exécute.

Et hurle.

*

Mes jambes se dérobent sous mon poids.

Les chiffres sont encore là, plus nombreux, plus gros. Plus violents.

— ARRÊTEZ !

« *Inspire, expire, Alice... Délivre-toi...* »

Je me débats en tous sens.

« Faites que ça cesse ! Je ne veux plus voir tous ces chiffres ! »

« *C'est bien, Alice... Continue comme ça...* »

« Foutez-moi la paix ! Je ne peux plus les voir ! »

« *Tu progresses, Alice, tu vas dans la bonne direction.* »

Les sanglots m'étranglent. Les chiffres tournent toujours et m'emportent dans leur valse mortelle.

« *Tu veux que tout ça cesse, Alice, n'est-ce pas ?* »

« Oui ! S'il vous plaît... »

« *Tu es sûre de ce que tu veux ?* »

« Arrêtez tout… arrêtez tout ça… pitié… »

« *Bien, Alice, tu as fait le bon choix.* »

La lumière revient, de nouveau apaisante et chaleureuse. Je me tiens au milieu de ma chambre. Je reconnais mon lit. Seul un détail change.

Sur la table de nuit trône un objet projetant des reflets mordorés dans la lumière des néons. Le coupe-papier. Que fait-il ici ?

« *Tu sais ce que tu dois faire, Alice, n'est-ce pas ? Tu en as envie ?* »

Impossible de dire si cette voix est dans ma tête ou non.

« *C'est le seul moyen de mettre fin à tout ceci. C'est ce que tu veux, non ?* »

« Laissez-moi… »

Je fais un pas dans la direction de la table de nuit, malgré moi. Je suis en mode pilotage automatique, mon inconscient guide mes membres, mes gestes. La solution est là, devant moi. Elle est simple.

« *Vas-y…* »

Ma main se tend vers le coupe-papier. Est-ce que je m'apprête vraiment à faire ça ? Non, je ne peux pas… Mes doigts se referment sur le manche en laiton, tremblent, le lâchent puis s'en saisissent de nouveau.

La solution à tous mes problèmes.

Une autre fuite, mais la seule issue envisageable.

Alors je n'hésite plus.

« *C'est bien, Alice. Tu as fait le bon choix.* »

*

Un homme et une femme observent la petite chambre à travers le hublot de la porte. Ils sont serrés l'un contre l'autre, une détresse incommensurable se lit sur leur visage. La femme pleure, tandis que l'homme affiche une colère sourde. Il s'en veut sans doute, même si rien de tout ceci n'est véritablement sa faute. Avaient-ils le choix ?

Une silhouette s'invite derrière eux. Les mains dans les poches de sa blouse, le médecin hésite pour trouver les bons mots, même s'il est habitué à cela.

— Elle ne souffre plus, si cela peut vous rassurer.

L'homme et la femme tournent la tête. Le docteur Rimbaud, psychiatre, se tient face à eux, une expression grave mais froide dans les traits.

— Que s'est-il passé, docteur ? balbutie la mère.

Il hésite encore. Il pourrait leur dire la vérité, après tout. Mais la vérité n'est pas audible.

— Alice s'est enfermée dans ses crises psychotiques, malgré les traitements et les séances. Ça allait de mal en pis. Je crois que sa phobie a été plus forte qu'elle. Lors de ses phases de décompensation, sous forme de crises hallucinatoires, j'ai dû la mettre en isolement. C'est là que le drame est survenu.

— Et ses yeux ? s'inquiète le père.

— Les médecins n'ont pas pu les sauver. Nous ne savons pas comment elle a réussi à se mutiler ainsi. Tout ceci est incompréhensible. Nous n'avons rien retrouvé dans sa chambre à côté d'elle, nous l'avons découverte étendue sur le sol. Dès que nous avons entendu ses hurlements, nous nous sommes rendus dans sa chambre et nous l'avons transportée en urgence au CHU.

— Pourquoi a-t-elle fait cela, docteur ?

— Je crois que c'est la seule solution qu'elle a trouvée pour remédier à son mal. Sans ses yeux, impossible de voir l'objet de sa phobie. C'était sa manière de guérir sans doute. D'une certaine façon, elle a soigné sa phobie.

*

L'homme et la femme descendent le perron de la petite clinique psychiatrique privée, d'un pas lent, quasi solennel.

Leur voiture attend à quelques mètres sur le parking. Ils se tiennent la main, toujours serrés l'un contre l'autre.

Du premier étage, depuis la baie vitrée de son bureau, le docteur Rimbaud les observe. Il les voit monter dans leur voiture et partir tandis que les pneus du véhicule crissent sur le gravier de l'allée. Ça ne s'était pas si mal passé que ça au fond.

Il sourit puis fait volte-face. Quelques pas le conduisent à sa bibliothèque d'où il tire un album. Son album, celui où il expose son œuvre.

Il en contemple la couverture avec satisfaction, caresse le cuir de la reliure, avant de s'installer derrière son bureau. Délicatement, il fait glisser les pages une à une, s'arrête sur des images, des hommes et des femmes qu'il a bien connus. Avec Alice, il a atteint une sorte d'apogée. Son chef-d'œuvre. Elle était la patiente idéale pour cela, il l'avait senti dès leur première rencontre, et il avait pu peaufiner ses techniques grâce à elle. Cela ne fait qu'augurer le meilleur pour ses prochains « patients ».

Face à une double page où sont disposés des clichés d'Alice, étendue sur son lit, ou en pleine crise psychotique, il se sent bien. Son doigt effleure l'une des photos prises grâce aux caméras disposées dans la chambre et reste posé dessus un moment, le temps que le plaisir se distille en lui. Qu'il se remémore comment il a réussi à la convaincre de sa folie, à la pousser vers l'impensable.

Puis il saisit sur son bureau une dernière image, qu'il glisse dans l'album avec une satisfaction quasi orgasmique.

Sur celle-ci se détache Alice, alors qu'elle plante dans ses propres yeux un coupe-papier, scintillant de reflets mordorés dans la lumière des néons.

Mickaël Koudero

LA MORT, TOUT LE TEMPS

Deux choses sont infinies :
l'Univers et la bêtise humaine.
Mais, en ce qui concerne l'Univers,
je n'en ai pas encore acquis la certitude absolue.

Albert EINSTEIN

Verdun, 10 mars 1916
Quelque part dans une tranchée de première ligne...

L'horreur au quotidien.

Des corps éventrés, charcutés, s'aimantent à des barbelés, quand le monde fracturé se fige en paysage lunaire.

Fatras de pierres. Anarchie de métaux. Troncs d'arbres coupés à vif. Les réponses à une furie, mécanique et sans pitié.

Par le vent lui parviennent les échos de l'ennemi. Ils se terrent, à quatre-vingts, peut-être cent mètres, de l'autre côté de cette nécropole. De cet espace sans vie baptisé le *NO MAN'S LAND*.

Ces voix, il doit les faire taire.

Pour accomplir son devoir. Toucher la délivrance.

Peut-être échapper à la mort.

Visage ovale, nez en trompette et teint céramique. Sous son casque Adrian aux reflets bleu horizon se devinent quelques mèches blondes. Des perles cristallines glissent de sa coiffe d'acier pour mordre son cou. Même avec le repli de l'hiver, la sensation de froid reste intolérable.

Cinq minutes avant l'assaut.

Dans le civil, il s'appelle Martin Bouvier. Pour les autorités militaires, il est devenu le matricule 22 618.

— Comment tu te sens, gamin ?

« Gamin. » Troisième baptême. Son surnom dans cet enfer.

Du haut de ses dix-neuf ans, il ne connaît rien de la vie et, déjà, il doit contrer la faucheuse et son appétit d'ogre.

Déjouer la fatalité.

Son regard travaillé par l'angoisse se pose sur « Fissure » : mâchoire disloquée et gueule de travers. Ce pseudonyme, il le tient d'une explosion de grenade. Une fois ramené en troisième ligne, les médecins avaient réussi l'impossible : lui sauver la vie. Leurs capacités et leur énergie s'étaient montrées impuissantes pour remodeler ce visage, lui restituer un soupçon d'humanité.

— Je vais mourir, confesse le jeune soldat.

— Mais non, fiston ! Faut pas te mettre ces idées-là en tête ! De l'autre côté, tu ne te poses pas de questions. Jamais !

Parole franche et vérité tranchante.

C'est une déclaration de guerre qui a poussé ces hommes dans les veines de la terre. Des phrases et des mots ciselés dont la forme parlait de patriotisme, de liberté et de résistance.

Le fond se comparait à un laissez-passer pour l'apocalypse. À un univers où se jouait cette alternative *: tuer ou être tué.*

Emmitouflé sous sa capote Poiret, pieds dans la boue et main enserrée à son fusil, Gamin fixe ses frères d'armes.

Alignement d'épaules et visages baissés. Pupilles sombres et démarches de condamnés. Aux matins de furie, le rituel reste le même. À intervalles réguliers, des gueules froissées, domptées par l'angoisse se positionnent au bas des échelles. Sous leurs barbes se perdent des lèvres vidées de vitalité.

— Tu m'entends, gamin ? Dès qu'une silhouette se profile, PAN ! Tu tires !

Les sourcils du jeune militaire dessinent deux accents circonflexes.

— Si c'est un des nôtres ?

— Douter, c'est mourir. Si tu veux sortir de cette merde en un seul morceau, va falloir composer avec les remords.

Gamin acquiesce, l'esprit en vrac.

— T'as une bonne bouille, poursuit Fissure. Mon avis, tu dois plaire aux filles... (Il se désigne de son index.) J'ai hésité une seconde. Le salaud en face en a profité. Tu saisis ? Une seconde !

Défiguré et blessé à vie, Fissure avait pourtant tenu à reprendre les combats. Si cette décision en avait étonné plus d'un, il se murmurait qu'à l'arrière du front, personne ne l'attendait.

Que ce soit la petite mort du quotidien ou la charpie de la Grande Guerre, ses trajectoires d'avenirs ne sont que cimetière. Dans ces conditions, autant continuer à servir la nation en devenant *guetteur*.

Un sifflet et une montre suffisent à l'armée pour recycler ses hommes.

La journée, Fissure observe le ciel, son instrument en bouche. Quand une lueur de métal pique des nuages, de son souffle il donne l'alerte, incitant les troupes à se réfugier sous leurs abris.

Aux matins des batailles, l'œil sur les aiguilles, il a toujours un mot pour les camarades qu'il envoie à l'abattoir.

— Le Bon Dieu nous a oubliés, grogne-t-il. Dans cette fournaise, tu es tout seul.

Croyances et convictions. Quand le ciel ne répond plus.

Il est là, entre deux murs de sacs de sable. Ignoré par tous. Un crucifix artisanal prend la poussière sur une planche en bois. Les premiers jours, chacun avait ressenti le besoin de prier. De s'adresser au Tout-Puissant pour lui confesser ses péchés. Se mettre en règle avec sa conscience.

Oui, à n'en pas douter, ils avaient fauté pour se retrouver dans un tel bourbier.

Trop vite, Dieu s'était lassé de ces militaires en larmes.

Au contraire de l'autre : le Diable. Le seul à dicter le tempo.

Depuis, les hommes marquaient leurs déceptions en fumant leurs livres de prières. Du très fond de ces brèches engluées par la gadoue, le tabac manque, les vivres aussi. L'eau, surtout. Seuls la gnôle et le pinard coulent encore à flots pour maintenir une illusion de douceur.

Fissure relève les yeux de son cadran.

Sa voix se confond à la lame d'une guillotine :

— Quatre minutes !

Quatre minutes avant que tout s'embrase. Que le magma se soulève pour déchirer les uniformes, déshabiller les peaux et fouiller les corps.

La mort est partout, tout le temps.

Elle se devine dans un regard. Bourdonne dans les tirs d'artillerie.

Ses accents dominent le monde, sculptent le décor, vicient chaque repli des consciences. Elle rappelle que l'homme est prompt à tuer ses semblables pour un bout de territoire, une couleur de peau non partagée ou pour imposer sa croyance. Combien son ascension dans la chaîne alimentaire est au diapason de son idiotie.

L'adrénaline de Martin se greffe à cette réalité : il va danser sur les braises.

TIC.TAC.TIC.TAC.TIC.TAC. TIC. TAC...

Aux battements des secondes se mêlent les paniques de son cœur.

Une grande aspiration pousse sa pomme d'Adam à jouer un va-et-vient le long de sa gorge comme une balle que l'on chambre.

Dans le sillage de son regard, les contours se floutent, les perspectives se resserrent, jusqu'à le prendre de vertiges. Chaos émotionnel et visions parcellisées. Un long fondu enchaîné déverse des images sous les plis soucieux de son front.

Une saignée plus grande se prépare.

Gamin distingue un homme, fine moustache et raie de travers. Éloquence grandiloquente portée par le soufre du mal. Il se tient debout sur une estrade face à un parterre de fidèles. La scène – glauque au possible – a des relents d'Empire romain. Derrière l'artiste raté et barbare accompli flotte un drapeau : cercle blanc sur fond rouge et svastika retourné.

Battement de paupières : nouvelle focale.

Des trains roulent en pleine campagne. À l'intérieur, l'innommable. Hommes, femmes et enfants sont amassés dans les wagons, sans eau ni nourriture. Leur fin sera lente et douloureuse, signée du sceau de la haine.

Si Martin peut traverser ces cauchemars, il le doit à sa grand-mère.

Il se souvient que, lorsqu'il était enfant, des personnes faisaient des centaines de kilomètres pour entendre ses visions. Certains industriels avaient bâti leurs fortunes sous l'impulsion de ses conseils.

Un soir reste gravé dans l'écorce de sa jeunesse.

Les yeux fatigués, après une longue journée à prédire les avenirs, Adèle s'était tassée dans son fauteuil au coin de la cheminée. Une odeur de bois brûlé et celle, plus aigre, du repas terminé s'élevaient dans la maison. Les mains nouées sur son torse, dents crispées, elle baragouinait des mots incompréhensibles. Des mots que seul le grand barbu semblait percevoir.

Martin se rapprocha pour se serrer contre elle. Il voulait sentir la modulation de sa respiration effleurer sa nuque.

À quelques pas, il stoppa devant ces deux prunelles vertes, troublées par des larmes.

— Tu n'es pas responsable, Blondinet, marmonna-t-elle.

« Blondinet. » Son véritable surnom.

Celui donné avec amour.

— Responsable ?

— De ce que tu verras. La capsule est en toi. Un jour elle explosera et déversera ses images. Tu connaîtras la folie des hommes.

Elle marqua une pause, ses paupières se refermèrent et sa tête se laissa aller dans les coulisses de son âme.

L'enfant s'assit sur le carrelage froid, attendant la suite.

— Mamie ! Mamie ! C'est quoi, cette capsule ?

Un long moment à vide remplit les lieux avant qu'elle ne se décide à préciser.

— Mon héritage, Blondinet. Tu as la force de voir plus loin, par-delà tous les demains.

— C'est vrai ? J'ai un pouvoir ?!

Adèle ne put retenir un sourire crispé, entre amertume et dépit.

— Tu sais ce que je verrai ?

— La mort, tout le temps.

Ces mots firent tressaillir le jeune enfant. Il les identifia à un mantra d'angoisse. Il ravala sa grimace et se verrouilla du courage qui nourrit les véritables innocents :

— Je n'ai pas peur de la mort !

La respiration de la grand-mère se suspendit un instant. Cœur dans le néant et tripes enserrées. Elle demeurait derrière le tapis de ses paupières pour ne pas affronter ce regard naïf.

— La peur ? Tu ne sais pas ce que c'est. Un jour, tu la sentiras. Elle te fatiguera, t'usera jusqu'à la moelle. Tu l'entendras même. Il t'arrivera de te demander pourquoi toi et pas un autre. La peur ne te donnera jamais de réponse. Non, jamais… Et puis, elle fera des petits. Des rejetons qu'on appellera guerre, famine, génocide, attentat. On trouvera toujours un terme pour nommer la bêtise humaine. Ça oui, tu peux me croire, tu rencontreras la part d'ombre des hommes, mon Blondinet. Tu apprendras que dans leurs gènes court le besoin de tuer. Alors, tu comprendras… La peur, c'est une garce qui a de l'avenir.

— Mamie, si j'peux rien faire, à quoi ça sert ces pouvoirs ?!

Lucarne sur l'instant.

Le corps en turbine, des frissons parcourent l'enveloppe du soldat.

— Oh, Gamin ! C'est pas le moment de t'endormir !

Cette voix n'est qu'un bruissement, un souffle dans ses oreilles. Pour faire bouger cette carcasse, Fissure tente à nouveau :

— Tu m'entends ?

Il reste noué aux rouages de sa mémoire.

— Gamin !

Le mot claque comme une rafale sèche. Il fend les tableaux apocalyptiques et les paroles prophétiques.

Quand Martin rouvre les paupières, un flou gaussien voile le monde en particules indéfinies. Quelques secondes lui sont nécessaires pour régler sa mire sur cette balafre.

— T'es tout blanc ; ça va ? lui demande Fissure.

Le jeune soldat se dispense de réponse.

À quoi bon ? Aucune explication ne peut justifier de manière raisonnée les hantises qui le gouvernent.

Trois taches noires expulsent les derniers résidus de son chaos interne.

Des rats. Ils rampent sur le sol avant de disparaître dans un mikado de matériel. Dans ces tranchées, la scène reste commune.

Comme toujours, les hommes se relaient pour tuer ces rongeurs qui prolifèrent, attirés par les cadavres et les déchets alimentaires.

Des efforts sans cesse insuffisants.

Alors que s'avance la nuit, à la lueur des bougies comme au diapason des ronflements, on peut entendre cette peste sur pattes fouiller les musettes. Quand la disette se fait trop ressentir, les bêtes se tournent sur la chair des soldats. Il n'est pas rare qu'un combattant se réveille, un bout d'oreille en moins, ou un morceau de nez arraché.

Cruelle ironie. Pour contrer cette menace, certains se sont fabriqué des cages de fortune dans lesquelles ils dorment.

Des petits cercueils de métal en attendant celui de la terre.

— La vermine a peur, continue Fissure. Ça n'annonce rien de bon... Non, rien de bon...

Sa voix se teinte d'une fatalité que les médecins connaissent trop bien :

— On va tout droit au carnage.

Coup d'œil affligé sur la ruche fatiguée :

— On n'est plus vraiment de taille...

Le jeune soldat reste sans réaction.

Depuis dix jours, la relève des divisions se fait attendre. Mal équipés, à bout de souffle, les hommes du 87e régiment comptent les cadavres.

Dans ces couloirs infinis, entre deux sonates de terreur, ils restent dans l'attente d'un salut.

La terre rougie, la nourriture qui se raréfie et le froid polluent le courage des hommes. Sape le moral des plus coriaces.

D'autres fléaux, encore. Les puces, les poux et la gale cernent les tranchées. La dysenterie, le typhus et le choléra habitent les corps affaiblis. Maux de tête, fièvres et douleurs musculaires. Les infections sont nombreuses et mènent souvent à des amputations.

Pendant les journées d'ennuis, certains jouent aux cartes, lisent, s'acquittent de leurs corvées. Chantent aussi. Quelques hommes tapent sur leurs gamelles pour battre la mesure. Leurs convictions empruntent celle d'un pianiste aux doigts usés à répéter les mêmes gammes.

Et puis, on écrit. Le dernier des illettrés souhaite exorciser ses cauchemars. On dévoile ses sentiments, ses doutes et ses peines. On prend des nouvelles du pays, de la famille, de l'enfant qu'on ne verra pas grandir. On se remémore des anecdotes. Des petits riens devenus des bouquets de souvenirs.

Au milieu de ces tirades enflammées, la véracité du quotidien imprime les lignes. Les hommes doivent cracher leurs démons sur du papier. Ils évoquent les séismes, détaillent les sinistres lueurs qui embrasent les horizons. Les odeurs de merde, de pisse et de sang qui saturent leurs narines. Celles, plus inexplicables, de ces dépouilles qui pourrissent dans le *NO MAN'S LAND*.

Comme chaque fois, la censure prend le dessus. En retrait des conflits, les postes de commandement interceptent les textes à charge. Ceux qui lèvent le voile sur la réalité crue, loin des campagnes de propagandes et des sourires de façade.

La guerre est une mariée nourrie de mystères.

D'autres hommes rattrapent leur sommeil.

Dormir…

Martin ne sait plus.

Cinq nuits maintenant que ses paupières se referment pour quelques heures à peine. Chaque traversée du continent noir s'apparente à un dédale d'errances. Il craint les ténèbres. Quand l'immensité se découpe en ombres massives, dévore les voix et les contrastes. Quand se profilent des tisons d'angoisses plus voraces que celles de la journée.

Plus voraces, car indomptables.

Une fraction de seconde lui avait suffi pour visualiser des sœurs jumelles. Tours en acier touchées en plein cœur par des oiseaux de fer. Au milieu de la confusion, derrière les tourbillons de fumées, elles s'effondraient sous les yeux du monde, offertes à l'arcane du pire.

Martin sut que cet instant s'alignait à une bascule de l'Histoire.

Irak, Bosnie-Herzégovine, Rwanda, Congo.

Guerre des religions. Guerre du pétrole. Guerre des idées.

La liste reste exponentielle.

Ces interférences dévoraient son cerveau, rongeaient chaque parcelle de sa psyché.

Dormir, c'est aussi plonger dans ce gouffre de torpeur qui gangrène les sens et la raison, jusqu'à faire exploser les têtes.

Comme celle de Louis. Matricule : 21 115.

Mort pour la France dira l'épitaphe.

Usé par le souffle des torpilles, perclus de crampes à l'estomac, Louis avait trouvé son échappatoire par-delà les rives inconnues.

Trauma sonore dans les oreilles, Martin s'était arraché à l'un de ses présages, recouvert de ce sang qui battait dans d'autres veines.

Une poupée se tenait à ses côtés, le visage fendu en deux.

Que ce soit pour un père de famille, un célibataire endurci ou bien un ami de passage, la mort ne fait jamais dans la délicatesse.

Tout comme la gueule de Fissure qui se resserre sur lui tels deux étaux.

Pas besoin de mots.

Dans trois minutes, le « gamin » devra grimper l'échelle et pénétrer dans l'arène.

Au cœur du déluge, des mitraillettes soulèveront la poussière, martyriseront des âmes. De lourds impacts réveilleront les orages d'hier. Un obus tombera et remuera la terre : un pied refera surface. Nouvelle secousse. Cette fois, une silhouette émergera du sol. À la troisième charge, elle disparaîtra, rappelée par l'empire du silence.

Quelques mètres suffiront à deux armées pour se lancer des bombes. Des doigts convaincus appuieront sur des détentes pour répondre aux ordres.

Faire plier l'ennemi jusqu'à le punir.

Dans ces tapis de débris et de pierres, chacun devra aiguiser ses réflexes pour se montrer plus rapide que les trombes de clous.

L'odeur de soufre se confondra avec celle de la poudre. Et que dire de celle de l'essence propagée par les lance-flammes ? Les miasmes de la pourriture entraveront des gorges. Des gueules vomiront à en recracher leurs tripes.

Oui, l'écœurement sera total.

Martin remonte le lourd barda qui cisaille ses épaules : masque à gaz, grenades, flopée de cartouches, outils portatifs. Trente kilos harnachés au corps. Trente kilos qu'il faut dompter dans le foyer des hostilités.

— Tu faisais quoi avant... ?

Fissure marque un temps.

— Enfin, tu m'as compris. J'veux dire avant tout ça...

Fenêtre sur un soleil.

Gamin rassemble les esquisses de sa région en carte postale.

Couleurs chaudes et vallée verdoyante. Il se revoit dans son Ardèche natale. La lumière changeante sculpte les arches de pierres, quand la puissance des forêts imprime les lignes d'horizons dans le soleil levant. Même ici, aux frontières de l'immonde, il peut entendre les chuintements des ruisseaux courir à flanc de colline, sentir l'harmonie fragile exprimée par la faune et la flore.

— Pas grand-chose... Je profitais de la vie.

— Tu étais heureux ?

— Je suppose, oui. C'était banal...

— Banal ? La banalité a un prix, fiston. On paie l'addition, là !

Ses mots soulignent une trouble vérité : les routines du quotidien ne sont jamais que des putains de miracles.

Fissure rumine sa question, avant de lâcher :

— T'as une femme qui t'attend ?

Mylène.

Cheveux roux et yeux marron qui brillent comme deux agates inavouées. Un visage à la rondeur d'un grand cru. Dans ces sourires, se dévoilent des perspectives de plaisirs.

Ceux qui complètent les âmes et vous dictent le renouveau des possibles.

Mylène était cette pure évidence dans laquelle on souhaite se blottir toute une vie.

Ni trop belle, ni trop parfaite. Elle était elle, tout simplement. Et, c'était tellement tout.

— Plus maintenant.

La surprise laisse deux entailles sur le front de Fissure :

— Pour quelle raison ?

Parce que je connais ma fin... sonne juste.

— Parce qu'elle a refusé de m'attendre, ment-il, coupant court à toute discussion.

La gueule de travers se fend d'un air compatissant.

D'un mensonge à un aveu :

— Moi, j'ai jamais pu garder une fiancée. C'était plus fort que moi... Fallait que je picore à droite et à gauche. Merde alors ! Tout ce temps perdu... Maintenant que je suis dans cette merde, je le regrette. Je vais clamser comme un con... Et... (Il marque un silence.) Ouais... quel con ! À mon âge, j'ai même pas un petit bonhomme qui m'attend.

Il secoue la tête, nourri par une sombre désolation :

— Vu ma gueule, si un jour je retrouve les bras d'une femme va falloir que je paie ou qu'elle soit sacrément aveugle.

Fissure ne mourra pas dans cet enfer.

Sa survie l'amènera vers d'autres dérives.

Dans cet appartement aux contours d'une cellule de prison, il connaîtra le manque de reconnaissance qui précède l'oubli. Il deviendra un amas de souffrances. Une onde écorchée par ces excès que toute une vie ne peut tolérer. Par sa faible solde, il soignera son aigreur à coups de rasades d'alcool. Une nuit, portée par un trop-plein de palpitations, l'ombre de l'homme défiguré engloutira le héros des tranchées. Il choisira plutôt la corde que l'impact de son arme.

Le mouvement de l'aiguille les ramène au vif du sujet.

Les lèvres de Fissure se pincent en une expression amère :
— Deux minutes !

Deux minutes…

C'est le temps nécessaire pour préparer mon fusil.

Je suis allongé derrière cette muraille. Par ma lunette de précision, je guette, j'observe, je scrute. Mon prénom est Wagner. Mon nom ? Quelle importance.

Personne ne s'en souvient. Moi, le premier.

Je suis le bourreau ou la victime. L'ennemi ou l'allié.

Tout dépend de l'uniforme.

Je suis cet animal à sang froid. Ce prédateur de la pire espèce. Ma conviction est ma force, mon fusil, son prolongement. En une pression, je fais bruisser le monde et implante la fatalité dans les crânes.

Je maîtrise ma nature autant que je l'assume. Je suis un guerrier à l'instinct surdéveloppé, presque un dieu.

Pour me saisir, il faut imaginer de longs cheveux noirs tirés en arrière sous mon casque Stahlhelm. Un constant rictus de perversion tord mes lèvres quand deux billes bleues percent mon visage en forme de lame de couteau.

Je suis un réflexe vif, une force intérieure qui ne connaît aucun détour.

La paix est une utopie, la guerre une volonté.

J'ai choisi mon camp. Et rien ne peut me faire renoncer.

Le berceau de l'immonde m'a changé en sentiment d'angoisse. Je ne crains ni les doutes ni la fatalité.

Ces charniers sont la mère de ma nouvelle identité.

— Une minute !

Un silence saisissant gagne les rangs. Gamin peut sentir les respirations saccadées des hommes qui l'entourent.

C'est ici que tout va se terminer.

Ici, sur cette terre où se posent les regards du monde.

Il lève les yeux. Une enceinte de nuages plombe le ciel.

Mauvais présage…

Trente secondes.
L'adrénaline conjugue mes sens.
Ma vue et mon ouïe sont au firmament de leurs facultés.
Je ressens cette puissance qui me change en furie de métal.
Je vais faire chanter les enfers.

Quinze secondes.
Les mains s'accrochent aux barreaux des échelles.
Les voix récitent des prières. Les mêmes qu'aux premiers jours. Qui sait, peut-être Dieu a-t-il recouvré la vue ?

Dix secondes...
Je compte mes morts. C'est un chiffre colossal.
Un de ceux qui vous conduisent au tribunal des criminels, des fous et des assassins.
Ma nation m'a investi d'une mission : faire plier l'envahisseur. L'autre. L'adversaire.
Pas une once de remords ne vrille mes certitudes
Le tonnerre de mon arme s'inscrit dans ma légende.

Cinq secondes.
Fissure et Gamin se lancent un dernier regard comme un adieu.
— On se retrouve ce soir, annonce la gueule de travers.
Martin le sait, ces paroles épousent la courbe d'un mensonge.

Au sifflement, un bloc massif de bras et de jambes grimpe les échelles et se propulse dans le sanctuaire.
Brouhaha de voix et bourdonnements des avions. Combustion et rideaux de fumées. Des ombres jaillissent de toute part. Les étincelles fusent et des hommes tombent comme de vulgaires dominos.
Martin évolue dans ces nouveaux fléaux, malhabile.
Des bruits retentissent tout autour de lui. Les détentes des fusils claquent. Le sol se gorge d'hémoglobine et devient instable comme un bain à remous.

Une anarchie de terreur serre le gamin quand il voit une lueur fendre le ciel. En deux secondes, l'épicentre de l'explosion réveille un volcan de terres et de boues. Le souffle chaud le projette sur plusieurs mètres. En apnée, Gamin sent le temps se compresser sur lui-même comme une montée de sang.

Là, il perçoit sa propre respiration, lourde et lente.

Les cris, il ne peut plus les entendre. Il les voit. Des visages d'hommes et des yeux écarquillés s'ordonnent dans une épouvante ultime. Des plaintes douloureuses et des agonies surpassent la fureur des tirs quand des voiles noirs se dissipent sur des agglomérats de chairs et de corps ravagés par le métal.

Martin n'est plus que frissons alors qu'il distingue son fusil empêtré dans cette bouillie infâme.

La chaleur quadrille ses tempes, jusqu'à se changer en fièvre de torpeur. Les effluves de la mort irritent sa gorge alors que la peur incise l'argile de sa peau.

Il connaît ces images et leur fatalité.

Gamin pivote sur lui-même à la recherche d'un repli. Son espoir repose sur cette bande de terre.

Les poumons compressés, il rampe sur le sol, se heurte à des soldats sans vie, s'oblige à les écraser pour rejoindre cette défense naturelle.

Dans ces étendues de cadavres, je remarque cette silhouette qui fuit ses responsabilités.

Cette misérable petite larve n'a aucune idée de ma force.

Je me dois d'agir.

Le réticule de mon viseur s'aligne sur ce casque : une tache vive dans un univers monochrome.

Mon index glisse jusqu'à se souder à la détente de mon arme.

J'ai la certitude que toute forme de vie est une menace.

Détonation.

Une seconde, Martin lève les yeux au loin sur cette muraille d'où surgit un halo blanc.

La seconde suivante, il a froid.

Son casque virevolte avant de retomber lourdement à une dizaine de mètres. Dans un même mouvement, ses cheveux épousent ses traits comme un suaire.

Et son visage s'écrase contre la terre.

Mort pour la France, dira son épitaphe.

Une parade de mots pour cacher la vérité.

Mort pour rien...

Ce sang : au nom de qui, au nom de quoi ?

Tout dépend du cœur et des idées.

La folie des hommes ?

Cette question sonne comme un début de réponse.

Ses lèvres se figent en une virgule amère.

Sa capsule remonte le temps comme une ligne de grimpe.

Martin identifie un bain de sang en plein cœur de Paris.

Douze personnes seront tuées, onze autres blessées.

Le choc est total. Violent. Planétaire.

Fluctuat nec mergitur : « Il est battu par les flots, mais ne sombre pas. » Cette devise chère aux Parisiens incarnera l'esprit dans lequel se retrouvera le pays. Même meurtrie au plus profond de ses valeurs, la France devra se relever et combattre. Pour que Liberté puisse rimer avec Fraternité.

Des rassemblements se formeront, on pourra entendre s'élever *La Marseillaise* alors que des pancartes « Je suis Charlie » fleuriront par centaines.

Écriture blanche sur fond noir : trois mots pour une vérité.

Une nouvelle date.

13 novembre 2015

L'immonde, toujours.

Guitares lourdes et gémissantes. La boîte à musique deviendra celle de Pandore. Les rafales de staccatos épouseront les hurlements et le chaos.

Et après ?

Martin redoute que ces carnages ne poussent certaines consciences vers des dérives plus sombres, plus noires. Que derrière chaque idée, chaque décision, ne s'opère la déraison. Une peste infaillible qui, une fois propagée dans les rouages de notre société, ouvrira la porte à un ultime conflit mondial.

Le troisième. Celui de l'extinction de l'humanité.

D'un cauchemar à un autre.

Une nuée de combattants s'agite, résiste, portée par l'énergie du désespoir. Des éclairs surgissent de toute part. Des foudres s'abattent du ciel. Dix minutes suffisent pour éradiquer des centaines de vies. Les soldats ne savent plus où poser les regards.

Tout va trop vite, beaucoup trop vite.

Martin se sent voguer vers une terre lointaine.

Ses membres se raidissent. Sa capsule ne répond plus.

Trou vide et silence de la tombe. *C'est ainsi que l'on meurt,* se dit-il. Le jeune soldat n'oppose aucune résistance à la nuit.

De nouveau, il ressent le souffle chaud de sa grand-mère. Retrouve le jardin de son enfance et son Ardèche si sauvage.

Là, sa main se serre sur celle de Mylène

L'amour, pour une fois.

Chris Loseus

DU BRUIT AU PLAFOND

La souffrance de l'emprisonnement réside dans le fait que l'on ne peut, à aucun moment, s'évader de soi-même.

Abé KÔBÔ

Ah, cette sensation. Vous voyez, le genre qui vous tombe dessus d'un coup. Vous sortez d'un rythme effréné, les veines gorgées d'adrénaline, vous sautez dans un avion, calé dans un bon fauteuil Pullman, vous vous retrouvez à discuter avec une jeune femme qui lâche ce qu'elle était en train de lire pour entamer la conversation qui meublera les six heures du vol qui vous ramène vers New York. Et puis tout s'arrête, il y a ce changement de rythme brutal, cette torpeur qui s'empare de vous. Le taxi roule lentement, le type au volant vous parle et vous lui répondez tranquillement, affalé sur la banquette arrière, en repensant à la jolie lectrice à qui vous auriez dû proposer de la déposer sur votre chemin. Vous repensez à la sensualité qui se dégageait d'elle, à la complicité que vous aviez, au regard qu'elle portait sur vous et à l'excitation que vous en tiriez. Elle avait cette spontanéité, cette douceur… tellement éloignée des rencontres faites après les concerts. Elle était là, lovée sur son siège, les jambes repliées sous elle, dévoilant des genoux couverts de laine. Elle était belle, mais de toute évidence ne le savait pas. Elle dévorait son bouquin, un Stephen King qui vous avait vraiment parlé lorsque vous l'aviez lu. Elle avait fini par remarquer votre regard...

— Vous connaissez ?

Je l'ai regardée, surpris. Mon cœur s'est mis à battre un peu trop vite. Quand on arrive à mon âge et qu'on a vécu ce que j'ai vécu, on est plutôt du genre à se maîtriser. Mais voir ses yeux se poser sur moi, ç'a été comme... Comme recevoir une caresse, là, d'un coup. Elle avait son bonnet enroulé sur ses cheveux. Ils avaient l'air soyeux, elle me souriait.

— Ça va ?

— Oui, désolé...

J'ai repensé à son bouquin.

— J'ai adoré ce livre. Vraiment ! Un truc particulier là-dedans. L'odeur de barbe à papa, de graisse mécanique et d'embruns... C'est ça ! Et puis, ce gamin, Mike.

— C'est étonnant que vous ayez aimé. Beaucoup de gens n'ont pas adhéré. C'est un peu différent de ce qu'il fait d'habitude. Mais je suis comme vous, j'adore ! Vraiment. Cette ambiance, cette plage, ce parc d'attractions... Et puis ce gamin qui se construit.

Je me suis demandé ce qu'elle pouvait bien faire dans la vie. Elle devait avoir la trentaine, voyageait en First... On a discuté du bouquin de King, elle aimait sa poésie, la ressentait, j'aimais cette sensibilité. Et puis nous sommes passés à autre chose. Plus nous échangions, plus nous prenions du plaisir à le faire. Il y avait ce truc magique. Nous étions un peu éloignés l'un de l'autre, son fauteuil situé légèrement en avant sur ma gauche. Elle s'est retournée, penchant la tête dans ma direction pour que nous puissions bavarder plus aisément. J'ai fini par la rejoindre et me suis installé face à elle, sur le petit coussin devant l'écran. Elle était passionnée, parlait de livres, d'auteurs, d'ambiances... J'adorais ça, l'écouter. Elle était sensuelle, avait cette intelligence instinctive, elle était passionnante. Et le truc génial que je n'avais pas vécu depuis longtemps, c'est qu'elle ne m'avait pas reconnu. On a partagé les heures de vol à échanger sans qu'elle sache qui j'étais. On échangeait simplement, rien n'était faussé par mon identité. Et c'était bon, vous voyez… Vraiment !

Les artères de la Grosse Pomme défilent sur les côtés, les vitrines éclairées, décorées pour Halloween. Je retrouve les lieux qui me sont familiers. En regardant Central Park dans la pénombre, je m'affaisse un peu plus dans mon siège, observant les quelques joggeurs qui sortent en nocturne. Il est presque 22 heures, le mois d'octobre est doux cette année. J'ai toujours apprécié cette période, non pas que je sois fan de Halloween, mais j'aime la lumière de l'automne, les journées qui raccourcissent, les tenues qui changent pour passer en mode hiver, un peu comme ma lectrice avec son bonnet et ses jambes recouvertes de laine. Cette petite trêve juste avant le grand froid, qui arrive toujours brusquement sur la ville. Je me sens vivant, heureux après cette tournée européenne et les retrouvailles avec le public. Mon chauffeur jette de petits coups d'œil dans le rétro et finit par me demander si un prochain album arrivera bientôt. À vrai dire, je n'en sais rien.

— Ça serait cool… On va y bosser.

— Faudrait pas trop tarder. Ça cartonne là, faut en profiter !

— On va s'y mettre. Faut croire qu'on a le vent en poupe.

— Sacrément, ouais ! Ça fait quoi ? Quinze, vingt ans que vous n'avez plus réussi comme ça…

Je regarde les cheveux gras qui dépassent de sa casquette en me demandant pourquoi il me dit ça. C'est vrai, quoi ! Des millions de personnes aiment ce qu'on fait même si on a connu des hauts et des bas. Faut toujours qu'un type sorti de nulle part vous rappelle que votre dernier album à succès remonte à quinze ans en arrière. Que vous avez un sacré bol d'avoir pondu celui-ci pour renouer avec le top. Le vrai dans tout ça, c'est que je m'en fous ! La tournée fait un carton, on affiche complet, je m'éclate, mais je suis à un âge où on sait prendre le temps... Je profite juste du moment, de la lumière qui vient de se poser sur moi une nouvelle fois. Le métier est difficile, les modes passent, et quand vos rides commencent à se creuser, quand vos cheveux blanchissent, vous prenez pas mal de recul. L'excitation des premières années est loin derrière, on a fait pas mal de route, les potes et moi. On a su rester soudés aussi, malgré les hauts et les bas. Aucun de nous n'a cherché à voler de ses propres ailes, on est restés un groupe, sans engueulades ni problèmes d'ego. Je profite, et puis c'est tout ! Je fais de la musique, j'aime ça... Et ça me suffit.

Je croise le regard de M. Cheveux Gras dans le rétroviseur. Il attend une réponse. Je balance la tête d'avant en arrière, vous voyez, le genre de truc qu'on fait pour dire que l'autre a raison, et puis je demande :

— Comment vous appelez-vous ?

Le type me lance un regard suspicieux.

— Bill !

— OK, Bill. Je vais être précis, ça fait dix-sept ans. Dix-sept ans que l'on n'avait pas fait un album qui cartonne.

— C'est ce que je disais.

— Oui, Bill... Entre-temps on en a sorti quatre. Et... c'est vrai que ça n'a pas fonctionné. Mais on s'est fait plaisir, Bill. Gardez ça en tête : on s'est fait plaisir.

Dernier virage avant d'aborder Central Park Ouest. Me revoilà chez moi. Pas envie de donner le change. On n'est pas restés longtemps ensemble, mais je sais déjà qu'il a bientôt soixante balais, qu'il écoutait mes disques quand il était jeune, qu'il a deux gamins, dont un qui est homo, et une femme qui s'est laissée aller pour devenir ronde et flasque. Je meurs d'envie de lui demander si elle le trouve toujours sexy, avec ses cheveux gras et sa peau luisante. Mais je préfère m'abstenir. D'après ce que j'ai compris, le fait que son gamin soit de la jaquette lui pose problème.

Je sens que le pauvre type est à deux doigts de me dire qu'en plus d'être homophobe, il ne supporte pas les Blacks, je le vois au regard qu'il pose sur le jeune gars qui nous passe devant en trottinant, son casque sur les oreilles. Le sentiment de calme est en train de me quitter, faut que je me barre. J'aime pas ce type fatigué, et j'ai pas la patience d'écouter ses conneries de raciste primaire.

Les numéros se succèdent, on est sur le point d'arriver. Je vois qu'il prend son temps, qu'il prolonge la course au maximum. Parce qu'il est excité. Incroyable ! Sam Quesh ! Il a attrapé Sam Quesh dans la file d'attente des taxis à l'arrivée du vol de Londres de 20 h 56 ! Ce con n'a même pas un chauffeur pour venir le chercher à l'aéroport. Bordel de merde, le grand Sam Quesh. Enfin, à la grande époque ! Dans sa bagnole !

Il finit par ralentir pour se garer devant le San Remo. Je lui tends les billets, lui offre de garder la monnaie et récupère mes valises. Dormir. Je n'ai que ça en tête. Me poser dans mon lit, entre mes draps frais et dormir !

Je rentre dans l'appart, je pose mes clés sur la commode de l'entrée, on en a tous une, pas vrai ? Pour balancer ses clés négligemment en franchissant la porte. Faut que je me détende. Je vais dans la salle de bains, me débarrasse de mes fringues, qui ont encaissé les longues heures de voyage. Besoin de fraîcheur, d'eau coulant sur ma peau et d'un gel douche épais, doux, qui glisse sur mon corps fatigué et tendu. Besoin de musique, envie ! Envie de ce morceau magistral de Bono, vous savez, ce duo avec Mary J. Blige. Ce truc qui vous emporte et qui vous rend fou. Je clique sur la télécommande, balance le son. Il est tard, mais ici, le son ne sort pas de l'appartement. Insonorisé, au top ! Je peux lâcher les watts, et là j'en ai envie, ça et la douche.

Cela va-t-il mieux
Ou ressens-tu la même chose
Cela sera-t-il plus facile pour toi

Maintenant que tu as quelqu'un à blâmer
Tu dis
Un seul amour
Une seule vie
Quand il n'y a qu'un seul besoin
Dans la nuit
C'est un seul amour
Nous devons le partager
Il te quittera bébé
Si tu n'en prends pas soin
T'ai-je déçu ?
Ou laissé un goût amer dans la bouche ?
Tu agis comme si tu n'avais jamais reçu d'amour
Et tu veux que je parte sans amour

L'eau coule sur ma peau, Mary hurle que l'amour est un temple, et c'est bon ! J'oublie M. Cheveux Gras et ses remarques homophobes pour repenser à ma belle passagère, ses éclats de rire, ses yeux qui brillaient, sa sensualité. Sa voix aussi... C'est un truc qu'on a quand on chante, cet attachement au timbre. Le sien était doux, légèrement rauque. Je lève la tête sous la caresse humide et me mets à chanter à m'en faire péter les cordes vocales. Pas de public, juste les émotions des jours passés... Je me sens vivant !

0 h 57

Foutu bordel ! Mort de fatigue après huit heures de vol et le jet-lag dans les jambes. N'importe qui se serait écroulé en arrivant et aurait fait un tour de cadran complet sans ouvrir un œil. Moi non, je me réveille en pleine nuit, deux heures seulement après avoir fermé les yeux. Je me dis que la pression, le rythme des jours passés sont encore trop présents, ils coulent dans mon sang. Les chiffres rouges du radio-réveil m'agressent. J'aurais dû les choisir verts...

Un vert pâle, doux. Rouge, quelle connerie ! Le silence de l'appartement est presque stressant, j'entends le souffle de la clim en sourdine, rien d'autre. Ça et le changement des minutes sur le radio-réveil.

Les images de la tournée remontent dans mon esprit. Malgré la fatigue, j'esquisse un sourire. De sacrés bons moments, une vraie réussite. Tout est revenu sur un seul titre ! On s'est retrouvés pour écrire de nouvelles chansons sans y croire vraiment, pour se faire plaisir, sans penser au succès. Quelle importance ? On se produisait encore dans le monde entier, et si nos albums ne marchaient pas fort, à nous tous, on était une légende et ça nous préservait de pas mal de choses. Les stades étaient complets à chacune de nos tournées, on envoyait encore sur scène, et nos fans en redemandaient. On enchaînait les rappels, on communiait avec le public, et putain, que c'était bon ! Plus de soixante balais, mais on s'amusait encore… Nos guitares à la main, le monde nous appartenait. On sortait de ce tunnel, on montait sur scène, et… la lumière, les cris, les hurlements, le plancher qui vibrait sous nos pieds ! Un truc qui vous tient en vie ! Les basses, les potes et, face à nous, la foule ! Comme au premier jour, dans le bus, dans les avions, rien n'avait éteint la flamme, celle du Rock.

Mes jambes tremblotent, j'ai un peu chaud, je tire les draps et m'assieds sur le bord du lit en tâtonnant machinalement pour trouver la télécommande de la clim. Merde ! Je suis claqué ! Dix concerts en Europe, trois semaines passées à bloc dans des stades remplis par quarante mille personnes, à gratter ma guitare, suant tout ce que je pouvais, bourré d'adrénaline… Et je me retrouve les yeux grands ouverts à une heure du mat', seul dans mon appartement de New York. Quel con j'ai été ! On aurait pu prolonger cette magie, avec Andrea… Elle en avait envie elle aussi, j'en suis sûr. On était vraiment branchés sur les mêmes trucs. On aurait pu se faire un resto, sortir…

Je tends l'oreille. Y a toujours ce foutu grattement... ce truc que j'entendais déjà avant de partir en tournée. Ce petit frottement régulier. Faudra que je retourne voir le gardien demain matin ; je le lui avais signalé avant de quitter New York. Il devait faire venir quelqu'un pendant mon absence. Enfin, c'est ce qu'il avait promis ! Bordel ! Je reviens trois semaines après, et ça continue. Rien de bien pénible, mais c'est là, je le guette et quand je commence à bloquer sur ce truc, je crois devenir fou ! Dernier étage pour être peinard, et... putain !

J'ai soif. Faut boire. Ma gorge a trop donné, faut que je l'adoucisse. Du lait ! Un grand verre et se recoucher, se laisser aller. Évacuer la tension. Pour le petit grattement, je verrai demain... Aucune idée de ce que ça peut être, mais je déteste les bestioles, ces trucs qui vivent à tes côtés sans que tu les voies.

Je quitte le lit, sens la moquette épaisse entre mes orteils et souris en pensant bêtement : *Bienvenue à la maison !*, avant de me rendre dans la cuisine. La lumière est blanche, froide sur le carrelage gris. Mon appartement me semble inhospitalier après les palaces européens. Trop glacial, impersonnel, épuré ! Il y manque quelque chose, une présence, une femme, des sentiments et de la vie. J'ai tout eu, mais je suis peut-être passé à côté de l'essentiel... Pris dans la frénésie du succès, je n'ai jamais connu l'amour... Je veux dire, quelque chose de sincère, pas faussé par ce que je suis. La célébrité est arrivée trop vite, la donne a été faussée dès le départ au niveau sentiments. Je repense encore à Andrea. Je lui ai demandé son numéro. J'essaie de me souvenir de sa réaction pour bien l'interpréter. Elle a souri. Un large sourire, avec des yeux qui brillaient. Elle ne m'a pas tendu une carte, non ! Elle a griffonné des chiffres sur un bout de papier. En me le tendant, elle m'a dit ces quelques mots :

— J'ai vraiment passé un bon moment. J'espère que tu m'appelleras...

J'ai hésité à lui proposer de la raccompagner, de prolonger ce moment... Mais on ne se laisse pas déborder par les sentiments à mon âge. Il y avait du monde autour de nous, pourtant plus rien d'autre ne comptait. Alors je lui ai simplement promis de le faire, parce que moi aussi j'avais aimé ce moment, cette parenthèse. Ses yeux se sont mis à briller plus encore, si c'était possible. Elle a alors fait ce truc qui m'a fait craquer. Elle s'est légèrement reculée, en prenant le temps de me regarder. Et puis, elle m'a souri. Un doux sourire.

— À bientôt alors...

Et elle s'en est allée, son petit bonnet couvrant à peine ses cheveux aux reflets auburn. Et mon cœur s'est emballé une nouvelle fois !

J'ouvre la porte du frigo et ne peux m'empêcher de tendre l'oreille. Pas de frottement ici. Je pourrais presque m'allonger dans la cuisine pour ne plus entendre cette saloperie de bruit ténu. Ça vient de la chambre, pas de doute. Maria est passée, le frigo est rempli. La bouteille immaculée me tend les bras, je la saisis en souriant.

Je sens le liquide glisser dans ma gorge, c'est bon, doux et frais en même temps. Je la rebouche, m'essuie le menton d'un revers de bras, referme la porte du frigo du bout du pied, prends un post-it et griffonne un petit mot à l'intention de Maria pour lui demander, entre autres, de ne pas faire de bruit parce que je suis mort de fatigue. On fait parfois des trucs bêtes. Parce que j'hésite un court instant, envisageant finalement de le mettre en boule et le jeter dans la poubelle. Mais allez savoir pourquoi ? Je ne le fais pas ! La vie tient parfois à peu de chose. Vraiment peu...

Je retourne m'allonger et ferme les yeux. Les images défilent dans mon esprit. Londres, Paris, Amsterdam, Berlin, Rome... La foule qui hurle dans les stades. Cette sensation de communion retrouvée. Ces refrains repris par des dizaines de milliers de personnes, briquets allumés. Et puis ce retour, cette rencontre avec Andrea, mon cœur qui s'est emballé... Mes paupières sont lourdes, je sais, ça fait stéréotype, mais c'est vraiment ça, cette sensation qu'elles pèsent de tout leur poids au-dessus de mes yeux. Je me laisse emporter. Mon corps se fait lourd, je peux en sentir la pression sur le matelas, les points où elle se fait plus forte. Lourd et détendu. Mes yeux se ferment, le sommeil arrive enfin, salvateur. Au plafond, les grattements continuent…

3 h 21

Je me réveille en sursaut. Une piqûre, vive, forte m'a tiré du sommeil. Et puis je sens le truc comme en arrière-plan. Ça me gratte partout ! Une sensation désagréable, comme si de petites aiguilles venaient me perforer la peau. Des punaises de lit, je pense ! À tous les coups, c'est ça ! Ces saletés qui ne te lâchent pas ! Dont tu n'arrives pas à te débarrasser. J'essaie de me remémorer les hôtels, les nuits passées en Europe. Saloperies de bestioles ! Je repousse cette foutue envie de me soulager en frottant ces démangeaisons, j'essaie de penser à autre chose, comment faire ? Les piqûres sont là, me lancent… Je me refais le film, sûr que je n'ai rien senti avant d'être là. Ça a commencé cette nuit, dans mon lit.

Mon matelas ne semble plus aussi accueillant, j'imagine les insectes qui sautent sur le capitonnage et les draps frais. Faut que je voie ces piqûres. J'allume la lumière, pas la douce que j'utilise pour lire, non, la forte, blanc bleuté, celle qui t'en fout plein les yeux au cœur de la nuit. Qui te rend blafard et qui t'agresse. Je repousse les draps, et elles apparaissent dans la lumière crue. Une dizaine de plaques rouges, grandes, violacées au centre, marquent ma peau. Qu'est-ce que c'est que cette merde ? Je prends le temps de les compter, une sur la cheville droite, une sur le mollet gauche, deux sur la cuisse gauche, deux autres sur le ventre, une autre sur la poitrine à gauche, une sur le cou, sur la main et trois autres sur les bras. Bordel ! Je fais glisser ma main sur mon front, je suis humide, j'ai chaud, et… une bosse me déforme le cuir chevelu.

Faut que je sache, mon portable traîne comme toujours sur la table de nuit, Google va m'aider, Google t'aide toujours quand tu veux une réponse immédiate. Je tape les mots clés. Images piqûres punaises de lit. Je trouve un article avec des photos et clique dessus. Je regarde mes marques et les compare avec celles de l'article. Rien à voir... Celles-ci sont petites, les miennes ressemblent à des taches, des angiomes, sans être boursouflées.

Je reste assis sur le bord du lit. 3 h 27 au réveil... Pas moyen d'appeler qui que ce soit. Tu peux être connu, faire la une des magazines, quand tu rentres chez toi, qu'il est tard et que t'es un peu inquiet, tu restes seul. Je vais dans la salle de bains en me passant la main sur le front. La bosse est énorme. J'allume la lumière, vive, forte, et me regarde dans le miroir loupe. Cette tache est différente des autres. Elle est complètement gonflée, rose au centre. Il faut que je prenne quelque chose, n'importe quoi, mais faut que je prenne quelque chose. Je m'envoie un anti-inflammatoire. Je sais que ça ne sert à rien, mais ça me permettra de lutter contre cette saloperie en attendant demain.

Je retourne m'allonger et me promets d'appeler mon toubib à la première heure. Je tire les draps sur moi, me passe une main sur le cuir chevelu. La bosse est bien là. Je suis tenté de chercher avec mon pote Google quelle merde m'a piqué. Mais j'ai sommeil, et pas envie de tâtonner pendant des heures pour essayer de trouver. Et puis j'ai un peu de mal à bouger, une sensation bizarre d'être au ralenti, d'avoir les muscles endoloris. Je n'aime pas ça ! J'ai soixante piges bien frappées, suis passé au travers de toutes les merdes qu'on peut se choper... J'ai une bonne hygiène de vie, finies les drogues et toutes ces conneries depuis bien longtemps ! L'image de la star de rock bourrée de stups est une légende. Je fais du sport, bois de l'alcool modérément, fume un peu, pas de l'herbe, des Marlboro, le truc pas clean, mais dans la normalité. Un footing chaque matin à Central Park, un lever à 7 h 30, petit déj, le rythme d'un type qui prend soin de lui. Pas d'excès, rien qui me prédispose à choper cette merde surgie de nulle part.

Je reste allongé, le téléphone dans la main, et me demande d'où venait le vol qui m'a embarqué à Londres. Pourquoi avoir choisi British Airways ? J'aurais dû faire comme toujours, rester sur une bonne compagnie américaine, pas un truc qui vole dans les pays d'Afrique ! À tous les coups, c'est ça. Une merde chopée dans l'avion. Une bestiole posée sur mon siège, un truc qui s'est retrouvé là après un vol dans une république bananière. Je me dis qu'il faudra que j'en parle au toubib demain. Que je lui fasse part de cette éventualité. Et ce foutu cœur qui pompe trop fort... Je pète le feu. Alors pourquoi s'emballe-t-il ? Aucun effort, juste allongé. Rien à voir avec la préparation de la tournée, les heures de tapis imposées par notre coach sportif pour qu'on ait une pêche du tonnerre. Je me demande si Andrea est dans le même état que moi. C'est vrai, on était ensemble sur ce vol. Et puis je repense au fait que tout allait bien jusqu'à cette nuit. Que ça ne peut pas être l'avion. J'en parlerai quand même au toubib.

Je reste allongé. Toujours ce grattement ténu. Au-dessus de moi, le plafond tendu. Je prête l'oreille, mais le sommeil est là... Mes yeux se ferment de nouveau. Mes doigts se relâchent, le téléphone tombe sur le sol. Je me penche pour le récupérer, une ombre file sous le lit. J'aime pas ça, les trucs qui filent sous le lit. Mais j'ai la flemme, un cycle de sommeil arrive, on connaît tous ça, pas vrai ? Alors qu'il reste là où il est ! Je me laisse emporter, parce que bordel... Je suis vraiment mort de fatigue.

4 h 57

Mon cœur se serre, je manque d'oxygène. Les draps collent à ma peau, je veux allumer la lumière, mon bras me lance, je pousse un hurlement. Impossible d'atteindre l'interrupteur. Je m'entends crier « Lumière ! », mais ça n'est pas un cri, juste un murmure rauque. Ça fonctionne quand même. Les spots illuminent la pièce. Ma peau est crevassée, les larges taches se nécrosent, j'ai le souffle court. Je n'arrive pas à bouger, mes bras, mes jambes… tout mon corps me fait souffrir. Il faut que je me lève, bordel ! Que j'appelle les urgences. Mon téléphone est sur la moquette, trop loin pour que je puisse l'atteindre. Je bouge une jambe. Une douleur irradie jusqu'en haut de ma colonne vertébrale. Je tends le cou pour regarder ma peau qui se fissure, se creuse. Les larmes me montent aux yeux. Je me sens impuissant, ne comprends pas. Je me suis fait piquer par une bestiole capable de me foutre dans cet état. Je repense à l'ombre filant sous le lit.

Je regarde les crevasses nécrosées, des idées folles me viennent, cafards, scorpions… Impossible de savoir. J'imagine ces bestioles grouillantes, ces saloperies venant me piquer pendant mon sommeil. Je regarde le plafond, tends l'oreille, mais les battements de ma foutue pompe résonnent dans ma tête, j'ai la sensation d'être sous l'eau, en apnée, et d'entendre ce putain de bruit… Poum poum… poum poum… Et ça bat vite… trop vite ! Systole, diastole… Systole, diastole. Je manque d'air, je veux de l'air. Je tente de lever un bras, je hurle. La douleur est vive, fulgurante, profonde… Je n'y arrive pas. Je me concentre, me dis que je peux dépasser ça, que c'est vital. Je prends une grande bouffée d'oxygène, serre la mâchoire et lève le bras… Tout mon corps se tend. J'ai la sensation que des milliers de lames effilées me transpercent les muscles. Ma respiration s'emballe, je bave comme un vieillard, suinte la peur et la douleur. J'ai mal, je suis prisonnier… Prisonnier de mon corps. Le portable, il faut que j'atteigne mon portable, il faut que j'arrive à l'attraper, que j'appelle les secours… Si j'arrive à l'atteindre, je suis sauvé. Je repense au mot que j'ai laissé pour dire à Maria que je dors… Elle ne rentrera pas dans la chambre… On est vendredi, demain elle ne repassera pas. Je n'ai aucun rendez-vous pour les prochaines soixante-douze heures… Retour de tournée, repos. Personne ne s'inquiétera. Les potes vont faire comme moi, une pause. Pas un foutu gosse, pas une nana... Rien. J'ai eu une putain de vie, j'ai profité, croqué dedans à pleines dents... Mais pas d'histoires qui durent, pas d'enfants... Rien ! Je réalise brusquement que je suis seul, que la grande star de rock internationale n'existe que sous les projecteurs. Mon agent passera peut-être un coup de fil, et alors ? Je ne répondrai pas, il laissera un message et puis c'est tout. J'ai cette sale sensation, ce goût amer dans la bouche, cette impression de ne rien contrôler, de ne pas comprendre, de ne pas y croire, en sachant malgré tout que tout est bien réel, inexplicable mais... réel ! Je suis coincé dans mon lit, bouffé par une merde qui me ronge à toute vitesse.

Le mal progresse, je le sens. Le venin coule dans mes veines, se répand. Ma peau éclate comme du pop-corn, le pus colle sur mes draps. Je suis perdu, je le sens et je ne peux rien faire. Mon cœur me fait mal, je tousse, la contraction manque de me faire perdre connaissance. Je bouge le bout des doigts, c'est tout ce que je peux faire. Le téléphone... Attraper le téléphone... Je tente une nouvelle approche en essayant de me tourner. Mon ventre se contracte, m'irradie, me paralyse. Impossible de faire quoi que ce soit à part essayer de respirer lentement. Gérer ma respiration, je sais faire. Gagner du temps, me calmer pour ralentir la progression du venin. C'est ce qu'on dit. J'y arrive, je sens que je peux me contrôler et que ça va m'aider. Mais de nouveau je panique, parce que je suis seul

Je suis complètement bloqué, incapable d'attraper mon foutu téléphone pour appeler les secours. La douleur irradie dans mon ventre et, quoi que je fasse, quelle que soit la partie de mon corps que je bouge, la douleur est immédiate. Je n'arrive pas à me calmer, respire rapidement. Beaucoup trop rapidement. Je vais y passer. Je ne sais pas ce que j'ai, je n'en ai aucune idée... C'est sûr, je vais y passer. J'aimerais repousser les draps plaqués sur ma peau par la sueur et le pus, mais j'en suis incapable. Je me force encore à respirer lentement, je sais que c'est important... Si fou que ça puisse être, le sommeil, une nouvelle fois, s'empare de moi. Il a le visage d'Andrea.

8 h 57

Ça fait deux heures que j'ai les yeux posés sur les chiffres du radio-réveil... Deux longues heures passées immobile, la tête posée de côté sur l'oreiller, à regarder les minutes défiler en écoutant le ronronnement ténu de la clim. Impossible de bouger. Le moindre mouvement me coupe la respiration. Dans cette position, ça reste supportable, je sens que je brûle de fièvre, que je suinte par tous les pores de ma peau. De la bave coule sur l'oreiller, le drap trempé de sueur qui colle contre mon dos. Je garde la bouche grande ouverte pour capter l'air. J'ai soif ! Soif comme jamais.

L'appartement est bien insonorisé, mais j'entends du bruit. Quelqu'un vient d'entrer. Maria. il est presque neuf heures ! C'est elle ! Elle est là. J'essaie d'appeler, la douleur est immédiate et m'irradie dans le ventre, les poumons... Maria est dans l'appartement, elle va venir, ouvrir cette saloperie de porte et me voir dans un sale état. Ça va aller, elle va venir...

Le post-it ! Je repense au post-it griffonné dans la nuit. Quel con ! Elle ne viendra pas. Elle ne viendra pas jusqu'à moi. J'écoute, impuissant, les bruits dans la cuisine, l'aspirateur, les placards qui claquent, sa voix. Je l'imagine en train de téléphoner, et ça me rend dingue. J'essaie une nouvelle fois de hurler, mais cette fois-ci, aucun son ne sort de ma bouche et une brûlure me transperce la gorge. Je suis paralysé sur le lit, incapable d'émettre le moindre son ou de bouger, mais il y a pire encore. Rester immobile aussi me fait mal maintenant. Je sens la douleur, elle me ronge.

J'aperçois ma main gauche, légèrement recouverte par le drap. Elle est complètement nécrosée. La peau est ouverte sur une plaie béante, rougeâtre, noircie sur les bords. J'ai mal. Mal comme jamais ! Mon cœur tourne à plein régime. Un rythme trop élevé. J'ai le sentiment d'avoir une pompe emballée dans la poitrine, un truc qui bat à un rythme effréné, proche du point de rupture. La douleur est forte, comme si elle venait brusquement de s'éveiller. C'était supportable jusqu'à maintenant, en ne bougeant pas, en restant dans la même position, c'était supportable. Mais là... Les plaies semblent s'être ouvertes d'un coup. Je pense à mon téléphone abandonné au pied du lit dans la nuit, au mot que j'ai griffonné et que j'ai voulu balancer à la poubelle... Je m'en veux, me dis que c'est bête, que je ne fais jamais ce genre de choses. Mon téléphone est toujours posé sur la table de nuit, quant au mot, jamais encore je n'en avais écrit un pour demander à Maria de ne pas faire de bruit.

Mes draps sont trempés, je suis en train de perdre toute la flotte que j'ai en moi. Ma gorge crie qu'elle a soif, les plaies me rongent, et cette vision de ma main qui *pourrit* me rend dingue de peur. J'imagine la bosse sur mon cuir chevelu. J'imagine qu'elle s'est dégradée de la même façon, et... j'ai peur ! J'essaie de me refaire le film, de comprendre ce que c'est... mais mes idées sont confuses, je n'arrive plus à me concentrer, il y a cette douleur et c'est tout. Ça et cette vision d'horreur aperçue du coin de l'œil.

On tape derrière la porte, je peux presque voir Maria qui s'active derrière. Comment peut-on en arriver là ? Chez soi, dans l'un des immeubles les plus sécurisés au monde... prisonnier de son corps, en train de crever sans que personne s'en aperçoive ? J'ai des pensées idiotes, du genre « Je donnerais tout ce que j'ai pour que l'on me sorte de là ». Mais rien ne viendra... Je le sais ! Personne ne me sortira de là. Je suis en train de mourir sur mon lit, rongé par une merde que je n'arrive pas à identifier, et puis c'est tout. Juste un angle, un axe de vision, avec en bas une main qui pourrit, et en haut le plafond suspendu.

L'aspirateur s'arrête, je peux presque voir Maria le ranger dans la buanderie. Il y a un moment de silence, seulement le souffle de la clim, et derrière le ronronnement de la ville. Et puis la poignée de la porte bouge. Il y a ce bruit, faible, mais je l'ai entendu. Je tourne les yeux autant que je peux, jusqu'à me faire mal à la tête. Le battant est entrebâillé sur une ombre. *Ouvre ! Ouvre cette foutue porte ! Approche-toi ! Maria, pour l'amour de Dieu, approche-toi !* Pour l'amour de Dieu ! Bordel ! Qu'est-ce que je suis con ! D'où me vient cette expression ? Dans la foulée, je trouve cette pensée encore plus ridicule, compte tenu de la situation... Et puis la porte s'entrouvre un peu plus. Il fait sombre dans la pièce, mais pas nuit noire. Je n'ai jamais aimé dormir dans le noir, pas que je sois phobique du noir ou quoi, mais parce que j'ai toujours aimé ça, un peu de lumière. Je vois nettement le plafond, nettement la porte entrebâillée avec, dans l'encadrement, Maria qui approche. Elle va me voir, remarquer le filet de bave séchée le long de mon menton. De là où elle est, impossible de discerner ma main, masquée par un bourrelet du drap. J'aurais dû dormir découvert, je meurs de chaud, pourquoi m'être glissé dessous ? Saloperie d'habitude... Comme de dormir dans la lumière du jour.

Elle approche, mon cœur s'emballe encore, au point de me faire mal. J'attends presque le moment où il va lâcher, s'arrêter de pomper. Et puis elle se baisse. J'aperçois sa tête qui bouge un peu, j'entends un bruit de fermeture Éclair. Elle se redresse aussi vite qu'elle s'était accroupie. Elle tient quelque chose, qui pend de sa main droite. Je comprends pourquoi elle est entrée. Je comprends aussi qu'il n'y a aucune chance pour qu'elle s'approche de moi. J'aurais espéré qu'elle vienne en catimini voir la superstar du rock en train de dormir... Qu'elle fasse comme ces tarés qui vous prennent en photo pour montrer les clichés à leurs potes. Mais Maria n'est pas comme ça. Elle ne me regarde même pas. Elle a cette pudeur, ce respect. Je sais que c'est mort... Et j'ai raison. Elle s'avance sur la pointe des pieds vers la porte, mon sac de voyage pendant au bout de son bras, et referme derrière elle. Elle ne reviendra pas, ira dans la buanderie, lancera une lessive et partira. Fin de l'histoire... Je ferme les yeux – ces yeux dont elle aurait dû croiser le regard, si elle n'avait pas été si respectueuse – et me concentre pour tenter un truc pourtant tellement simple en temps normal, mais quasi impossible dans ma situation. Me jeter par terre en hurlant. Balancer tout ce qu'il me reste d'énergie, mettre le paquet une dernière fois.

Je me concentre, rassemble toutes mes forces en m'obligeant à ne pas remarquer ce cœur qui tambourine dans mes tempes. Chaque minute compte, j'imagine le linge passant entre ses mains, la couleur, le foncé... La mise en route de la machine à laver, le retour dans la cuisine pour récupérer ses clés après avoir écrit un petit mot. Et la porte se refermant derrière elle jusqu'au lendemain. Le mien, de mot, lui demandait de ne pas faire de bruit, de ne pas me réveiller, de ne pas préparer de repas... de ne pas rester. Parce que j'allais dormir une bonne partie de la journée. Le sien me dirait sans doute qu'elle avait passé un rapide coup d'aspirateur, lancé une lessive, et qu'elle reviendrait le lendemain pour ranger tout ça, même si on était samedi... Elle préciserait sans doute qu'elle me remerciait pour sa journée. Et ce serait foutu. La porte se refermerait derrière elle. Le lendemain, elle me découvrirait mort, bouffé par je ne sais quelle merde.

Respirer lentement, prendre son temps, sentir le moment, rassembler ses forces. Je fais un compte à rebours, je sens que c'est bon, me remémore comment actionner mes muscles, en me faisant le schéma dans mon cerveau. Tout est clair dans mon esprit. Je commence le décompte, me jeter au sol, la douleur m'aidera à hurler... Cinq, quatre, trois, deux, un...

Je ne sais pas combien de temps je suis resté inconscient. Je n'en ai plus la notion, mais la lumière est vive dans la chambre, ça doit déjà faire un bon moment. Maria a dû écrire son mot, de sa belle écriture ronde, et s'en aller. J'ai échoué, perdu connaissance. Je n'ai pas le souvenir de la fin du décompte, je me suis déconnecté, c'est tout. J'ai la sensation d'être allongé dans une mare chaude, je me suis pissé dessus. Une nouvelle fois, une pensée idiote me vient. *Ils vont me retrouver dans mon lit, baignant dans ma pisse !* Idiot ! Sans importance, et pourtant j'ai cette pensée. Les gros titres des journaux, et Andrea découvrant qui j'étais et comment on m'aura retrouvé.

La lumière éclaire le plafond tendu. Il y a ce bruit, toujours, et puis... Et puis je vois. Quelque chose que je n'avais jamais remarqué avant. Ces mouvements qui l'accompagnent. Faibles, comme une vibration. Ces ombres aussi ténues que le son, qui se meuvent sous la toile. Un nuage noir qui change de forme, en trois dimensions. Parce que le tissu se déforme sous le poids de ce qui s'agite dessous. J'aimerais déglutir, j'aimerais hurler que ça n'est pas normal ! *Hé Antonio, qu'est-ce que vous avez foutu, bordel ! Qu'est-ce que c'est que cette merde qui bouge là-haut ?* Mais rien ne vient. Antonio est sans aucun doute dans son petit bureau dans le hall d'entrée, en train de regarder une de ces émissions en espagnol sur une chaîne câblée.

Le truc bouge sous le plafond jusqu'à former cette boule qui le détend par à-coups. J'ai l'impression de regarder un soleil noir en explosion perpétuelle, rejoint par les satellites qu'il aspire. Parce que ça ressemble vraiment à ça. Des milliers de petites taches noires se rassemblent en son centre, lequel grossit et grossit encore. Les trucs viennent de partout en dessous, ça n'est pas évident à repérer, parce que le tissu est épais, mais on distingue des ombres qui avancent pour rejoindre le cœur et détendre la toile... *jusqu'à la faire craquer !*

La masse grouillante est au-dessus de moi. Le son n'est plus aussi ténu qu'auparavant. Je garde les yeux posés sur le plafond. La masse grouillante déforme la toile, le point de rupture n'est pas très loin, elle ressemble à un élastique qui se détend, descend, remonte, descend, remonte... et à chaque fois descend un peu plus bas. Ça s'agite, devient nerveux, le son se fait fort, bien audible, le contact des milliers de pattes sur la toile résonne, la toile descend encore, se fend légèrement au centre…

Une première tache noire émerge de la déchirure, puis une autre… Elles se laissent descendre. J'ai l'impression d'assister au débarquement en Normandie, des milliers de parachutistes qui tombent du ciel, avec leur corps épais et leurs longues pattes frétillantes. Je déteste ça… J'ai toujours détesté ces bestioles au corps gras. Je déglutis difficilement, impossible de fermer la bouche. Ma mâchoire est bloquée, et bordel, ça n'est pas le moment ! Les trucs se posent sur le drap, glissent dessous… Je sens leurs petites pattes grimper sur moi, avancer, remonter. Des chatouilles au début, comme la caresse d'une plume. Elles s'arrêtent sur mes plaies… Et puis des aiguilles, des piqûres… Au-dessus, les parachutistes continuent leur descente. Ils fourmillent sur mon lit, avec leurs corps dodus et poilus.

J'ai juste le temps d'apercevoir l'horreur avant que l'une des bestioles ne se pose sur mon œil gauche. Le plafond craque, se déchire, pour déverser des milliers d'araignées grouillantes. J'essaie de fermer les yeux, mais la saloperie réussit à se glisser sous ma paupière. J'ai un frisson, mon corps se tend nerveusement, pris de soubresauts. Je peux la sentir qui déforme ma paupière au rythme de son avancée, ses pattes qui s'agitent en progressant sur la cornée. Elle progresse à *l'intérieur*, en moi, je peux suivre son parcours, en direction du cerveau. Je ne suis plus qu'une plaie vivante, alors que les saloperies se répandent sur le lit et me montent dessus. Je les sens, bien vivantes sur moi. Une première, téméraire, remonte sur ma joue, hésite, puis se glisse dans ma bouche. Ses copines la suivent. Je les vois, impuissant, passer devant mes yeux, entrer par mes narines, mes oreilles, ma bouche. J'ai le sentiment d'être envahi, pénétré par des glaçons froids progressant sur des plumes. J'ai cette sensation étrange… et puis je sens les caresses froides et poilues descendre dans ma gorge. Cette gorge qui m'a donné tant de plaisir, en chantant face à mon public…

T'ai-je déçu ?
Ou laissé un goût amer dans la bouche
Tu agis comme si tu n'avais jamais reçu d'amour
Et tu veux que je parte sans amour

Les paroles me viennent à l'esprit. Je vais finir seul... Seul dans mon lit... Bouffé par une colonie d'araignées... Je repense à Andrea, à cette chance, cette rencontre.

La caresse froide continue de glisser sur moi, en moi... mais je ne suis déjà plus là... Mon esprit s'en est allé...

Et je ne peux me raccrocher
À ce que tu as
Quand la seule chose que tu as, c'est la douleur...

Les morsures d'araignées recluses brunes affectent la peau et les tissus environnants. *La morsure d'une araignée recluse brune est souvent indolore, mais elle peut démanger. En quelques heures, elle devient douloureuse et entraîne des démangeaisons. L'endroit de la morsure est d'abord entouré d'un cercle blanc bleuté. Chez la plupart des personnes, la morsure va guérir en deux ou trois jours. Toutefois, chez d'autres, la toxine va provoquer un gonflement, la destruction de tissus et celle de globules rouges. Une croûte va se former sur l'endroit de la morsure, qui peut laisser une cicatrice. Le venin peut également affecter les yeux, provoquant un gonflement ou un abaissement de la paupière, ou encore d'autres effets.*

La toxine peut aussi déclencher d'autres symptômes, parmi lesquels de la fièvre, des frissons, des nausées, des vomissements, des maux de tête, et de la faiblesse. Les morsures peuvent générer des réactions dans tout l'organisme et peuvent même être mortelles. Si plusieurs piqûres étaient faites sur le même individu, ce serait la mort assurée. Parmi les rares complications de morsures par des araignées recluses brunes, on compte l'insuffisance rénale et l'anémie hémolytique, une forme d'anémie entraînée par la destruction des globules rouges.

Ian Manook

RAYMOND

— Tu vois Maurice, quarante piges de cabane, et me revoilà au point de départ !

— Ça fait vraiment plaisir de te revoir, Raymond. T'as bonne mine, tu sais ?

— Paraît, oui. Je me suis maintenu. Sauf que j'suis un peu moins frétillant du gardon aujourd'hui, mais faut s'y faire. La taule, tu sais, ça muscle autant le poignet que la comprenette.

— Oui, je m'en doute, mon pauvre Raymond. Si tu veux, après le déjeuner, j'peux t'arranger quelque chose. J'ai encore quelques bonnes adresses, tu sais !

— Lulu la Nantaise fait toujours turbiner ses pouliches ?

— Lulu ? Non. Elle est rangée des clandés depuis un bail. Elle a écrit un bouquin sur les clients de ses filles. Elle en a même fait un documentaire sur Arte et maintenant elle tient une chronique dans *Libé*.

— Dommage, me faire activer l'éprouvette à marmaille par une chroniqueuse de *Libé*, ça ne m'aurait pas déplu. Et Sacha, le danseur mondain, avec ses girls de luxe ?

— Sacha ? Il s'est fait lessiver à la Javel par les Tchétchènes. Ils lui ont nettoyé le marché plus blanc que blanc avec des gamines russes taillées comme des cure-dents mais gourmandes comme des affamées. Et après, ils l'ont rincé en l'arrosant à l'automatique.

— Il est mort ?

— Non, il est dans un crapaud à roulettes, à ce qu'on dit. Il tient un camping du côté du *Milady* maintenant.

— Bah, de toute façon, le danseur, il a toujours aimé planter les tantes, non ?

— Ah ! Ah ! Ah ! T'es con, Maurice !

— Ah, me dis pas ça, Raymond. En taule, j'ai chopé la phobie des cons.

— T'as bien raison de le prendre comme ça !

— Pourquoi, tu crois que je pourrais le prendre autrement ?

— Non, non, pourquoi tu dis ça, Raymond ?

— Pour rien, Maurice. Je cause, je cause...

— ...

— Dis donc, c'est pas tout ça, mais j'ai la dalle, moi. Quarante piges à cantiner, ça pousse à la gourmandise ! Qu'est-ce que tu me recommandes ?

— Le txangurro. Préparé en royale au galanga avec son velouté façon bisque...

— Txangurro ?

— L'araignée de mer, quoi.

— Alors pourquoi tu dis pas araignée de mer, tout simplement ? Tu chercherais pas à m'embrouiller, Maurice ?

— Qu'est-ce que tu vas chercher, Raymond ? Jamais je t'ai embrouillé, moi !

— Jamais ?

— Jamais, Raymond, jamais, pourquoi tu me demandes ça ?

— Pour rien, Maurice, je t'ai dit, on cause. Et galanga, c'est quoi, ça ?

— C'est un rhizome proche du gingembre...

— Un rhizome proche du gingembre ? Qu'est-ce que tu cherches à faire, là, Maurice ? Quarante piges à me la mettre sous le bras, et toi, tu me sers de la racine à marquer midi pour mon premier repas ?

— Excuse-moi, Raymond, j'ai pas percuté. Sinon, prends les filets de rouget poêlés aux chipirons. Ça vient avec un riz crémeux façon risotto et une sauce à l'encre relevée de piments d'Espelette.

— ...

— Ben quoi, qu'est-ce que j'ai dit ?

— Je t'explique, Maurice. Quand tu te la mets sous le bras aussi longtemps que moi, ça ne protège pas tes arrières pour autant, tu comprends ? Alors, mes arrières, elles ont reçu tellement de visites inopinées, si j'ose dire, que ce côté-là de mon anatomie ressemble à un paysage breton tellement il choufleuronne, tu vois ? Alors l'Espelette...

— Tu veux dire que...

— Eh oui, Raymond, c'est comme ça la taule. Là-bas, on a tous une sexualité de plombier. C'est la tyrannie du tuyau. La dictature de la ventouse. Tout se monnaie au bilboquet !

— La vache... ! Alors, sinon tu as la canette de Challans rôtie à la broche et confite aux navets et à la rhubarbe dans son jus de sangria. C'est ce qu'on prend quand on vient avec Monique. Leur volaille, elle est élevée soixante-quatorze jours au bord des étiers, là-haut, dans les marais vendéens.

— Monique ?

— Oui, Monique, tu te souviens ? La Monica, la barmaid du *Chouchou*, le rade à Antoine le Belge.

— Ah, cette Monica-là ? Dis donc, elle n'était pas plutôt strip-teaseuse, ta Monica ? Un peu gagneuse même, si je me souviens bien ?

— Tu exagères, là, Raymond. Elle a peut-être tapiné un tout petit peu au début, et encore, que pour le Belge et personne d'autre. Quand je lui ai racheté, je l'ai sortie de là, et on s'est mis à la colle, il y a quoi... trente ans déjà !

— Là Maurice, j'comprends : avec les loches et les miches qu'elle avait, normal que t'aies pas résisté aux sentiments. Elle turbine dans quoi, maintenant qu'elle est ta bourgeoise ?

— Elle gère les magasins...

— Tu as des magasins, toi ?

— Le métier a changé, Raymond, tu sais. Aujourd'hui, c'est la mondialisation du malfrat. Ça dézingue à tout va, ça mitraille à la demande, et à l'arme de guerre en plus. Je suis trop vieux pour ça, moi. Avant, tu cabossais un mec à la pogne dans l'arrière-boutique de son resto pour qu'il crache au bassinet, maintenant les mecs dynamitent tout un pâté de maisons juste pour faire peur à ceux d'en face. C'est plus la même cour, Raymond, alors j'ai ramassé mes billes pour faire du commerce.

— T'es boutiquier, quoi. T'avais pas la phobie du bourgeois dans le temps, toi ?!

— Attends Raymond, pas de méprise, c'est pas que j'ai rengainé, c'est juste que le monde a changé.

— Tu t'es quand même reconverti dans le négoce pendant que moi je me tapais la retraite précoce !

— Faut pas dire ça, Raymond. Pourquoi tu dis ça ?

— Pour rien, Maurice, pour rien. On cause, c'est tout ! Bon, tu sais quoi ? Je vais quand même me laisser tenter par le crabe. Je suis sûr qu'ils sont bons par ici, tu crois pas ?

— Ben... oui, je suppose...

— Comment ça, tu supposes ? Maurice, avec tous les macchabées qu'on a balancés à la flotte, même quarante piges plus tard, ils doivent encore se goinfrer sous l'océan, les bestiaux !

— Quel rapport, Raymond ?

— Maurice, Maurice, Maurice, tu devrais faire des stages en taule de temps en temps, ça te ferait fréquenter les bibliothèques. Tu ne sais pas que les crabes, ça ne gueuletonne qu'au refroidi ? Si t'en prends un, peut-être que tu vas bouffer un peu de Giavelli le Rital, tu te souviens, avec les nougats dans le ciment et sa pochette en soie entre les amygdales pour pas l'entendre chialer après sa *mamma* ? Et les frères Borodine, Pfifelman et sa bande, Berda le pied-noir et ses sbires de Bab El Oued ? Si ça se trouve, il reste encore des petits bouts d'eux dans ton txangurro !

— Raymond...

— Et puis, y a ceux de chez nous qui se sont fait dessouder, aussi. Pas de chance quand même, hein, Maurice ? Max des Flandres, qui faisait le guet. Tico-Tico, le roi du chalumeau. Berthier, l'ancien flic, qu'est monté au casse avec moi. Le p'tit Gérard, qui jouait les Fangio avec sa R16. Tout ça aux crabes ! Tu sais quoi, Maurice ? Peut-être bien que j'étais mieux dans mon panier à salade que vous dans votre panier de crabes.

— Arrête Raymond, tu me files la gerbe avec tes histoires de bouffeurs de cadavres. Pourquoi tu dis des trucs comme ça ?

— Pour causer, Maurice, pour causer du bon vieux temps ! Comprends-moi, j'ai pas parlé de ça depuis quarante piges. Presque cinq cents mois. Une quinzaine de milliers de jours !

— Je comprends, Raymond, mais bon, quand même… alors, qu'est-ce que tu prends ?

— Tu sais quoi ? Je pendrais bien un *ttoro,* tu te souviens ?

— …

— Mais si, la soupe des pêcheurs, avec tous ces morceaux de poiscaille découpés qui flottent dedans. Souviens-toi, on avait boulotté ça dans ce tord-boyaux du côté des Crampottes, au port des pêcheurs, la veille du casse !

— Mais Raymond, tu sais bien que j'y étais pas. J'étais à l'hosto ce jour-là. Souviens-toi que je me suis fait déglinguer la guibole par l'autre allumé, là, le mac de l'Albanaise, quand j'ai voulu relever son compteur.

— Bon sang, mais c'est bien sûr, t'es pas monté au casse avec nous ! C'est les haricots, Maurice. Trois fois par semaine pendant quarante ans, c'est trop. Paraît qu'à haute dose, ça te monte au cerveau et ça te pète dans le mou. Ça laisse des trous, je te jure. T'as la boîte à souvenirs qui se confettise en emmental. Évidemment que t'y étais pas dans ce boui-boui la veille du braquage ! Sûr que t'as pas pu y goûter, au *ttoro*. Tu devais te goinfrer de Mousseline à l'eau et de yaourt maigre à la compote sans sucre en reluquant les infirmières antillaises pendant ce temps-là, hein, mon salaud !

— …

— Quand on y pense, quelle chance tu as eue avec cette guibole, quand même !

— Pourquoi tu dis ça, Raymond ?

— Parce qu'on cause et que ça me traverse le ciboulot, cette histoire. Qu'est-ce qu'il est devenu le mac de l'Albanaise ?

— Quelqu'un l'a descendu, je crois...

— Tu crois ?

— Euh... non, j'en suis sûr, même. Quelques semaines après le casse. J'étais encore à l'hosto...

— Ah oui, t'étais encore à l'hosto. Et moi, j'étais où ?

— Ben... t'étais tombé, Raymond, t'étais déjà en taule, tu te souviens pas ?

— Que je suis con, bien sûr que j'étais déjà tombé. Les condés chez moi à six du mat' et tout le tintouin ! Et Berthier, qu'est-ce qu'il est devenu ?

— Raymond, t'es sûr que ça va ? Tu l'as dit toi-même y a pas cinq minutes. Berthier, il s'est fait dessouder !

— J'ai dit ça moi ? Mais pourquoi je l'aurais dit ? J'en sais rien, moi, si Berthier s'est fait dessouder ou pas. Il s'est fait dessouder, alors ?

— Mais j'en sais rien, Raymond, c'est toi qui viens de le dire.

— Il s'est pas fait dessouder, alors ?

— J'en sais rien, Raymond, j'en sais rien. Berthier, plus personne l'a revu depuis le casse.

— Sans blague ?... finalement, je vais me laisser tenter par le crabe en souvenir de tout ça, pas toi ?

— Plutôt la canette pour moi.

— Non, non, non, pinces-Monseigneur, comme moi. Et avec un vin du coin, si possible

— Je te recommande l'Irouléguy d'Arretxea cuvée Haitza 2006.

— Iroulé comme dit mon ami Maurice alors, s'il te plaît, merci.

— Tu le regretteras pas, Raymond, tu verras.

— Mais je ne regrette rien, Maurice, je ne regrette rien. J'ai au moins appris ça en quarante ans. Ne rien regretter. Et ne rien pardonner non plus, d'ailleurs. Je suis aussi phobique à ça, le pardon. Le pardon, ça me fout une de ces trouilles...

— Je me doute bien que ça a été dur pour toi, Raymond...

— Ça a surtout été longuement dur, c'est ça le pire !

— Oui, long aussi, je comprends, mais dis-toi que c'est fini maintenant, et que te revoilà. Comme tu disais tout à l'heure, retour au point de départ !

— Je veux bien te croire, Maurice, mais quarante ans plus tard, quand même. Pas de vie, pas de femme, pas d'enfant, le trou du cul en chou-fleur et le cerveau gruyérisé, on pourrait croire que j'ai pas à me plaindre, mais quand même...

— Faut pas le prendre comme ça, Raymond. T'es sorti et c'est l'essentiel. On va te donner un coup de main pour te remettre en selle !

— On ? Qui ça, on ? Regarde autour de moi, Maurice, ils ont tous enfilé la redingote en sapin, les « on ». J'ai pas que la phobie des cons, j'ai aussi celle des « on ». Que de la dînette pour légiste, tous autant qu'ils étaient. Non, faut se faire à l'idée, Maurice, il ne me reste plus que toi !

— Et alors, tu sais que je ne t'ai jamais laissé tomber.

— Je sais, Maurice, et j'oublierai jamais la cantine !

— Attends, cent euros par mois pendant quarante ans, Raymond, je suis fier de l'avoir fait, tu sais.

— Je sais, Maurice, je sais ce que je te dois !

— Tu ne me dois rien, Raymond, c'était normal entre aminches.

— Quand même, ça t'a fait allonger combien, ça, en quarante ans ?

— Dans les 48 000 euros.

— Ah, quand même ! Quoi que, rappelle-moi, c'était pas en francs avant les euros ?

— Ah oui, tu as raison, c'est vrai, on est passé à l'euro il y a quinze ans...

— Et donc, ça fait que je te dois... ?

— Mais tu ne me dois rien, Raymond ! Pourquoi tu insistes ?

— Si, si, je vais me refaire maintenant que je suis sorti et je tiens à te rembourser, Maurice. Alors, ça fait combien ?

— Écoute, vingt-cinq ans à cent balles par mois, ça fait trois briques en anciens francs jusque fin 1999, et quinze ans à cent euros, ça fait 18 000 euros. Quelque chose comme 22 600 euros d'aujourd'hui au total, si je compte bien.

— Mais tu comptes très bien, Maurice. Et très vite, en plus. Ça se sent que tu es dans le négoce, maintenant !

— Mais encore une fois, tu ne me dois rien, Raymond, je te jure, c'était de bon cœur !

— Je te crois, Maurice, mais quand même, tu te rends compte si on avait pu garder le butin ! Bon sang, quel pactole ! Sacré paquet d'artiche, non ? On s'était fait quoi, dans les quatre barres, non ? Toi qui comptes bien, ça ferait quoi, ça, en monnaie d'aujourd'hui ?

— Autour de 610 000 euros je suppose...

— Exact, Maurice. 609 796,07 euros, très exactement. Tu peux me croire, Maurice, j'ai gambergé ce calcul des milliards de fois. En me faisant bastonner par les matons, en me faisant défoncer par les prédateurs, en déglutissant leur bouffe à gerber, en chialant comme un môme à l'isolement, en tabassant des nouveaux pour sauver ma peau... tu peux me croire, Maurice, j'en ai eu des occasions de recompter. On était combien, sur ce casse ?

— Cinq, pourquoi ?

— 121 959,21 euros par tête, Maurice. J'aurais eu 121 959,21 euros au chaud, tu te rends compte ? Pas besoin de t'emmerder pour me payer la cantine, Maurice. J'aurais même pas eu besoin de t'envoyer quelqu'un pour te rappeler de passer à l'euro !

— Attends, Raymond, j'avais juste oublié. Je l'aurais fait de moi-même, t'avais pas besoin de...

— Oui, oui, je sais, le Black s'est un peu beaucoup emballé le moulin à baffes. Surtout avec ta femme. Mais crois-moi, si j'avais su que c'était la môme Monique, ta bergère, je lui aurais dit de prendre des gants, à l'Africain. Des gants de boxe, ah ! ah ! ah !

— Raymond...

— Non, non, je déconne, t'as raison, c'était de mauvais goût, excuse-moi. Donc on en était à 121 959,21 euros, c'est ça ?

— Mais pourquoi tu tiens à parler de ça, Raymond ? Le fric, il nous a filé sous le nez. On est monté au casse... enfin, je veux dire, VOUS êtes montés au casse pour que dalle. Nibe !

— Je sais bien, Maurice, je sais bien, mais je peux pas m'empêcher de sorbonner. Tu visualises la scoumoune, quand même ?

— Ça, faut reconnaître que la planche à merde était sacrément savonnée. Quand j'y repense...

— Et moi, tu crois que ça m'a pas tricoté les tripes, cette histoire, pendant quarante ans ? Et au crochet en plus, tu peux me croire, une maille à l'endroit, une maille à l'envers. Maurice, j'en ai coulé du tricotin pendant des années !

— Qu'est-ce que tu veux, Raymond, quand ça veut pas, ça veut pas, y a pas à tortiller !

— Quand même, quand on y pense, l'autre Manneken-Pis, là, Max le Belge, qui se torche avec une frangine à la Suze et au mêlé-casse au lieu de faire le guet. Il ne se cuivrait jamais l'œsophage avec des mystérieuses, l'Outre Crétin. Il lui fallait de la connaissance. Il vagabondait pas dans les amours nomades. Il donnait dans le national, voire le régional, et encore, tendance terroir. Du genre qui tapine quartier Négresses côté gare sans jamais avoir osé aller voir la Vierge côté océan. Va savoir comment il a fini, à l'étage d'un montant à tirer un coup au lieu de surveiller le nôtre, hein ?

— J'en sais rien, Raymond, j'en sais rien. Souviens-toi que j'étais pas là !

— Et l'autre, là, le Fangio de mes deux, le Trintignant de la Gordini, le Stirling Moss du double carbu, tu peux m'expliquer comment il a réussi à faire embarquer notre caisse à la fourrière ? Avec lui dedans, en plus ?

— Là faut reconnaître que c'était pas de bol. La faute à pas de chance...

— Quand même, quand on monte sur un braquos à quatre patates, on paie son parking, non ?

— Il a dit qu'il avait pas de monnaie. Il pensait qu'en restant dedans…

— Il t'a dit ça ? Quand ?

— Ben, quand on est allé récupérer le Belge à la morgue.

— Ah oui, c'est vrai qu'il a claqué avec sa connaissance, celui-là !

— Tu parles, elle était trop bonne, la frangine. Paraît qu'avec ce qu'elle lui a pompé, elle lui a pratiquement aspiré le cœur par le machin ! Tu lui aurais tartiné cent grammes de Colombienne directement dans le palpitant qu'il aurait pas lâché la rampe plus vite, qu'il a dit, le Doc.

— Le Doc, tu veux dire NOTRE Doc ?

— Ben oui, Dr Rosa, le véto. Moi, j'étais coincé à l'hosto avec ma guibole, mais je me tenais au courant quand même. Le moules-frites, il a senti venir le pâté, alors il a demandé à la monteuse de me prévenir.

— Donc tu connais cette frangine…

— Bien sûr que non, je lui ai juste parlé. Tu penses bien qu'avec un refroidi à l'étage, elle a pas attendu qu'on vienne lui desservir l'andouillette. Elle a filé en capote vite fait !

— En capote ?

— Capote, capote anglaise… filer à l'anglaise… en capote !

— Tu fais de l'humour maintenant, toi, Maurice ?

— Non, non, excuse-moi Raymond, excuse-moi.

— Parce que franchement là, moi, tu vois, j'ai plutôt le zygomatique en berne, tu piges ?

— Oui, je comprends, après toutes ces années que tu…

— Et cette diva de la mouillette, là, cette serial pipeuse, vous n'avez jamais cherché à savoir qui c'était ?

— Ben non, pourquoi on l'aurait fait ?

— Peut-être parce qu'elle aurait aspiré la vie de celui qui devait protéger nos arrières ?

— Et alors ?

— Maurice, Maurice, ne te fais pas plus con que tu n'es et branche ta boîte à neurones. Elle n'était peut-être pas là par hasard, cette frangine !

— Tu veux dire que... ?

— Je veux dire que !

— Impossible, Raymond. C'était juste un casse qui a merdé, y a pas eu d'embrouilles. Juste la poisse, demande à tout le monde !

— Ben justement, Maurice, j'ai plus tout le monde. J'ai que toi pour le demander !

— Mais c'est normal, Raymond, en quarante piges il s'en passe des choses. Des mecs, il en claque tous les jours.

— Oui, mais des mecs qui croisent la Faucheuse la même semaine où je tombe pour un casse, y en a pas bézef !

— Là, faut avouer qu'on a vraiment eu la guigne...

— Oui. Enfin, surtout eux et moi...

— Qu'est-ce que tu veux dire, Raymond ? J'ai pas eu la guigne, moi, peut-être ? Attends, je me suis fait péter le péroné à coups de batte de base-ball par un foldingue d'Albinos...

— D'Albanais.

— Ouais, d'Albanais, c'est kif-kif ! Raymond, faudrait voir à voir à pas l'oublier, ça !

— C'est vrai, c'est vrai, Maurice. D'un autre côté, il paraît que t'as pas trop souffert parce que t'étais rond défoncé, allumé comme un sapin de Noël...

— Ouais, une chance, j'avais pris une sacrée culotte ce jour-là, c'est vrai.

— À 4 heures de l'aprèm'...

— Qu'est-ce que tu veux, c'était l'époque où, Monique et moi, on faisait des marathons de jambes en l'air. C'était une précieuse, la Monique, à l'époque. Une foraine ! Elle te faisait le train fantôme, la grande roue et le chamboule-tout dans la même galipette, tu sais ! On était en pause syndicale à se requinquer au mêlé-casse quand l'autre Albinos...

— Albanais.

— … Albanais a débarqué. J'ai rien vu venir. Il m'a pété la quille du premier coup, en hurlant que j'avais pas à m'occuper du turbin de sa gamine. Il allait même me fracasser la Sorbonne si Monique elle lui avait pas défoncé la calebasse à coups de bouteille à Suze.

— Décidément, sacrée môme, la Monique, quand même !

— Je veux ! Même qu'après elle a lui a refait les paupières à coups de tessons.

— Et le tyran de Tirana, il est passé où ?

— … ?

— L'Albanais…

— Ah, lui ? Disparu des radars. On dit qu'il aurait été lesté dans le port pour une embrouille avec des macs moldaves. Ou des Monténégro.

— … grins.

— Grins, si tu veux.

— Je veux ! Donc on ne sait rien de cette fille.

— Quelle fille, Raymond ?

— La fille qui a sifflé la vie du Belge, Maurice, essaie de suivre !

— Non, rien.

— J'ai pas entendu dire qu'on parlait à l'époque d'une petite blonde permanentée un peu gironde avec de beaux poumons ?

— Oui, on a dit ça, mais des rase-bitume en chignon à gros nichons, ça va pas chercher loin dans l'identification !

— Attention Maurice, je trouve que tu deviens vulgaire.

— Excuse-moi, Raymond, je m'emporte…

— Tu ne devrais pas, Il y a vraiment pas de quoi.

— Oui, c'est ce que je pense aussi.

— Et de ton txangurro, t'en penses quoi ?

— Mon crabe ? Franchement, il est délicieux. C'est mon plat préféré ici quand je mange tout seul. Parce que Monique, elle…

— Je sais, c'est la canette. Dis donc, ne me dis pas que c'est ta cantine, ici.

— Un peu, si, j'avoue. Monique aime tellement déjeuner ici.

— Eh bien, je suis content que ça te plaise. En fait ça te va même comme un gant, ce côté un peu lourdingue là, avec le grand lustre en cristal, la déco rococo, les corniches en stuc, les moulures, les cimaises. Même les rideaux ça te va bien, ces lourds imprimés jaunes avec leurs gros cordons à pompons... Nappes blanches, verres en cristal, couverts en argent. Tu te rends compte qu'il y a quarante ans, on les aurait chourés, les couverts, Maurice ? Plein les fouilles, ni vus ni connus je t'embrouille, et si le chef des loufiats s'était approché de nous à la sortie, coup de boule direct, double dribble dans les roubignoles et hop, on se serait carapatés en bagnole. Hein qu'on aurait fait ça, Maurice ?

— Oui, bien sûr, à l'époque, mais c'était il y a quarante ans, Raymond...

— Ouais, je sais. Et au lieu de ça, on est là tous les deux, comme des bourges, enfin, surtout toi, à déguster un menu étoilé arrosé d'un Irouléguy d'Arretxea, avec vue sur l'océan et le sable fin de la Grande Plage qui court jusqu'aux petites falaises du phare tout blanc. La belle vie, non ? Je comprends que Monique et toi vous aimiez ça, franchement, je comprends, et tu sais quoi ? Quand j'ai réservé, j'ai demandé votre table, celle-là, juste exprès pour te faire plaisir. Dis donc, Môssieur Maurice, t'es connu comme le loup blanc, ici ! Bon alors, et ton crabe, dis-moi ?

— Mais je te l'ai déjà dit, Raymond, délicieux !

— Et le petit goût ?

— Quel petit goût ?

— Je sais pas moi, un petit goût de faux flic, ou de chalumeau...

— Écoute, Raymond, mais qu'est-ce que tu cherches à la fin, tu veux parler de Berthier et de Tico-Tico ?

— Par exemple.

— Tu sais bien ce qui s'est passé.

— Ben non, justement. J'ai pris une bastos au moment où Tic Tac a forcé la moqueuse du jacot et du coup, ça a été l'interlude. Plus de son, plus d'image. Je me suis réveillé avec un barbaudier et un flicard au tapis, Tic Tac la cervelle en coulis dans le coffiot, et mézigue menotté par toute la flicaille de Biarritz et de Navarre.

— Tout le monde sait ça, Raymond. Le braquos est parti en vrille, y a pas à dire, c'est sûr, mais t'as bien entendu au procès : la maison poulaga a débarqué et tu les connais, eux c'est, « j'arrose d'abord et je trinque ensuite ». Eh bien, ils ont arrosé et vous avez trinqué C'est là que tu t'es fait ventiler le poumon. Avant ou après avoir aéré le gardien, on n'a jamais su, vu que ça t'a macramé les tissus mémoriels. Mais en tout cas, c'était avec ton flingue. Et pendant ce temps-là Tico-Tico se faisait déplafonner la mansarde d'un coup de riflard par le poulet qu'il venait de truffer au plomb de 22. Quant à Berthier...

— Oui, parlons-en, de Berthier, tiens !

— Ben justement, y a rien à en dire, vu qu'on l'a jamais retrouvé, Berthier. T'es bien placé pour savoir ce qu'a dit le proc : « Vu que M. Berthier nous a brisé la politesse pour échapper à la douloureuse, eh bien, c'est M. Raymond qui va payer la dette avec perpète ! »

— Oui, enfin presque.

— Comment ça, presque ?

— Le proc, il a *presque* dit ça. En fait il a dit : « Vu que M. Berthier nous a brisé la politesse *avec les pépettes...* » *Avec les pépettes*, tu te souviens pas de ça, Maurice ? Avec les pépettes, les 609 796,07 euros, les quatre patates !

— Allons, Raymond, t'imagines Berthier, avec ses poumons en orgue à gauloises, ses pieds plats comme des planches à voile et sa ceinture en gras-double se tirer du bide dans la mitraille avec deux grands sacs de marin pleins d'artiche ?

— Ça tenait dans deux grands sacs, t'es sûr ?

— Ça tenait. Enfin, en tout cas, ça aurait pu, oui, c'était ce qu'on avait prévu, non ? De toute façon, si Berthier avait eu du raisonnement, ça se serait su. Et puis, il aurait pas été flic ! Crois-moi, l'oseille n'a pas quitté la banque et les tauliers de la Monégasque de Crédit vous l'ont foutu sur le dos pour pouvoir se le faire rembourser par leur mutuelle. Les enflures, vous faire ça, à vous !

— Merci pour ta compassion, Maurice, mais pousse pas le bouchon trop loin, tu veux ? Je suis un peu phobique de la compassion, aussi.

— Qu'est-ce que tu veux dire, Raymond ?

— Rien, rien, je cause, j'exgésèse, je tergiverse, je suppute... Parce que si Berthier, par exemple, nous l'avait mise façon Sodome et Gomorrhe ?

— Comprends pas...

— Bon, oublie Gomorrhe. Sodome, tu conceptualises ?

— Tu veux dire qu'il nous aurait...

— Oui, Môssieur, et profond-profond, même.

— Ça alors, j'y avais pas pensé !

— Encore une fois, Maurice, ne te fais pas plus jobard que t'es. Ça t'a jamais effleuré qu'il aurait pu se la jouer façon prends l'oseille et tire-toi, Berthier ?

— Je te jure, Raymond, pas une seule seconde ! Ça alors, mais quel salaud !

— Attends, t'emballe pas, Maurice, j'affirme pas, j'envisage !

— Ouais, mais quand même, Raymond, maintenant que tu le dis, ça se tient. Le Berthier, il maqueronnait assez de frangines pour en trouver une prête à se saliver le Belge, il avait aussi son rond de serviette à la table poulaga pour faire embarquer la caisse de P'tit Gérard à la fourrière, et quand j'y pense, il a même pu se faire passer pour le flic qu'il était à la Monégasque, histoire de dessouder tout le monde par surprise. Tu sais quoi, Raymond ? T'as peut-être bien raison !

— Tu sais, j'ai pas de mérite. J'ai eu quarante piges pour gamberger le problème. Mais, le passé c'est le passé, mon bon Maurice. Dis-moi plutôt, elle est aussi bandante que ça, ta Monique, pour que vous soyez toujours maqués ? T'as pas une photo ?

— Ouais bien sûr, tiens, regarde, c'est elle, là...

— Oh Maurice, cache-moi ça, cache-moi ça ! Quarante ans de gaule en retard et tu me défourailles un canon pareil, t'es fou ou quoi ?

— Elle est bien foutue, hein ?

— Je veux, oui ! Elle a encore tout ce qu'il faut, là où il faut, mon salaud. Et côté vilebrequin, ça turbine toujours ?

— Raymond, tu peux pas savoir. C'est une foraine, je te l'ai dit. Tu te mets au pieu avec elle, t'éteins la lumière, et c'est parti. La Foire du Trône et la Fête à Neu Neu réunis, à côté, c'est plus mou qu'une balade en barque au bois de Boulogne. Je vais te dire, Raymond, au pieu, la Monique, c'est Luna Park à elle toute seule.

— Eh bien, je vais te dire une bonne chose, mon petit Maurice, quand je la reluque en photo, je veux bien te croire, mon salaud. Dis donc, elle a toujours été brune ?

— Mais non, tu te souviens pas ? Elle était blonde avant, genre toute moutonnée. Le carré noir, ça date de quelques années. Elle dit que ça fait ressortir son côté dominatrice. Et honnêtement, Raymond, entre nous, son petit côté sado, ça m'a toujours fait triquer. Mais alors là, avec le carré noir !

— Oui, je me souviens d'elle maintenant. Elle a vachement maigri, dis donc…

— T'as remarqué ? Ça lui ferait plaisir. Douze kilos depuis qu'on s'est menotté les annulaires. Une heure de gym chaque matin et natation l'après-midi. Dans notre piscine chauffée l'hiver et à la plage du Port Vieux en été. Raymond, à son âge, elle a encore les seins qui tiennent tout seul. Bandés, ils sont tellement fermes que tu t'y crèves un œil si tu fais pas gaffe. Et son cul, Raymond, musclé à t'en écraser des noix de cajou sans le moindre effort !

— Amoureux à ce que je vois ?

— Quarante ans que ça dure !

— Ouais, quarante ans… Alors, ton crabe ?

— Merde, quoi encore, mon crabe, Raymond ?

— Ce petit goût de Berthier ?

— Encore !

— Écoute Maurice, tu devrais peut-être aller te badigeonner à l'Alka-Seltzer, parce que maintenant il va falloir pétiller d'astuce pour pas trop m'énerver.

— Comprends toujours pas !

— Maurice, un branque comme Berthier avec assez de biffetons pour se torcher chaque jour sans entamer ses économies, ça ne passe pas inaperçu. Un nouveau riche, un mariole, un parvenu, ça ne disparaît pas. Ça peut pas. Ça finit toujours par se la ramener. Ici ou ailleurs, ça affiche ses pouliches, ça gloriole dans ses bagnoles, ça craque pour des baraques où ta piscine de négoce elle servirait même pas de bidet. Tu comprends ? Et moi, pendant quarante ans, à chaque taulard qui entrait ou qui sortait, à chaque maton qui passait, à chaque baveux, à chaque parloir, pendant quarante ans, j'ai demandé si quelqu'un ne connaissait pas une grande gueule aux pieds plats, une truffe essoufflée suant la nicotine, ou un gras-double blindé aux as. Alors, Berthier, crois-moi, il s'est pas tiré avec notre oseille !

— Bon, ben alors, c'est comme je disais au début, Raymond. Vu qu'il s'est pas fait cadavériser sur place, il s'est tiré la queue entre les jambes quand il a vu que tout foirait et il se fait minable quelque part pour se faire oublier.

— Et où veux-tu qu'un type fauché avec la flicaille aux basques se planque pendant quarante ans dans les environs de Biarritz, Maurice ? Un paumé sans blé, ça se remarque encore plus qu'un ex-condé blindé. Non, mon petit Maurice, tu m'enlèveras pas de l'idée qu'on lui a écourté l'espérance de vie, au Berthier. T'as pas idée de qui ça pourrait être, par hasard ?

— Qui ?

— Celui qui l'a écourté.

— Pourquoi tu me demandes ça, Raymond ? Comment veux-tu que je sache ?

— Parce que moi, je peux pas savoir, Maurice, vu que j'étais ailleurs pendant perpète. Mais toi t'étais là. Même si t'as laissé une main dans la culotte de ta Monique pendant tout ce temps, je suis sûr que t'as pas complètement passé l'autre, hein ? Je me trompe ?

— Oui, bien sûr, disons que je continue à m'informer...

— Disons que tu montes bien sur des affaires de temps en temps, non ?

— De temps en temps, c'est vrai, mais que dans l'arnaque, Raymond, que dans l'arnaque, dans l'entourloupe, dans la carambouille. Plus de casse, plus de braquage. Je défouraille plus, Raymond, je te jure, c'est plus de mon âge !

— Sauf de la braguette, hein, mon salaud, sauf de la braguette !

— Ah ! Ah ! Ah ! Quel con tu fais, Raymond !

— Bon alors, Berthier ?

— Quoi encore, Berthier ? On vient juste d'en parler !

— Berthier, il s'est fait écourter ou pas ?

— Je te dis que j'en sais rien, Raymond, t'es sourd ou quoi ?

— Allez Maurice, tu peux me le dire, à moi. C'est Raymond, ton vieux pote Raymond, celui qui sort de quarante hivers en cabane !

— Je sais d'où tu viens, Raymond, mais Berthier, je l'ai jamais revu depuis la semaine du casse. Rien vu, rien entendu, je te jure.

— Tu sais pas où il est ?

— J'en sais rien ! Il est sûrement mort !

— Il est mort ?

— Ben si personne l'a jamais revu, il ne peut être que mort !

— Mort, t'es sûr ?

— Mort, je te dis. Mort de chez mort, tu peux me croire !

— Dans ce cas, tu ne saurais pas où il serait mort ?

— Comment je le saurais Raymond ?

— Tu sais pas où il est ?

— Non je te dis !

— Dans ton crabe Maurice, t'as pas un petit goût de Berthier ? Fais un effort, quand même ! C'est pas que ça ait de l'importance à présent, mais c'est intéressant à savoir, non ?

— Savoir quoi ?

— Savoir si quelqu'un lui a pas lesté le cuir des pieds pour le planter dans les algues au fond de l'océan, par exemple.

— Pourquoi tu dis ça, Raymond ? Pourquoi quelqu'un l'aurait balancé aux poiscailles ?

— J'en sais rien, Maurice. Pour pas qu'on le retrouve ; par exemple. Après quarante ans, tu sais, il reste plus grand-chose dans la flotte, surtout si y a des crabes.

— Mais arrête avec tes crabes, Raymond, ça me débecquette, ton histoire.

— C'est vrai, excuse-moi, il peut pas y avoir de Berthier dans ton crabe quarante ans après, ça tient pas debout. T'as raison. J'espère juste que tu mangeais pas déjà du txangurro à la Villa Eugénie à l'époque, parce qu'alors là…

— Merde, voilà, t'as gagné, Raymond, j'ai plus faim !

— Si ça se trouve, c'est pour ça qu'ils le cuisinent au galanga.

— Pour ça quoi ?

— Pour faire passer le goût du Berthier !

— Oh, on peut parler d'autre chose maintenant, oui ? Désolé de te le dire Raymond, mais ça t'a pas arrangé, la taule.

— Excuse-moi Maurice, mais la taule, ça arrange rarement, tu sais ? Ah non, c'est vrai, tu sais pas, toi. T'en as jamais fait, toi, de la taule.

— Alors ça, c'est la meilleure, tu vas quand même pas me reprocher d'avoir été assez malin pour l'éviter ?!

— Malin ? Je croyais que c'était par chance que tu y avais coupé.

— Ce jour-là, c'était par chance, ou plutôt par malchance vu ce que ce brutal a fait de ma jambe. Tu sais quand même que j'ai boité pendant plus de six mois !

— Je compatis, Maurice.

— C'est ça, fous-toi de ma gueule ! Et pour les autres fois, oui, j'ai été plus malin. T'avais déjà fait six mois de taule avant le braquage, non ? P'tit Gérard aussi, non ? Et deux mois pour le Belge, pas vrai ? Eh bien moi, je me suis jamais fait embastiller, parce que j'ai toujours été plus malin. Et alors, c'est un crime ?

— Oh là, passe en frein moteur, Maurice, tu vas te serrer le joint de culasse !

— Avoue qu'il y a de quoi s'apoplexier avec toutes tes questions à la con, Raymond ! On peut passer à autre chose ?

— T'as raison, Maurice, moi aussi, ça m'a rabattu la fringale, toutes ces histoires. Bon allez, on oublie le crabe et on passe au dessert, ça te dit ?

— D'accord, Raymond. Qu'est-ce qui te ferait plaisir ?

— Ta voiture.

— Quoi, ma voiture ?

— C'est quoi, ta voiture ?

— Un X6. Une BMW X6, pourquoi ?

— Alors je prends ça.

— Tu prends ça quoi ? Comprends pas !

— Une BMW X6. Comme dessert, je prends une X6. Ta X6 !

— Mais Raymond...

— Allez Maurice, fais-la simple et passe-moi les clés.

— Mais...

— Maurice ! Maurice ! Maurice ! À soixante-dix patates la caisse, avoue que ça fait pas cher du dessert pour un vieux frangin dans le besoin qui s'est fait souffler 121 959,21 euros par la faute à pas de chance !

— Quoi ?!

— Maurice !

— Bon, écoute... je trouve que t'y vas un peu fort, Raymond, mais si t'es dans le besoin à ce point...

— Attends, qu'est-ce que tu fais là, Maurice ?

— J'enlève les autres clés. Je te laisse celles de la BM, pour te dépanner. Avec le porte-clés, en plus.

— C'est quoi les autres clés ?

— Celles de la villa...

— Alors laisse, laisse, je prends aussi.

— Comment ça, tu prends aussi la villa ?

— Oui. Tu vois, moi, après quarante ans de cantine, je suis pas très crabe, mais par contre je suis resté très dessert.

— Mais Raymond, tu peux pas. Ça sert à rien. C'est pas parce que t'auras les clés que la villa sera à toi ! Tu peux pas vivre dans quelque chose qu'est pas à toi !

— Tu le fais bien, toi.

— Comment ça, je le fais ?

— Maurice, t'es certain que cette casbah est à toi ?

— Putain, bien sûr qu'elle est à moi ! J'ai investi un paquet de pognon comme tu peux même pas imaginer dans cette baraque, comment tu peux dire qu'elle n'est pas à moi !

— Peut-être parce qu'elle est à Monique. Légalement, je veux dire, elle est à Monique, non ?

— Oui, elle est à son nom, mais que pour la paperasse, juste pour échapper aux schmitts en cas d'embrouille, c'est tout.

— Alors c'est nickel, puisque je la prends avec.

— Tu prends quoi avec quoi, Raymond, j'imprime plus, là !

— Je prends Monique avec la villa, comme ça, tout roule. J'ai une belle baraque, une belle femme et une belle bagnole. Franchement, je te remercie, Maurice.

— Tu me remercies ? Attends, j'hallucine, tu me remercies de quoi ?

— D'avoir gardé mon pactole au chaud pendant tout ce temps, Maurice.

— Non mais attends, espèce de vieux taulard à la...

— Maurice, Maurice, mon petit Maurice, on n'élève pas la voix et on reste poli, parce que je sais que tu t'es trop embourgeoisé le bonnetier pour te porte-flinguer le costard, alors t'es un peu à poil sur ce coup-là pour monter dans l'arrogance. Par contre le queue-de-pie là-bas avec sa carrure à déplacer les fourneaux, il est pas vraiment de la famille à Eugénie, si tu vois ce que je veux dire...

— Attends, Raymond...

— Justement, j'attends les clés...

— On peut s'arranger...

— C'est tout arrangé, Maurice. Ta maison, ta femme, ta voiture et tant que tu y es, tu laisses aussi les clés du bateau et du mas dans l'arrière-pays. Pour la banque, le magot et les économies, c'est déjà fait.

— C'est déjà fait quoi ?

— Monique s'en est occupée pendant que nous déjeunions.

— Monique ?

— Eh oui, Maurice. Ta Monique, c'est plus qu'une gagneuse.

— De toute façon, c'est moi qui ai tous les codes !

— Que tu crois ! Il paraît que dès qu'on te chatouille les joyeuses, tu deviens loquace comme une bignole, et la Monique, c'est un sacrée chatouilleuse, tu te souviens pas ?

— Me dis pas que... Comment t'as pu l'embringuer dans une telle arnaque ?

— Arnaque, arnaque, quel vilain mot. Et puis c'est pas moi, Maurice. C'est ta Monique qui a encore tout gambergé. Comme elle a tout gambergé à l'époque.

— Monique, mais pourquoi elle aurait fait ça ?

— Parce qu'elle a appris ma remise de peine et qu'elle s'est dit que quarante ans de colère et de gamberge à la compresse dans le caisson à neurones d'un Raymond, ça pouvait faire pas mal grabuge à l'air libre. Alors elle a pris les devants.

— Elle est allée te voir en cabane ?

— Et comment. Bien sûr, j'ai pas eu la chance qu'on lui laisse m'aspirer l'âme par le goulot comme elle a fait à l'autre Manneken-Pis à l'époque du casse, mais je t'accorde qu'elle a encore un sacré coup de main en pot-de-vin, ta bergère !

— La salope !

— Que veux-tu, elle avait tout à y gagner. On se met à la colle à notre tour et tout ce qui était à moi reste à elle. Avec en prime dans son paddock un étalon avec quarante ans de gaule en retard à rattraper. Pour elle, c'est tout bénef : elle se fait caramboler à neuf sans se faire dessouder !

— Attends Raymond, t'es sûr qu'elle t'a bien tout dit, histoire de savoir avec qui tu t'embarques ?

— Quoi, qu'elle t'a convaincu de te faire correctionner le péroné pour ne pas monter au casse ? Qu'elle a goulotté le Belge pour l'empêcher de faire le guet ? Qu'elle a fait embarquer la caisse du Fangio par Berthier en échange d'une partie de culbuto ? Qu'elle lui a fait décoiffer la Sorbonne du décoffreur à coups de soufflant pour qu'il soit le seul à rafler le magot ? Que tu l'as fait becqueter par les araignées à pinces au large du Vieux Port ? Oui, Maurice, elle m'a raconté tout ça.

— Et tu l'as crue ?

— Bien sûr. Joli plan. Berthier disparaît à jamais avec le flouze. Toi tout le monde est témoin que t'étais pas dans le coup avec ta guibole en kit. Le pognon transite petit à petit par Monique qui le lessive plus blanc que blanc dans vos boutiques... bien sûr que j'y crois !

— Et t'es sûr de rien oublier, Raymond la Science ?

— Quoi ?

— Et les trois pastilles Valda qui t'ont aéré les poumons, elles venaient de qui ?

— De Monique aussi, je suppose.

— Tu lui as posé la question ?

— Non, Maurice, j'ai pas eu cette goujaterie-là. Avec les dames, y a des choses qu'il faut savoir deviner sans demander. Et tu sais pourquoi ?

— Parce que t'es con, peut-être...

— Non, Môssieur. Parce que le Berthier, c'est moi qui devais le fumer pour disparaître avec le pactole.

— Alors là, première nouvelle. Jamais Monique m'a parlé de ça, sinon elle m'aurait demandé de me préparer à te descendre !

— Normal, puisque c'est moi qui devais te descendre. Tu comprends le pourquoi du comment maintenant, Maurice ? Tout ce que t'as depuis le casse, c'était prévu pour moi à l'origine. C'est pour ça qu'il y a pas de mal à ce que je récupère tout aujourd'hui.

— Tu te rends compte de ce que tu dis, Raymond ? Ça veut quand même dire que Monique t'a empapaouté profond, non ?

— Je suis d'accord avec toi, Maurice, mais reconnais que de sa part c'est du bel ouvrage. Admets qu'elle a pas le Delco au niveau de la culasse, la Monique. Moi quand je vois une particulière de cet acabit, je vengeance pas, Maurice, j'opportunise, je prébende, je jointventure ! Alors aboule tes rossignols et n'en parlons plus.

— Quoi, tu crois vraiment que je vais te laisser me défiscaliser comme ça et me refiler avec la douloureuse en plus ? T'es resté trop longtemps à l'ombre, Raymond, ça t'a mis le potager à gamberge en jachère. Tu crois vraiment que la Monique et moi on t'a pas vu venir ? Un type comme toi, après quarante ans dans les ordres de la République, ça a trop faim pour partager. Ça a même trop faim tout court. Ça se cale les joues sans discernement.

— Qu'est-ce que ça veut dire, Maurice ?

— Ça veut dire que le petit goût de Berthier dans ton crabe avec lequel tu me bassines depuis tout à l'heure, eh bien, c'est pas vraiment du Berthier…

— … ?

— Tropomyosines, Raymond. Une toxine des crustacés qui résiste à la cuisson. Tu te souviens pas que t'étais allergique au crabe ? Avec ce que tu t'es goinfré, ça m'étonne que tu ne sois pas déjà secoué par un choc, allphi… hallarti… fanali…

— Anaphylactique, Maurice. Anaphylactique qu'on dit.

— C'est ça, mais tu feras moins le mariole quand viendra la secousse, Raymond, crois-moi. D'ailleurs, tu m'impressionnes, tu sais ? Ça aurait déjà dû te décérébrer les méninges la dose que Monique m'a demandé de te faire boulotter.

— Ouais… ça doit être à cause de l'antidote.

— … ?

— Qu'est-ce que tu crois, Maurice, que j'étais assez cave pour me laisser embobiner par celle qui m'a envoyé au trou pendant quatre décennies ? Quand elle m'a demandé d'assaisonner ton assiette à la sauce faucheuse, je me suis bien douté qu'elle te fournirait aussi de quoi me faire disjoncter le palpitant. Alors j'ai pris des devants.

— Tu veux dire que tu m'as...

— Mais non, Maurice, mais non. Je ne sors pas de quarante ans de cabane pour y replonger. Je vais vous dépouiller tous les deux, ça me suffit largement.

— Comment ça, tu vas nous dépouiller ?

— Pas à la mort-aux-rats, rassure-toi. Juste avec un autre genre de micro-organisme.

— De micro-organisme ?

— Oui, micro comme micro, tu vois, le petit bidule à ma boutonnière. Tu croyais que c'était quoi, la légion d'Honneur ? La médaille du taulard pour quarante ans de bons et loyaux sévices ?

— T'as tout enregistré ?

— Aussi bien qu'à confesse, Maurice.

— Mais pour qui ?

— Pour le pingouin, là-bas. T'as vraiment pris ce faux maître d'hôtel pour un porte-flingue ?

— Mais qu'est-ce qu'il a à voir dans notre histoire celui-là, Raymond ?

— C'est le petit Chaumard...

— Le petit Chaumard ?

— Oui, celui que Monique a orphelinisé en faisant dézinguer le maton par Berthier pendant le casse, avant de me mettre ce crime sur le dos.

— Le fils du maton ? Mais qu'est-ce qu'il fait là ?

— Il prend sa revanche, Maurice, en me laissant prendre la mienne. Avant qu'on passe à table, il a déjà serré Monique, et maintenant, il est là pour toi. Imagine-toi qu'il est devenu commissaire à la Crim', le drôle !

— Un roussin, un poulardin ? Tu m'as piégé pour un bourre ? Mais t'y gagnes quoi à cette embrouille ? On aurait pu s'entendre, revoir les barèmes, voire redistribuer, alors que maintenant, tu vas te retrouver dehors à poil, sans un rave, à la rue !

— J'y gagne ce que la Monique a vidé de la banque et de tes coffres pour se faire la belle en solo.

— Quoi, ce flic t'a promis ça !

— Excusez-moi, messieurs, puis-je me permettre d'interrompre votre conversation ?

— Je vous en prie, commissaire, j'expliquais justement à M. Maurice que nous touchions à la fin de cet entretien et qu'il allait devoir vous suivre.

— Tout à fait, et vous allez devoir l'accompagner monsieur Raymond.

— Moi ? Mais pourquoi ?

— Parce qu'il apparaîtra clairement de cet enregistrement quelques tentatives d'extorsion de fonds, de chantage et de menaces de mort qui devraient vous reconduire assez vite à partager, sinon la cellule, du moins le même type d'établissement que celui dans lequel vient de s'inviter votre ami.

— Mais, et notre accord ?

— Quel accord ?

— Le fric de la Monique…

— Quel fric ?

— Celui qu'elle a sorti de ses coffres en liquide et que nous devions nous partager ?

— Attention à ce que vous insinuez, monsieur Raymond. Une accusation de corruption, ça pourrait me mettre en colère.

— Eh bien colère ou pas, Chaumard, vos aveux à vous aussi sont sur l'enregistrement.

— Je ne vois pas ce qu'il y a de compromettant pour moi dans cet enregistrement, monsieur Raymond. Et j'apprécie assez peu vos insinuations au sujet de Mme Monique…

— Mme Monique ? Quoi ? Mme Monique ? Monique et vous, vous… ?

— Le destin monsieur Raymond, le destin. Orphelin à la suite d'un odieux braquage, on m'a généreusement trouvé un poste dans la pénitentiaire où je me suis arrangé pour remonter jusqu'à vous. C'est en organisant vos premiers parloirs avec Mme Monique que j'ai noué avec elle des liens, disons, plus personnels...

— Mon beau salaud !

— Vous avez raison, monsieur Maurice. Bougrement solaire, votre Monique. Foraine, comme vous dites. Avec vingt piges de moins, il m'a même fallu reprendre le jogging pour tenir la distance.

— Merde, Maurice, tu vois où on en est à cause de toi ? Monique et mon garde-chiourme qui nous renvoient en zonzon pour aller se dorer la pilule avec notre artiche !

— Oh, ne vous y trompez pas, messieurs, votre voltigeuse de la boîte à chinois n'a jamais eu la générosité partageuse. Je ne me suis jamais fait d'illusions sur ses intentions.

— Me dites pas qu'elle a changé de paroisse en vous brisant la politesse ?

— Non. Elle a juste essayé de passer au bleu en semant du poivre...

— Quoi, elle s'est évaporée avec le pognon ?

— Hélas oui, messieurs, c'est à craindre. J'ai bien peur qu'on ne la retrouve jamais. Ni l'argent d'ailleurs. Un peu comme avec M. Berthier.

— Ne me dites pas que...

— Que quoi ? Que votre araignée de mer était une femelle, et qu'elle avait plus un petit arrière-goût de mêlé-casse que de Berthier ?

— L'enfant de salaud !

— Oh, rassurez-vous, messieurs, nous entreprendrons toutes les recherches possibles aussi longtemps qu'il le faudra, et tant qu'elle ne sera pas retrouvée morte ou déclarée disparue, je m'engage personnellement à veiller sur l'ensemble de son patrimoine.

— Le fils de pute !

— Dis-moi, Maurice, on parle de combien d'oseille que vient de s'embourber cette engeance de gaffier ?

— Deux cents patates dans celui des boutiques, autant dans le coffiot perso à la banque…

— Des patates de quoi ? Des euros ? Tu veux dire quatre cents briques ? Quatre barres ? Je calcule plus, là !

— À quoi ça sert, Raymond, puisqu'il nous a tout enfumé ? Pas la peine de te défibriler le cœur à la calculette.

— Merde, Maurice, quatre cent mille euros !

— Sans compter le blindé de la villa…

— Quoi, t'avais un autre jacot dans ton bunker ?

— Ouais, et tu vas rire quand tu sauras ce qu'il y avait à l'abri, Raymond !

— Ça m'étonnerait que j'aie le cœur à rire, Maurice !

— Oh que si ! Dans mon jacot, j'avais 121 959,21 euros. Ta part du casse. J'y avais jamais touché, question de superstition… Alors, c'était quoi déjà ta phobie, Raymond ? La peur des cons, non… ?

Éric Maravélias

JE T'AIME À LA PHOBIE

Chaque matin, juste avant l'aube, je reste assis, sans bouger, les yeux clos et mes mains posées sur mes cuisses, bien à plat. Je tends l'oreille. Je suis attentif au moindre bruit, au son le plus infime qui pourrait se glisser jusqu'à moi. Mais c'est peine perdue, et lentement, comme emporté par un vaisseau léger, j'en arrive à oublier ce corps, contraint, contenu dans son enceinte grise. Je m'éloigne sans bruit, fantôme aux pieds d'airain marchant sur les nuages. Je m'extrais de ma chair, captive et condamnée.

Je m'évade pour soudain être ailleurs.

Il me reste au moins ça. Ce qu'ils ne me prendront jamais. Mes souvenirs. Nos souvenirs.

J'ai froid, souvent. Mais c'est un froid intérieur. Comme un trou dans mon âme qui laisserait passer le vent. Un vent fou. Dément.

Lorsque je quitte ainsi mon corps, je ne le sens plus, ce vent maudit. Je ne sens plus rien de terrestre. Plus rien d'humain. Je hais les humains

La fenêtre laisse à peine passer le jour. Un rayon pâle, impalpable. Gris. Comme ces murs et leurs lamentations, gravées de lettres torturées par les remords. Les regrets. La stupeur. L'effroi. Le désespoir.

Ils m'ont laissé *Cap'tain Blood*. Il me tient compagnie. Il entretient le souvenir fiévreux greffé dans mon âme. Dans mon cœur. Ma chair.

*

J'avais atterri depuis peu, dans ce village. Catapulté dans ce trou par ma mère, j'avais découvert un hameau endormi et sans relief. Je parcourais souvent ses rues en pente douce qui m'emmenaient, paisibles, de-ci de-là, au gré de mon humeur.

Chaque matin, monomaniaque, j'empruntais, de ma démarche raide, de mon pas décidé, le même chemin. Et peu à peu, à force de me voir, les gens m'ont salué. Je détournais la tête ou répondais du bout des lèvres, aussitôt gêné par cette attention. Ces yeux sur moi. J'étais certain qu'ils parlaient dans mon dos.

J'étais un asocial, disait ma mère. Elle pouvait bien dire tout ce qu'elle voulait. Sa fortune, en tout cas, me permettait de vivre sans avoir à travailler. Elle m'entretenait dans la paresse et l'oisiveté, et je comblais le temps comme je voulais. Je lisais beaucoup. J'écrivais un peu. Étudiais les mathématiques, pour lesquelles j'avais une véritable passion. Je peignais parfois. Mais je ne fréquentais personne. La solitude m'allait bien. Les gens me mettaient mal à l'aise. Ils me rendaient malades. Je ne voulais pas que l'on m'approche de trop près. Que l'on me regarde trop longtemps.

Après m'avoir tenu deux décennies d'une poigne implacable sous son joug, un beau jour, ma mère n'avait plus voulu de moi chez elle. Il était temps que je rencontre une femme et me marie. C'est la lubie qui lui était venue. C'était il y a presque une dizaine d'années.

Mais les femmes me terrorisaient. Ma mère la première. Elle le savait bien, pourtant. J'avais vu des médecins, pour ça. Des psys. J'étais un cas à part. Je ne pouvais pas regarder une fille dans les yeux, leur simple présence me rendait aphone et tout tremblant. Elles représentaient une menace. La promesse de troubles violents. Non maîtrisables. Elles me donnaient envie de fuir. De m'enterrer profondément. De devenir invisible

« Une psychose », avaient-ils dit. « C'est phobique ».

Mais j'avais tout de même subi, contraint, ses dîners pathétiques pendant lesquels je ne savais plus quoi faire de moi, tétanisé par chaque femme que ma mère, diabolique entremetteuse, attablait face à moi. La fille de son amie Cécile. Une cousine de Cambrai. Et même la nièce des voisins, qui habitaient deux maisons après la nôtre. Un véritable défilé. Mais rien à faire. Je ne donnais jamais suite. Elle voulait contrarier ma nature comme elle contrariait tout. Mais elle ne connaissait pas ma nature.

Malgré mon physique ingrat, certaines auraient été toutes prêtes à sortir avec moi. L'argent de ma mère y était pour beaucoup, évidemment. J'en étais bien conscient. Moi-même, qui la haïssais tellement profondément, je restais enchaîné, vivant sous le même toit pour profiter de son argent et continuer à ne rien faire. À m'isoler du monde. J'avais un abri, de la nourriture, quelques plaisirs dans ma douleur. Alors pourquoi sortir ? Mais j'ai bien dû m'y résigner. Plus tard. Elle m'y a contraint.

Durant mes promenades, je passais très souvent devant l'école. Les écoles m'attiraient. Tous ces enfants. Ces rires et ces chahuts me réchauffaient le cœur. Des fois je restais un peu, traînant devant la grille ou assis sur un banc. J'aurais aimé rester enfant, même martyrisé par ma mère. La vie était tellement plus simple. Tout allait bien avec les filles, alors. Je n'en côtoyais pas. L'école Notre-Dame n'était pas mixte. C'est après, que ça s'était gâté. Au lycée. La présence de toutes ces pisseuses, caquetant, ricanant, gloussant, m'était insupportable. Elles me rappelaient ma mère, cruelle et moqueuse, me raillant de sa voix criarde, m'humiliant sans pitié. Des harpies. Des furies. Des diables.

Avec l'appui du médecin, j'ai fini par être autorisé à étudier à la maison. Par correspondance, et avec des professeurs qui se déplaçaient jusque chez nous. Uniquement des hommes.

Ce jour béni, ce jour maudit, j'étais planté devant le collège quand j'ai été bousculé violemment dans le dos. J'ai vu s'éparpiller autour de moi des cahiers, des feuilles et des livres. Je me suis retourné, prêt à apostropher vertement cet agresseur stupide… mais je suis resté coi.

Rose était devant moi pour la première fois. Rose avait des yeux de biche et une peau très pâle. De longs cheveux, fils de soie, douce cascade.

J'ai senti mes joues, mon visage, étirés soudain, plaqués contre mes os en un masque de feu. Une chaleur cuisante. Blessante. Mon cœur s'est emballé et j'ai senti la crise venir.

— Excusez-moi, a murmuré l'imprudente.

« Excusez-moi ! » Mon Dieu, cette voix ! Une caresse. Un frais ruisseau. La même douceur qu'un léger rayon de soleil au printemps. Plus mélodieuse que le chant du plus divin oiseau.

Je me suis baissé pour ramasser les livres, les mains tremblantes et la tête basse, luttant pour ne pas croiser son regard. Malgré ma confusion, j'ai reconnu la couverture de *Cap'tain Blood*. Je me souviens de m'être demandé comment une si jeune fille pouvait connaître un tel roman. Il y avait aussi un petit livret de jeux mathématiques. Comment ne pas y voir un signe ?

Emporté par mon enthousiasme, oubliant ma frayeur, j'ai déclaré, emphatique, que c'était un de mes romans noirs préférés. Rose était d'accord. Elle l'avait trouvé dans le grenier. Un des livres de son père. Il voyageait beaucoup, avait-elle précisé. Rose vivait avec sa grand-mère, depuis le décès de sa mère.

Et alors nous avons parlé. Oui, nous avons continué à parler. Nous avons même tant et si bien parlé que le temps s'est enfui. Il s'est évanoui comme la rosée au chaud matin d'été. La rosée. Rose.

Rose, émotive, a déclaré qu'elle allait sécher la classe.

— C'est une heure de sport, on s'en fout.

Ce « on » m'a brûlé le cœur.

Nous sommes allés boire un soda dans un café, et, croyez-le ou pas, mais j'étais bien. Je plongeais mes yeux dans les siens, regardais ses lèvres roses – Oh, Rose –, s'ouvrir et se fermer, bercé par sa voix mélodieuse, envoûté, habité. Et aucune panique. Pas un signe d'angoisse. Rien. Rien que le bonheur.

Le miracle a eu lieu ce jour-là. À aucun moment je ne me suis senti gêné ou maladroit, emprunté, penaud. Je ne me suis pas enfui à toutes jambes. Je n'ai ni sué, ni tremblé, pas plus balbutié des mots sans queue ni tête d'une voix chevrotante. Non. J'étais sûr de moi, plein de fougue et d'entrain. J'ai pensé que Rose devait être un ange tombé du ciel.

J'aurais dû me souvenir de cet autre ange plein de lumière et qui avait chuté du ciel il y avait des millénaires.

*

Ce matin, j'ai fait comme d'habitude. Je ne vois pas pourquoi j'aurais fait différemment aujourd'hui. Même si c'est un jour un peu spécial.

J'ai rêvé quelque temps, assis à ma place habituelle, sur la couchette. Baigné par la faible lueur du jour naissant. Les mains bien à plat, posées sur mes cuisses. Ils m'ont amené mon petit déjeuner, mais je n'ai touché à rien, me réservant pour le festin du soir. J'ai juste bu le café.

Ensuite, les yeux sur le mur gris coiffé de fer, j'ai récité les décimales du nombre Pi jusqu'à la huit cent quarantième. J'en apprends dix par jour depuis que je suis là. Deux mois et vingt-trois jours. J'aurais voulu atteindre les mille avant demain. Je sais maintenant que ça ne sera pas possible. La mémoire, pour mon malheur, a toujours été mon point fort. Même si je le voulais, je serais bien incapable d'oublier quoi que ce soit. C'est une bonne chose, parfois, et une très mauvaise chose plus souvent. Vous voyez ce que je veux dire ? Si je pouvais effacer des pans entiers de ma mémoire, sur presque trente ans, je ne garderais que les quelques mois de bonheur de ce printemps assassin. Avant que Rose ne s'en aille. Qu'elle ne m'abandonne tout un été.

Il doit être 11 heures et il se met à pleuvoir. Je frissonne. Cloîtré entre ces murs humides. Je repense à ma vie.

À mon père, militaire de carrière, qui aimait la discipline du corps et de l'esprit. Dieu qu'il était rigide. Mais c'était un brave homme. Si faible, finalement. Toujours absent. Toujours en fuite. Cette discipline, c'est ma mère qui se chargeait de la faire régner, veillant sur la bonne marche du foyer, tenant les rênes d'une poigne ferme. Elle était riche. Toujours occupée. Sans cesse par monts et par vaux, elle aussi. Elle s'intéressait peu à moi. Trop préoccupée par sa petite personne. Pour la cantonade, elle s'était investie dans des œuvres de bienfaisance, caritative, toujours membre d'honneur. Membre « donneur ». C'était la bonne orthographe. Elle dégainait son carnet de chèque à la moindre requête. Tout le monde s'accordait pour le dire. Elle avait un grand cœur. Pour les autres. Ça aurait dû me mettre la puce à l'oreille. Mais j'étais stupide et naïf. Bien trop jeune, encore.

Je suis un enfant unique. Et ça s'est confirmé avec le temps. Ma mère pensait que je n'étais pas normal. Elle m'adressait rarement la parole. J'ai gardé en mémoire son air austère, son regard méprisant, sa rigueur et ses colères subites. Et mon père ne bronchait pas. Il laissait faire. Ma mère déléguait à Justine, la gouvernante. Et Justine ne m'aimait pas. Je sais bien ce que croyait ma mère. Je l'avais entendue, un soir.

— Ton fils est pédé. Qu'est-ce que tu veux que ça soit ?

— Ne dis pas n'importe quoi.

— N'importe quoi ? Il n'ose pas l'avouer, c'est tout.

— Karen !

— Quoi, Karen ? Les filles le terrorisent.

— Les pédés, comme tu dis, n'ont pas peur des filles, Karen. Ils préfèrent les hommes, c'est tout. Au contraire, même, les filles les adorent.

— Qu'est-ce que tu sais de ton fils, de toute façon ?

— Je sais que tu vas finir par le rendre dingue. Comme moi.

J'étais choqué. Pédé ! Ce mot dans la bouche de ma mère ! À mon sujet.

J'aurais sans doute dû me rebeller. Envoyer père et mère balader. Lui tenir tête, à cette folle, qui m'enfermait dans le noir. Me frappait avec le martinet. Me giflait sans raison. Sans doute qu'elle méprisait la faiblesse de mon père et se vengeait sur moi. Aujourd'hui, je suis persuadé qu'elle avait des amants. Toutes les fois où elle me laissait seul, rentrant tard dans la nuit. Toujours quand mon père était en mission. Oui, j'ai réfléchi, avec le temps.

Je me suis souvenu de ce jour où mon père avait craché sur elle. De ces hommes qui quittaient la maison en m'ébouriffant les cheveux.

Après l'avoir adorée, je l'ai haïe. Je l'aimais tant. Une icône. Un ange. Ma mère était belle. Belle à damner un saint. Je me souviens que j'étais jaloux de mon père. J'aurais voulu épouser ma mère, petit enfant. Et je lui en voulais d'autant plus de me laisser si souvent entre les mains d'étrangers. Moi qui ne voyais que par elle. J'étais un enfant doux, obéissant. Jamais un caprice. À l'école, bon élève, mais rêveur. Solitaire. Comment pouvait-on ne pas m'aimer ?

À douze ans, je voulais qu'elle meure. Je commençais à voir clair dans son jeu. Mon père n'était qu'une victime.

J'avais écrit un texte, le premier d'une longue série. Des phrases en cascade, des petites lettres serrées, étroites et furibondes, pleines de haine, de rancœur. Je l'insultais de la façon la plus crue, la plus infâme. Je priais Dieu de la faire mourir pour pouvoir aller pisser sur sa tombe. Je l'accusais de tous mes mots. Elle représentait toute la noirceur du monde, et l'enfer habitait son regard, chacun de ses gestes. C'était sa faute, si mon père n'était jamais là. S'il me détestait. Car j'étais sûr qu'il ne m'aimait pas. Qu'elle lui disait les pires mensonges, sur moi.

J'étais un fantôme, prisonnier entre ses griffes, évanescence, souffre-douleur.

Elle a trouvé ma prose. Ma mère fouillait ma chambre. Chaque jour. De fond en comble. Elle voulait tout connaître de moi. Mais en fourbe. Tout savoir des coins obscurs de mon univers supplicié. C'est de cette façon que j'ai compris que je n'avais jamais eu aucun secret, aucun refuge, que les plus intimes de mes pensées avaient été passées au crible, décortiquées, souillées, violées. De réservé et timide, je suis devenu secret, dissimulateur et vicieux. Et ma haine a grandi. Mon dégoût a pris une envergure telle qu'il a englobé l'humanité dans son entier. Et les femmes en particulier.

*

Nous habitions à deux rues de distance, Rose et moi. J'y ai vu un autre signe du destin. Nous nous sommes revus, bien sûr, et, très vite, j'ai fait la connaissance de sa grand-mère. Rose y tenait, et ça commençait à jaser dans le village. Je me suis présenté en tant que professeur de français sans affectation. La vieille femme s'est montrée curieuse. Puis soupçonneuse, devant mes réponses évasives. C'était normal. J'étais un homme, en apparence, et Rose avait quinze ans. Mais ma mise modeste, mon physique banal, aux traits mous, anonymes, ne pouvaient receler aucune menace, aucun danger. Mon regard de myope, derrière mes lunettes, ainsi que ma bonne élocution et mon savoir-vivre, l'ont rapidement rassurée. Nous lui avons narré notre rencontre en omettant notre petite escapade au café. J'ai expliqué que nous avions beaucoup de centres d'intérêt en commun, et, qu'étant oisif et dans l'attente d'un emploi, très vite, si Dieu le voulait, j'avais beaucoup de temps libre. Qu'il arrivait à Rose de me rejoindre au café, où j'écrivais à temps perdu, pour parler un peu. J'ai expliqué que j'aimais les mathématiques, et que Rose était très douée. Puis la conversation a basculé sur l'actualité. Puis sur l'école et les cours de français. Sur Rose, qui avait du vocabulaire, mais si peu d'orthographe. Sa grand-mère m'a proposé de rester dîner, ce que je me suis empressé d'accepter. Rose était aux anges.

Je n'en revenais pas. Je m'étais tout le temps exprimé de façon claire, nullement gêné par le regard de cette vieille femme qui me scrutait sans vergogne. La présence de Rose tout près de moi me donnait des ailes. J'étais littéralement quelqu'un d'autre. Ou tout simplement enfin quelqu'un. Jamais je n'avais connu ça.

À la fin du repas, il était convenu que je donnerais à Rose des cours de français. Pour une fois qu'elle semblait motivée, il ne fallait pas laisser passer cette chance.

Rose m'avait assuré que ça marcherait. Elle avait raison.

C'est quand Rose est partie en vacances, que j'ai pris conscience de ce qui m'habitait. Une passion féroce. Son être entier s'est mis à me hanter. Son rire cristallin. Ses dents, blanches et alignées comme des perles. Son regard clair et franc, plein de tant d'innocence et de désir, curieuse. Son esprit vif et joueur et ses sautes d'humeur, tantôt douce, puis boudeuse. Son parfum de menthe. Sa bouche fraîche. Sa langue rose… ROSE !

J'ai perdu la raison, je le sais. J'ai pourtant tout tenté, pour résister à ce qui prenait possession de moi. Je me plongeais dans des problèmes mathématiques complexes. Peignais des toiles délirantes et sombres. J'écrivais des horreurs, témoignages de mon tourment.

Je marchais pendant des heures, aussi, battant la campagne, sous un soleil de plomb, tentant de chasser de mon cerveau dévasté des pensées assassines.

Je rentrais tard, épuisé, avec toujours, devant les yeux, son obsédante image, et, en moi, le démon de sa chair. Je pleurais sur mon sort, déchiré et malade. Je tirais sur mes chaînes comme un esclave rebelle, insoumis, et cela ne faisait que me blesser davantage. Je dormais mal, agité par de vicieux cauchemars.

J'ai cherché dans l'ivresse un oubli passager, voulant cacher d'un voile opaque, artificiel, ce qui vivait en moi. Je m'en rendais malade. Ivre, parfois nu, je me flagellais violemment, me souvenant de ma mère, qui me fouettait au sang, m'infligeant des douleurs qui, je l'espérais, atténueraient ce supplice dans mon cœur. Détourneraient l'attention de cette passion brûlante vers d'autres victimes. Mais rien n'y faisait. Si Rose m'avait guéri de ma peur panique des femmes, elle avait remplacé cette angoisse par une autre, bien plus vorace et que je ne soupçonnais pas. La peur de la perdre.

*

Je me suis commandé un repas de roi. C'est la faveur qu'on fait à celui qui doit s'en aller. Tout ce que j'aime, plus tout ce qu'elle aimait. Ça les a étonnés, que je puisse avoir un tel appétit à la veille de mon départ. Mais ils ne savent pas. Ils ne savent rien.

Ça fait beaucoup, mais Rose était gourmande. Et moi aussi. J'ai demandé du vin. J'y avais droit, comme à tout le reste. Rose n'en buvait pas. Que des sodas infâmes. Je déteste ça, mais je leur ai demandé de m'en amener un quand même. Pour me souvenir. Retrouver la saveur de ses lèvres.

Je me sens un peu ivre. Le vin, je crois. J'ai perdu l'habitude. Il m'aide à regarder en face cette nuit qui m'attend. Il me donne un peu de courage. Je suis satisfait de mon sort. Je me prends à croire en Dieu. En un autre monde. Et je me dis que Rose y est peut-être, à m'attendre. Je l'imagine qui bat des mains en me voyant.

Je fredonne la gamme mineure mélodique. Que j'aime ce mi-bémol qui change tout !

Je crois que je n'arriverai pas à tout manger. Tant pis.

Je vais m'étendre un peu. Mon ventre me fait mal. Tout mon corps me fait mal. Seul mon cœur s'est calmé. C'est comme s'il savait. Il bat sereinement. Apaisé enfin.

Il profite de cet instant suspendu entre le ciel et la terre.
Il m'a tant fait souffrir.
100, 121, 144, 169, 196, 225, 256…
Carrés. Par cœur.

*

Quand Rose est revenue, je n'étais plus le même. Elle aussi avait changé. Sa peau avait bruni sous le feu du soleil. Moi, j'aimais sa peau blanche.

En revanche, elle avait le même sourire, toujours cette tendre innocence. Cette charmante insouciance. Sa joie de me revoir n'était pas feinte.

Quant à moi, c'était bien le contraire. J'avais toujours le même aspect contrit, les mêmes traits indélicats, les mêmes yeux myopes, bien que soulignés par de mornes cernes. Mais au-dedans, dans ma chair et mon âme, j'étais un spectre lubrique et torturé.

J'ai pu me maîtriser quelque temps, me concentrant sur le travail de classe et ne laissant mon regard s'égarer sur elle que furtivement. Mais c'était déjà trop. Lorsqu'elle s'en allait, je restais là, immobile, à choyer des fantasmes qui me liaient l'esprit. Enchaînaient ma raison. Elle venait chez moi, maintenant. C'était plus confortable que la rustique demeure de sa grand-mère. La vieille femme m'accordait une entière confiance.

Moi, je ne pensais plus qu'à une seule chose : Poser mes mains sur elle! Caresser cette peau tendre et douce. Lui faire l'amour, mon regard plongé dans le sien. J'imaginais sa bouche entrouverte et humide, j'entendais l'écho de ses plaintes. De son désir. De son plaisir. Je l'aimais. Comme un fou. Ce serait la première. La première et l'unique. Je comprenais enfin ma phobie des femmes. C'est qu'elle était la seule. Aucune autre ne devait la précéder. Nous étions destinés l'un à l'autre.

Je crois que Rose a senti très vite que je n'étais plus le même. Que quelque chose avait changé, dans nos rapports.

Quand je portais sur elle un regard insistant et qu'elle le surprenait, par exemple. Et son instinct naissant de femme, aussi, qui lui a fait inconsciemment comprendre que j'avais envie d'elle. Qu'elle me plaisait. Qu'elle pouvait plaire. Elle a senti ce pouvoir. Elle a pris conscience, peu à peu, de l'emprise qu'elle avait sur moi.

Alors elle s'est mise à en jouer, faisant la séductrice, arrondissant sa bouche. Elle se tenait droite et le buste cambré, que je voie bien sa jeune poitrine, impatiente mais encore timide. Elle s'arrangeait pour s'appuyer contre mon bras lorsque nous étions assis côte à côte, à l'étude. Que je la sente.

Alors un jour, n'y tenant plus, je me suis laissé aller à l'embrasser. Et elle s'est laissé faire.

*

La nuit est tombée brusquement, sans que je m'en aperçoive, à nouveau perdu dans un songe grotesque. Soudain je prends conscience de mon destin funeste. De cette folie sans nom. Du lendemain, qui sera là bientôt. J'entends des cris. De peine et de fureur. Les questions me reviennent. Celles qu'ils m'ont posées et ce que j'ai dû dire.

Ils ont fait semblant de me comprendre. Ils m'ont dit que ça pouvait arriver à tout le monde. J'ai eu la faiblesse de les croire.

Ensuite, ils m'ont malmené, frappé, insulté. J'ai tenté d'expliquer encore cet amour, ce poison. Mais ça les a fait rire. Alors je me suis tu pour de bon. Je n'ai plus rien dit de nous. De moi. Et ils m'ont emmené.

Quand je suis arrivé ici, une gardienne m'a pris en charge. Je me suis mis à trembler, à suer. J'ai voulu me cacher dans un coin. Ils m'ont pris pour un fou. Je ne voulais pas qu'elle me touche. Qu'aucune femme ne me touche ! Plus jamais après Rose. Ils m'ont emmené à l'infirmerie et j'ai eu droit à un sédatif qui m'a mis KO.

Les mardis et jeudis, lorsqu'elle est de service, elle a pour consigne d'éviter ma cellule.

*

Après ce baiser, le goût chaud de sa langue parfumée de soda, agile et curieuse, le parfum de vanille de ses longs cheveux, je me suis enhardi à caresser ses seins, petites collines aux tétons prétentieux. Et comme elle restait immobile et silencieuse, je me suis échauffé. Puis je me suis fait prendre par une vague énorme. J'ai soulevé sa jupe. Sa culotte blanche, qui tranchait sur sa peau bronzée, m'a fait l'effet d'un coup de poing au creux du ventre. Rose a eu un sursaut et m'a repoussé violemment.

— Mais laissez-moi. Vous êtes malade, ou quoi ?

Elle me vouvoyait ! Comme s'il n'y avait rien entre nous. Comme si tous ces moments passés ensemble, l'un près de l'autre, à respirer nos souffles, ne comptaient plus pour rien.

Elle a reculé de quelque pas. Je me suis senti humilié. J'ai avancé sur elle les yeux baissés, rageur et honteux. Elle s'est mise à crier. Puis à se débattre, quand j'ai posé les mains sur elle.

J'ai eu peur. Ma terreur de ces cris de harpie s'est réveillée. Ma fureur aussi. Il fallait qu'elle se taise. J'ai étouffé ses hurlements d'une main plaquée sur son visage, et je sentais ses lèvres sous mes doigts. J'étais hors de moi, mais j'avais envie d'elle. Ma première fois. Elle me gâchait ma première fois. Je luttais pour la maîtriser, l'empêcher de crier, et elle essayait de me mordre les doigts.

Le visage de ma mère a flotté un court instant devant mes yeux. Je l'ai entendue rire. Ce vilain rire qu'elle avait lorsqu'elle me mettait minable.

J'ai fait chuter Rose à terre violemment, son visage heurtant le tapis bordeaux décoré d'arabesques, et je me suis étendu sur elle. Plaqué contre son dos. Elle tentait vainement de m'échapper, d'écarter ma main de sa bouche, poussant de faibles cris. Et puis ses gémissements se sont éteints. Elle a été saisie d'une langueur que, dans mon aveugle passion, j'ai interprétée comme un abandon. Un consentement.

Alors j'ai enfin pris mon plaisir, violemment, maladroit, emprisonné dans cet écrin rougi et la fouillant, brisée sous mes coups de reins. Je crois que je l'ai appelée maman plusieurs fois, hagard, avant de jouir en poussant un râle de bête, surpris par ce son qui sortait de mes entrailles. Rugissement étranger. Incongru.

Épuisé, j'ai voulu l'embrasser et lui dire combien je l'aimais, mais Rose ne bougeait plus. Elle ne disait plus rien. Elle ne dirait plus rien. Jamais. À personne.

*

Je suis assis, immobile et les yeux clos.

441, 484, 529, 576, 625…

Carrés. Par cœur. Jusqu'à 10 000.

Mes mains sont liées dans mon dos. C'est le matin, juste avant l'aube. Je ne m'assiérai plus sous la lucarne et ses barreaux de fer, baigné par le jour naissant, les mains posées bien à plat sur mes cuisses, à laisser mon esprit dériver, se perdre. Mais je vais m'évader autrement. Le moment est venu.

On m'aide à me lever et nous prenons le long couloir. Tout au bout, des officiels se tiennent debout, solennels, chuchotant. Complotant, sûrement.

Je n'ai eu aucune nouvelle de ma mère.

C'est un matin morose… Rose… Rose.

Maud Mayeras

TUE

Tu ouvres les yeux et la lumière te déchire le front. Tu as bu comme un trou hier soir et ton crâne bat la mesure. De la vodka et du vin, peut-être d'autres choses, tu ne t'en rappelles pas. Rien n'est stable, même le lit te semble pris dans une tempête lente. Tu as la nausée, une sensation sourde qui te soulève l'estomac, le laisse tomber en flaque, et qui recommence, encore et encore.

Tu n'es pas chez toi ; parce que cet oreiller sent la lessive et que la pièce est plus grande que ta chambre. Tu n'oses pas bouger, de peur de salir les draps frais. Tu respires à peine. Pourtant, tu mourrais pour une douche et un café mais tu n'oses pas lui demander car elle dort encore. Tu cherches son souffle et tu regardes sa poitrine qui se gonfle et s'abaisse calmement. Tu imagines son cœur frétiller comme un poisson à l'intérieur. Son cœur qui bat trop vite, par habitude, comme si elle rougissait sans cesse et qu'elle s'émerveillait un peu trop du monde.

Tu ne retiens pas le nom des filles et puis généralement tu t'en cognes, mais elle a fourré le sien de force dans ton cerveau, sans rien faire, juste d'un regard, comme ça, dans une cave, rue de la Loi.

Elle s'appelle Lou.

Lou.

Tu as envie de le dire à haute voix pour voir comment il résonne entre les murs. Il s'échapperait probablement par la fenêtre pour aller rejoindre les klaxons en bas dans la rue. Ou bien il glisserait sur le plafond, comme un souffle rauque. *Lou*. Tu le chuchotes pour qu'elle ne l'entende pas. Elle dort encore, ou bien elle fait semblant, juste pour voir si tu vas t'enfuir comme tu le fais avec les autres.

Tu as dix-neuf ans. Cet âge où les plus vieux, les plus sages, ceux qui radotent le récit sans intérêt d'une vie ennuyeuse, piétinent tes rêves d'un talon sans grâce. Tu t'amuses, à dix-neuf ans, tu ne crois en rien qu'à tes conneries. Tu ne fais rien d'important. Tu n'es rien qu'un chiard qui a grandi et qui attend qu'on le considère enfin comme un adulte. Tu te demandes à quel âge se déroule exactement le rite de passage et s'il y en a véritablement un. Et alors, tu comprends que c'est quand tu as enfin raté ta vie que tu peux te targuer d'être un adulte.

Ta vie à toi, elle commence tout juste, et sous tes yeux, Lou dort.

Vous êtes censées partager l'amphithéâtre 4 de la faculté de Lettres, cinq heures par semaine, mais ce n'est pas là que tu l'as rencontrée, les cours t'ennuient. Tu t'en fiches des lettres et des langues, c'est une école d'art que tu envisageais d'intégrer mais ton père a levé les yeux au ciel et ta mère a haussé les épaules. *De l'avenir dans l'art, autant chanter dans le métro, ça nous reviendra moins cher. Et tu auras probablement plus d'opportunités.*

Tes peintures, ils ne les ont jamais vues. Tu continues à les planquer au fond de ton placard. Parce que tu as trop de honte et pas assez de courage pour leur faire face. L'exaspération dans leur regard à chaque fois qu'ils te jaugent, voilà ce qui te cloue à terre.

Habille-toi correctement, tiens-toi bien, tu sens le tabac, tu n'arriveras jamais à rien, qu'est-ce qu'on a fait pour mériter ça. Allez en enfer.

Lou les a vues, tes peintures. Elle les aime. Elle dit qu'elles sont sucrées comme des bonbons fluo.

Tu sursautes quand elle soupire et ouvre un œil. La lumière ne la blesse pas, elle la rend juste plus désirable. Lou est nue, sa peau pâle traversée par quelques frissons que tu crois voir courir le long de ses flancs. Elle te regarde comme si c'était la première fois qu'elle te voyait, elle te sonde, te voit vraiment, comme personne ne l'a jamais fait avant. Elle touche ta joue et glisse sa main dans ta tignasse emmêlée par la nuit. Tu avales chacun de ses gestes, à Lou, chacune des attentions qu'elle te porte. Tu sens son corps frémir quand elle est tout près, et son cœur-poisson battre contre le tien.

— Qu'est-ce que tu veux faire, Lou ?

— Te regarder.

— À part ça ?

— Rien. Attendre que le monde s'effrite et tombe en lambeaux.

Tu ne lui réponds pas, il n'y a rien à répondre.

— Et je veux jouir, onze fois.

Quand tu rentres chez toi, tu ne penses qu'à elle. Tu fermes les yeux pour la sentir encore un peu. Tu n'arrives plus à peindre, tu n'arrives plus à rien faire depuis des jours, depuis que son odeur colle à ton pull. Elle a l'air de s'en moquer et c'est peut-être bien ce qui te plaît.

Tu l'as rencontrée dans la cave de ce bar, rue de la Loi. Les mecs jouaient un peu trop fort mais toi, tu continuais à balancer la tête, à suivre le rythme sans ciller. Tu ne l'as même pas vue, tu ne regardes jamais personne. Elle s'est ruée sur toi et a fait tomber la moitié de sa bière sur ton tee-shirt. Elle ne s'est pas excusée, a simplement éclaté de rire. Mais dans cet éclat il y avait mille autres choses que de l'arrogance. Tu l'as trouvée jolie. Improbable.

— Gab, c'est ça ?

Elle était belle et elle connaissait ton nom.
— C'est ça. Et tu es ?
— Complètement ivre.
Lou, elle s'appelait Lou.

Ce soir tu souris en mangeant tes pâtes trop cuites et ton père maugrée des choses que tu n'écoutes même pas. Tu as envie de t'enfuir avec Lou, voilà la seule chose à laquelle tu songes. Il n'y a pas grand-chose qui vous retienne. Elle n'a aucun proche qui vive dans le coin, pas à ta connaissance. Quant à toi, tu ferais tout pour décamper. Vous trouveriez des petits boulots, ou bien vous voleriez de quoi manger dans les épiceries trop chères. Vous auriez un chat. Ou plutôt deux, que vous laisseriez errer librement dans les rues pavées. Elle tiendrait ta main et ne la lâcherait plus. Elle croirait en tes peintures. Elle croirait en tout.

Et puis tu quitterais la fac, ces murs où les étudiants te regardent de bas en haut comme si tu n'avais jamais appartenu à leur monde. Ces choses qu'ils murmurent quand tu passes près d'eux, et leurs rires dans ton dos. Tu les entends. Tu sais ce qu'ils pensent. Tu n'es pas comme eux, tu ne l'as jamais été.

Lou t'embarquera loin d'eux, là où tout le monde s'en foutra.

Tu t'endors et Lou a lâché ton crâne et tes pensées, emportée par ce cauchemar que tu fais depuis un siècle au moins. Tu as déjà envie de crier car tu connais la fin.

Des mains gigantesques sur ton cou qui te tirent en arrière, te poussent à terre, et retirent tes vêtements. Ton corps qu'on rase intégralement et qu'on pend à un crochet de boucher. Tu le sens pénétrer ta peau, juste entre tes omoplates, *tchak*, entre tes os, *crac*. On te frappe avec des marteaux et des masses, on te lacère les jambes et le torse. Et lorsque tu tentes de te débattre, la douleur s'exacerbe.

La fin, tu la réciterais par cœur, mais la souffrance est la même à chaque fois.

Au bout du crochet, ton corps est toujours trop lourd. Il pèse tant que l'acier tranche dans la peau de ton dos. Jusqu'à ta nuque. La foule est amassée à tes pieds et continue de frapper. Ils te brisent les genoux et les chevilles mais le crochet enfoncé dans ton cou endort le reste. Ils frappent et tranchent entre tes jambes jusqu'à ce que tu ne sois plus que bouillie de sang, tu ne bouges pas, tu ne pleures ni ne geins. Tu attends. Tu sais qu'à la fin, tu te réveilleras en hurlant. Tu l'espères. L'acier continue sa course à travers ce qu'il reste de toi, te déchire de part en part. Défonce ton crâne et tes pensées. Ne laisse plus rien. Et lorsque ta peau se décroche enfin et que ta bouche embrasse le sol, tu sens la foule beugler de joie, lâcher ses armes et ses rires et porter ta dépouille en triomphe pour la faire brûler dans un grand feu de joie. Lorsqu'il ne reste plus rien du tout que des cendres et cette odeur atroce de chairs brûlées, ton cauchemar te libère sur l'obscurité. Tu t'éveilles et restes incapable de bouger durant de longues minutes. Tu respires à peine, les yeux grands ouverts sur ta porte toujours close.

Et c'est son nom que tu murmures cette fois, pour ne pas perdre pied. *Lou.* Dix fois, vingt fois, jusqu'à ce que ton palpitant s'apaise un peu.

Ce rêve qui te tue chaque nuit depuis si longtemps que tu ne comptes plus. Il fait partie de toi. Comme ta main, ta gorge ou ton manque d'ambition. Ce cauchemar est toi.

Le jour n'est même pas levé que tu aperçois le voyant minuscule clignoter sur ton téléphone. Tu as un message de Lou. Un flot de phrases qu'elle a glissées sur ta messagerie à 2 h 37 du matin. Ton sourire se déforme dès que tu entends sa voix. Elle est différente, hésitante et sans la moindre légèreté. Lou cherche un sens à ce qu'elle déverse et, surtout, tu peux entendre les fissures entre ses mots. Elle est prête à fondre en larmes. Elle te dit qu'elle n'y arrive pas. Que ça ne sert à rien tout ça. Tu ne sais même pas de quoi elle parle. Tu piges que dalle. Alors, comme pour te le reprocher, elle devient plus claire.

C'est fini.

Rien n'est possible.

Ça n'a jamais été envisageable.

Jamais.

Ton sourire a fondu en plaque de fonte brûlante au fond de ton estomac. Tu voudrais hurler et vomir, et pourtant tes lèvres restent scellées parce qu'il n'y a rien à faire. Tu voudrais discuter mais tu te rendrais ridicule, tu supplierais, tu ramperais, et elle rirait au bout du fil. Son rire, tu ne l'as pas inventé pourtant. Ses soupirs, sa peau sous ta langue et tes mains. Ses *encore.* Ses *s'il te plaît, ne t'arrête jamais.* Tu n'as rien imaginé.

Lou n'est pas une menteuse.

Lou n'est qu'une salope.

Il est 7 heures du matin et tu as envie de crever. Tes dix-neuf ans te font un mal de chien et tu voudrais déjà caresser la vieillesse aigrie qui ne sait plus ressentir quoi que ce soit. Tu as mal comme si on t'ouvrait le ventre à la hache et qu'on y soupesait tout ce qui ne pèse plus rien.

Dans trois heures, tu dois rejoindre l'amphithéâtre numéro 4. Elle sera là, tu lui parleras et elle écoutera. *Et tu lui diras quoi ? Qu'elle est la femme de ta vie ? Que tu veux des enfants et un chien et un putain de pavillon dégueulasse ?* Tu ne veux rien de tout ça. Tu veux Lou et c'est tout. Tu as envie de la gifler. Juste pour qu'elle comprenne.

Tes yeux ne sont pas cernés de rouge, tu as appris à retenir tes larmes il y a longtemps. Ton père riait toujours quand tu chialais comme une gamine. Il se moquait de toi et t'insultait pour que tu la fermes. Et lorsque cela ne suffisait pas, il allait plus loin. *Les coups te calment toujours, hein, à croire que t'aimes ça.* Non, tu n'aimais pas ça. Les claques ne te calmaient pas, elles enfonçaient simplement la violence à l'intérieur de toi, comme des clous. Jusqu'à disparaître tout à fait. Jusqu'à ce que tout soit lisse en surface et que plus rien ne soit visible. Tu as appris, tu sais faire.

Il est 10 h 30 et l'amphithéâtre est à moitié plein. Les portes se ferment et le cours débute. Tu scrutes chaque siège mais Lou n'est pas là. *Bien sûr qu'elle n'est pas là. Tu t'attendais à quoi ? À ce qu'elle se pointe comme une fleur, le sourire aux lèvres ?* Peut-être bien.

Lou est absente le mardi. Elle ne vient pas le jeudi non plus. Les étudiants te matent comme s'ils savaient, ils ricanent quand tu les frôles, mais tu ne dis rien.

Samedi arrive et tu lâches prise. L'alcool t'invite à laisser quatre messages sur sa boîte vocale. Tu lui demandes où elle a bien pu passer, tu l'aimes – elle n'est qu'une putain – tu l'aimes.

Tu n'obtiens pas de réponse. Rien. Lou s'en fiche. Lou est partie depuis une semaine.

Tu ne manges pas et ton père s'énerve quand tu repousses ton assiette. Il te frappe mais l'appétit ne revient pas pour autant. Tu n'avales rien et ça le met hors de lui. Il parle de cirque et de comédie. Il dit que tu inventes encore des stupidités pour qu'on te regarde. Mais plus les jours passent, moins il semble y croire. Les cauchemars, nuit après nuit, te lacèrent le dos et le crâne et c'est son nom que tu continues de prononcer, sans même y faire attention. Lou. Lou est partie depuis trois semaines.

Ton père te gifle encore un peu, pour la forme, mais l'entrain n'est plus vraiment là.

À droite du lit parental, il y a sa table de chevet. Sur le bois, il y a toujours un verre que ta mère remplit d'eau chaque soir, comme une vache bien dressée. À l'intérieur du meuble, il y a un morceau de chiffon et dans ce chiffon, il y a un flingue. Pas un truc sensationnel, non. Mais juste de quoi s'amuser un peu. Tu vas caresser la crosse de temps en temps, quand il n'y a personne d'autre que toi dans l'appartement. Et puis tu ranges l'arme. Tu attends le bon moment. Dorénavant, tu sais que ce moment viendra. Et que tu n'attendras plus très longtemps.

Cinq semaines.

Il est 6 heures du matin, et tu dors profondément. Le crochet te traverse à nouveau. Tu espères bêtement que Lou te sauvera. Tu supplies Jésus, sa mère et tous les petits saints pour qu'elle soit là quand tu ouvriras les yeux. Mais ton lit reste vide et tu te réveilles en sueur dans ta chambre minuscule, dans ces draps qui ne sentiront jamais rien d'autre que toi.

Son odeur. Voilà ce qui te manque le plus.

Six semaines.

Ton père a cessé de te frapper, il reste à distance, comme s'il t'évitait. Il a peur que tu ne te brises en mille morceaux, comme si ce n'était pas déjà le cas. Ou bien a-t-il peur de ce que tu deviens. De la façon dont tu oses le regarder. Il ne t'affronte pas. On n'affronte pas les malades.

Tu prends une douche et tu décides d'aller dans la cave de la rue de la Loi. Le dimanche, les concerts sont toujours calmes. Tu prends une bière et tu laisses tanguer ta tête sur la ligne de basse. Les gars sont plutôt bons ce soir, et ça te fait du bien.

Deux bières.

Trois.

L'ivresse a l'air d'adoucir la lame dans ton estomac. Jusqu'à ce que tu la voies.

Lou.

Elle est là, au bras d'un type sans visage. Elle te voit et détourne le regard. Elle fait semblant de rire à une plaisanterie qu'elle n'a pas entendue. Elle prend une vodka cul sec, te regarde une dernière fois, puis tu n'existes plus. Tout ton corps est douloureux. Tu ne respires plus, mais tu attends. Le bon moment va arriver. Il arrive toujours. Tu vas la croiser. La cave est minuscule et le type sans visage n'a pas l'air de vouloir se tirer tout de suite.

Tu restes en retrait, tu la vois boire et danser. Tu ne sais pas si elle s'amuse, tu n'as pas envie de le savoir. Lorsqu'elle te contourne pour entrer aux toilettes, tu la suis et t'engouffres avec elle.

Qu'est-ce que tu veux, Gab ?

— Comprendre.

— C'est terminé, c'est tout. Tu t'attendais à quoi ? Tu te rends bien compte que nous deux, c'est pas franchement faisable, non ?

— Pourquoi ?

Tu as saisi son poignet. L'alcool te donne de la force. Et dans ton estomac, le feu grandit.

— Lâche-moi, tu me fais mal.

— Lou...

— LÂCHE-MOI ! Je suis pas une putain de gouine, tu comprends ça ?

— Je...

— J'aime pas les filles. Tu ne me plais pas et tu ne m'as jamais plu. C'est clair ? Trouve quelqu'un d'autre et laisse-moi tranquille, Gabrielle.

Tu as relâché ton étreinte. Lou a claqué la porte derrière elle et ça a sonné plus fort et plus faux que n'importe quelle insulte.

Dans le miroir sale, tu surprends ton propre regard. Tu es pitoyable.

Tu es laide.

Tu n'es qu'une fille de dix-neuf ans dont le cœur lacère le corps.

Tu ne trouves plus d'air, ça sent la pisse et le renfermé ici. Il faut que tu sortes.

Dehors, ils te toisent comme s'ils voyaient la saleté que tu trimbales depuis tout ce temps. Ils rient nerveusement. Ils se moquent de toi. Tu as l'impression de lire dans leur foutu crâne. *Gouine. Animal. Malade. Erreur.* Leurs pensées te découpent depuis trop longtemps et les coups n'ont jamais réussi à te remettre dans le droit chemin. Et puis tu croises cette bande, ils sont trois, ton âge, et leurs sourires sont un peu plus voraces que les autres.

— Qu'est-ce que tu fais toute seule ? Tu veux qu'on t'accompagne quelque part ?

Tu soutiens leur regard et tu ne réponds pas.

— C'est pour quoi les cheveux courts ? T'as peur qu'on te prenne pour une fille ?

— Ferme-la.

— Qu'est-ce que t'as dit, connasse ?

— Je t'ai dit de fermer ta putain de gueule.

Quand son poing s'abat sur ton visage, c'est toi qui te mets à sourire. Un sourire rouge et flamboyant.

— Je t'assure qu'après ce qu'on va te faire, tu vas aimer les hommes, connasse.

Ils te chahutent d'abord, puis te poussent franchement. C'est une clé dans une main qui file sur ta joue et ton oreille. Ils te tiennent. Ils te serrent et te font mal. Tu es en pleine rue, les autres regardent. Ils craignent de te porter secours alors que tu supplies déjà. L'un te plaque contre un mur de toutes ses forces, alors tu ne peux plus te débattre. L'alcool ne rend pas plus fort, il n'amoindrit pas la douleur non plus. Tu sens leurs doigts pénétrer ta chair et tu hurles contre la main qui oblitère ta bouche. Ils t'étouffent.

— Tu nous aimes. Dis que tu nous aimes.

Tu ne dis rien. Tu attends en grimaçant qu'ils cessent. Tu ignores même s'ils te laisseront en vie. Tu t'en fous. Tu veux que la douleur s'arrête.

Le bruit d'un moteur tout près et toutes les mains se retirent d'un coup, dans un éclat abject. Tu les entends rire comme jamais. Ils s'éloignent, reniflent et crachent par terre.

— Ça sent pas la femme, ça, mon pote. Ça sent la chienne.

Quand ils sont hors de vue, tes genoux se dérobent et tu t'écroules. Entre tes jambes, le brasier ronge.

Un couple passe près de toi et murmure pour que tu ne lèves pas la tête. Tu as envie de crier mais rien ne sort. Tu as envie qu'on te ramène chez toi, mais personne ne t'adresse le moindre regard. Tu ne vaux rien. Tu n'es rien.

Il faut une heure pour que tes jambes daignent à nouveau te porter. Tes genoux sont écorchés autant que tes mains. Ton père va te rouer de coups, ta mère te reprochera d'avoir taché ton pull. Et pourtant c'est chez toi que tu rentres avec cette lenteur dégoûtante.

Lorsque tu passes le seuil, tes parents sont là qui te regardent sans prononcer le moindre mot. Ils ne t'insultent pas, ne te frappent pas, ne te cajolent pas. Ils ne font rien, muets comme des carpes. Ils te laissent boiter devant eux, jusqu'à ta chambre où tu t'enfermes. Personne ne vient te voir, la télévision s'éteint, tes parents vont se coucher. Tu entends ta mère remplir le verre d'eau qu'elle posera au chevet de ton père. Et puis plus rien, juste le silence et cette rage qui cogne dans ta poitrine. Il n'y a rien d'autre. Rien.

Alors, dans ce souffle grave que tu retiens depuis des lustres, tu fonds en larmes. Morve et sang se mêlent sur tes lèvres et entretiennent les flammes dans ton ventre. Tu pleures jusqu'à ce que tu n'en puisses plus. Jusqu'à ce que tu n'aies plus la moindre force et que les spasmes s'arrêtent. Tu t'endors, les poings encore serrés sur le vide, sur ta propre peau que tu as envie d'arracher.

Et cette nuit, comme une délivrance, tu ne rêves pas.

Lou est partie depuis six semaines et tu te réveilles sans la moindre envie de la revoir. La douleur t'occupe. Ton corps entier est devenu le brasier, mais tu te sens étrangement bien, sereine.

Dans le miroir, ton regard est moins dur. Tu te maquilles, tu dissimules les hématomes, tu deviens douce. Nouvelle.

Tes parents sont déjà partis, et au chevet de ton père absent, le verre est vide mais n'a pas été débarrassé. Ta mère n'oublie pourtant jamais.

Tu rejoins la fac et tu souris. Les murmures ne t'atteignent pas, tu t'en fiches, tu ne les entends plus.

L'amphithéâtre numéro 4 se remplit doucement. Lorsque la moitié des sièges sont enfin occupés, les portes se ferment sur les étudiants encore endormis. Lou est là, assise au troisième rang. Elle ne t'a pas adressé un regard mais tu t'en moques, tu continues de sourire. Tu attends le début du cours que tu n'écouteras pas.

Tu regardes les autres, tu les contemples.

Et puis, du fond de ton sac, tu sors l'arme.

Elle est chargée et tu vérifies tranquillement le chien. Une fille à côté de toi éclate de rire, elle regarde ce que tu fais, elle ne comprend pas. C'est son front que tu vises en premier.

Et tu tires.

Le coup résonne sous la voûte et le corps s'effondre.

Les premiers cris retentissent, les rats se ruent vers les portes closes. Tu souris et tires dans le dos d'un étudiant, tu t'amuses de le voir ramper quelques secondes. Le sang se diffuse sur sa chemise blanche. On dirait un nuage sombre qui se transforme avec le vent. Tu comptes dans ta tête. 7, 8, 9, 10, 11 et il ne bouge plus.

Tu tires dans le cou d'un autre garçon qui a l'air de vouloir s'expliquer. Tu lui dis que c'est trop tard, qu'il fallait y penser avant. Dans ses yeux, tu lis la trouille. Mais tu sais qu'il ment, il feint la peur pour t'amadouer. Il se tortille sur le sol et râle. Il met du temps à mourir.

Tu te demandes s'ils souffrent un peu, mais tu en doutes. Ils n'ont pas le temps, tu leur fais une sacrée fleur.

Voilà qu'ils s'écartent sur ton passage, qu'ils te respectent enfin et te craignent. Il te reste quatre balles. Tu te rapproches de la foule et débusques les plus malins qui se sont planqués sous les tables. Tu tires sur deux d'entre eux. L'un dans la tête, l'autre dans la poitrine. Ils meurent tous les deux instantanément.

Tout ça te semble drôle. Tu en voudrais encore plus mais tu n'as pas pris d'autres balles. Il faudra faire avec. Le bonheur ne dure jamais bien longtemps, tu es au courant, tout le monde te l'a asséné depuis que tu sais marcher.

Tu avances. Ceux qui ne crient pas se taisent et te regardent, fascinés. Tu te sais immense. Puissante comme jamais. Tu sens le brasier s'étendre de ta tête à tes pieds, tu es un feu de joie incontrôlable. Tu es à ta place, tu les surplombes et ils ne sont rien.

Deux balles.

Elle est devant toi. Tu lui souris. Tu imagines son cœur-poisson battre sous sa blouse en soie. Il doit cogner si vite. Tu t'approches d'elle. Dans son dos, il y a la foule qui se masse contre les portes qui ne s'ouvrent pas. Elle ne peut plus reculer. Elle te regarde comme si elle te voyait pour la première fois, elle te sonde, elle voit en toi.

— Arrête, Gabrielle... S'il te plaît.

Sa voix a les contours d'un bout de coton blanc. Tu te souviens de la vie que vous auriez eue dans cet autre monde, loin d'eux, des ragots et des mots douloureux. Tu te rappelles ses soupirs, sa peau, ses orteils qui tremblaient lorsqu'elle jouissait, et ses doigts qui te serraient à t'en faire mal. C'est sa langue qui a attisé le brasier. Ses promesses. Ses mensonges.

Tu poses délicatement le canon sur son sein pour ne pas l'abîmer. Et tu sens le cœur-poisson résonner fort entre tes doigts. *Boum. Boum.*

— Gabrielle... ne...

Boum.

Tu tires et son cœur explose, le poisson ne frétille plus soudain, mais ses yeux s'accrochent aux tiens. Elle s'affaisse lentement et, sur ses lèvres, c'est ton prénom que tu lis. *Gabrielle.*

Tu abandonnes les chats et oublies les épiceries trop chères que vous auriez dévalisées. Tu fais une croix sur la peinture et les galeries que vous auriez arpentées ensemble. Tu refuses sa main et la laisse s'écrouler. Comme tout le reste. Tu lui souris mais elle ne te répond pas, elle a fermé les yeux et ne mentira plus.

Les portes s'ouvrent, l'ouragan se déploie vers l'extérieur. Il n'y a plus personne autour de toi, tous ont déguerpi dans les couloirs sans la moindre fierté. Tu distingues encore le couinement de leurs chaussures bon marché courir vers les jardins, à l'abri de toi.

Tu perçois d'autres pas aussi, qui se rapprochent. Tu souris encore.

C'est fini.

Tu les entends crier derrière leur bouclier, mais tu ignores leurs ordres et, à vrai dire, tu t'en fiches, tu ne les écoutes pas. Les mots n'ont plus d'importance maintenant. Finalement, ils n'en ont jamais eu, n'est-ce pas ?

C'est fini.

Rien n'est possible.

Ça n'a jamais été envisageable.

Jamais.

Le canon est brûlant entre tes lèvres, et tu les regardes tous, un par un, dans leur uniforme noir. Ils sont peut-être quinze et tu es toute seule. Leurs fusils d'assaut sont pointés sur toi, et tu en viens à espérer qu'ils tirent tous en même temps, pour le spectacle.

Mais personne ne tire, ils restent pendus à ton sourire.

Et toi, tu tires.

Et tues.

Olivier NOREK

VERDICT

Pyrénées – Falaises de Vallespir.
800 mètres d'altitude. Site interdit au public.

Dernier jour de tournage du projet « Verdict ».

Face à l'écran de contrôle, le réalisateur vérifie ses angles. Les caméras sont en place. Vue de dos. Vue latérale. Gros plan visage. Une autre, à l'épaule, pour suivre l'action au plus près. La caméra drone quadri-hélices prend son envol, monte dans le ciel et se positionne à cinquante mètres au-dessus du bord de la falaise. Sur le plateau de tournage, installé en pleine nature sauvage, l'excitation est palpable. Le moment est historique. Unique.

Le réalisateur se penche vers son assistante.

— Il a eu sa visio ?

— Sa fille et sa femme. Cinq minutes.

— Il est comment ?

— Les cachets l'ont calmé. Il est prêt.

— Prépare le plateau, quand il sort de la tente, je veux le silence complet.

Aucun filin ne retient le candidat. Aucun parachute ne le rassure. Le bout de ses chaussures dans le vide. Face à lui, au loin, l'Espagne. Huit cents mètres plus bas, l'équipe médicale en attente. Derrière lui, à une bonne dizaine de mètres, tout le staff du projet retient son souffle. L'homme fait un pas en arrière, respire un grand coup, puis s'élance dans le vide. Un quart de seconde en suspens, puis la chute. Il atteint rapidement la vitesse maximale de 195 kilomètres heure. Dans les derniers mètres, les voix de sa femme et de sa fille l'entourent et le protègent…

*

Paris – Bureaux du projet « Verdict ».
Salle de visionnage.

Sur l'écran géant, l'homme fait un pas en arrière puis saute. Presque sans hésitation. Les doigts de Moon se referment en poing. Quelques secondes de chute silencieuse. La caméra drone le suit et zoome jusqu'à la fin.

Moon se retourne vers son assistant.

— J'hésite à habiller.

— Tu veux mettre quoi ? Une musique ? Un ralenti ?

— Je sais pas. Le silence fait trop drama.

— Je peux rajouter ce que tu veux, on a quatre heures avant la diff au panel.

— Prépare-moi deux versions. Une, vitesse normale. L'autre, au ralenti.

— Le président est au courant ? Il sait que la psy du projet a claqué la porte ?

Moon se saisit de la télécommande sur la table centrale et, de deux pressions, éteint l'écran puis illumine la pièce.

— Toujours pas.

*

Paris – Immeuble de « Limitless Productions ». Dernier étage. Bureau du PDG.

Baie vitrée sur Paris. Circonspect, le Président semble scanner la ville.

— Il faut faire la différence entre l'envie et le fantasme, Moon.

Elle ne répond pas. Elle sait qu'il cogite.

— Qu'en dit la psy ?

Moon élude, se redresse sur le canapé et ouvre le dossier sur la table basse en verre bleu devant elle.

— Nous suivons ses indications à la lettre pour limiter l'impact sur le spectateur. Au moins pour la première, ensuite on pourra peut-être pousser les curseurs. Quoi qu'il en soit, si nous ne le faisons pas maintenant, on va se faire doubler. Il y a déjà deux autres boîtes de prod' sur le coup, mais nous gardons notre avance et nous avons le projet le plus abouti.

— Parce que vous avez lancé le tournage avant même l'entrée en vigueur de la loi. Vous avez lancé le tournage avant même que je vous donne mon accord !

— Vous m'avez engagée parce que je sais ce qui est bon pour la boîte. Vous savez pertinemment que si « Verdict » passe auprès du CSA, nous serons achetés par le monde entier. Je vous parle de profits qui dépassent l'entendement. Et concernant la ratification de la loi, le pari était sans risque. À une époque où la surpopulation nous force à avoir une politique de régulation des naissances, le suicide assisté et l'euthanasie ne pouvaient pas rester illégaux.

Le président se tourne enfin vers elle, traverse les quelques mètres qui les séparent et s'assied doucement, à l'autre bout du canapé.

— Pas de sang à l'écran ? Pas de cris ?

— Les curseurs au plus bas, comme entendu.

— De toute façon, nous y arriverons bien un jour ou l'autre. J'hésite parce que je suis de la vieille école et que j'ai connu une autre époque, mais plus rien ne choque personne aujourd'hui, semble-t-il.

Le président lisse son pantalon d'un revers de main, comme s'il pouvait rester une seule poussière dans ce bureau aseptisé.

— 1 304 chaînes, 1 530 si on compte les chaînes payantes. On ne peut pas garder notre audimat avec des concours de cuisine et des crétins enfermés dans une pièce. Il faut récupérer notre audience.

Le patron hésite, comme s'il allait lui-même faire un grand saut dans le vide.

— C'est d'accord. Vous pouvez tourner la dernière émission.

Elle ne bouge pas. Le président plisse les yeux et sourit.

— Elle est déjà tournée, c'est ça ?

Elle ne bouge toujours pas.

— Moon... souffle-t-il.

Il se relève, des fourmis dans les jambes. Il sait qu'il va rentrer dans l'Histoire, même s'il aurait préféré laisser un autre héritage.

— Vous avez la vidéo du dernier épisode ?

— Une copie, oui.

— Faites préparer ma salle de visionnage.

*

Paris. Bureaux du projet « Verdict ».

Sur la table de Moon, éparpillées, les photos portrait des douze candidats. Ses doigts passent d'un visage à l'autre en frôlant les clichés.

Son téléphone résonne et affiche un appel du service juridique. Elle décroche sans prendre la peine de se présenter. L'avocat s'éclaircit la voix.

— La famille vient d'accepter le transfert d'un million d'euros. Toute attaque en justice est désormais impossible.

— Et l'accord de réserve ?

— Signé. Ni sa femme ni sa fille ne pourront parler à la presse sous peine de perdre la somme gagnée.

— Parfait, je ne veux pas les voir pleurer en une ou au JT. C'est un coup à ne pas faire de saison 2.

Elle se détourne de son bureau et, par la fenêtre, jette un bref regard vers le bas, la rue, les gens fourmis, les panneaux vidéo de publicité sur chaque espace urbain libre. L'avocat poursuit.

— Vous avez eu le rapport de la sécurité interne ? Il y a une nouvelle manifestation prévue aujourd'hui devant notre immeuble. Les forces de l'ordre s'installent déjà. Ils prévoient pas mal de casse.

Moon n'est pas surprise. La version officielle veut qu'une des stagiaires, renvoyée depuis, ait laissé fuiter le début du tournage. Et les médias se sont emballés.

« Verdict est le début de l'anéantissement de la morale. »

« *Limitless Productions* ouvre la boîte de Pandore. »

Des débats enflammés sur ce qu'il reste d'humanité dans la télévision.

— Et le panel ? poursuit l'avocat.

Moon regarde sa montre. 10 h 10.

— La projection des douze épisodes commence à 11 heures du matin. Avec les pauses, elle se finira en plein milieu de la nuit. Nous aurons toutes nos réponses demain.

— Je vous attends en salle de visionnage ?

— Pas tout de suite, j'ai un autre appel à passer, je vous rejoins sous peu.

Moon allume son écran et lance un appel visiophone. Un homme apparaît, tee-shirt et chemise qu'il boutonne par-dessus.

— Des nouvelles de Lisa ? demande Moon.

— Aucune. Ça fait trois jours qu'elle n'est pas rentrée. Toi non plus d'ailleurs, mais au moins, je sais où tu es.

— Je ne sais plus quoi faire. Je sais très bien qu'elle est à l'origine de la fuite. C'est elle qui a donné les codes d'accès de mon ordinateur aux *Anonymous*. Je l'ai même protégée jusqu'au bout en virant une stagiaire au hasard.

— Ce n'est pas cela que notre fille attendait.
— Pourquoi ? Toi tu sais ce qu'elle veut, peut-être ?
— Oui. Que tu arrêtes cette émission.

*

Paris – Bureaux du projet « Verdict ».
Salle de visionnage.

Sur le côté droit de la salle, une immense glace recouvre le pan de mur. Pas de mensonge, le panel sait qu'elle est sans tain et qu'ils seront observés tout au long des douze épisodes. C'est dans le contrat. Mieux que cela, ils ont signé un accord pour être monitorés par une équipe médicale. Chaque fauteuil est équipé d'un casque sensoriel relié à un scanner pour enregistrer l'activité du cerveau au fur et à mesure du visionnage des épisodes.

Au fond de la pièce, buffet de petits fours et délicieux canapés, boissons, alcoolisées à la demande.

Moon embrasse l'endroit du regard, rien n'est laissé au hasard. Elle est reliée à l'équipe médicale et à l'équipe technique par une oreillette discrète.

— Le CSA est arrivé ? interroge-t-elle.
— Installé et branché. Tout le monde vous entend ici.
Moon fait un salut de la main face à la glace sans tain.
— Alors faites entrer le panel.

*

Paris – Bureaux du projet « Verdict ».
Rez-de-chaussée. Salle d'attente.

Parmi les cinquante personnes qui patientent, un jeune homme sirote une boisson fraîche proposée sans attendre par la production. À côté de lui, une fille de son âge, aux cheveux teints en jaune flamboyant, qu'il n'aurait jamais osé aborder dans la rue. Pourtant, l'excitation du secret gardé autour du projet lui donne un brin de courage.

— C'est la première fois que tu fais cobaye ? demande-t-il.

— Cobaye, c'est pour les essais médicaux. Là on est un panel.

— Ouais mais apparemment, ils cherchent à analyser nos réactions neuronales, c'est presque médical.

— Si tu veux.

— Et le fait qu'on ne puisse pas sortir de la pièce avant la fin des douze épisodes, tu trouves pas ça bizarre ?

— Si. C'est justement ça qui m'a donné envie de participer. Et puis tu peux quitter la pièce quand tu veux, c'est juste que tu seras pas payé, précise-t-elle avant de détourner la tête, l'attention attirée par un nouveau venu.

Sourire aux lèvres, gestes larges, regard rassurant. Un type de la prod' censé les enrober de jolies phrases jusqu'à la diffusion. Il demande les prénoms de certains, pose des questions anodines à d'autres, il les tient au chaud, il les met à l'aise. Son oreillette l'informe que là-haut, tout le monde est prêt. Alors il lance à la cantonade :

— Mesdemoiselles, messieurs, vous allez assister à une expérience unique… Si vous voulez bien me suivre.

*

Salle de visionnage. 11 heures.
Épisode 1.

Dans la pièce, tout le monde a pris place. Les casques neurotransmetteurs sont activés. De l'autre côté de la glace sans tain, une autre salle, deux fois plus grande. L'équipe médicale vérifie ses écrans. L'envoyé du CSA allume sa tablette tactile, prêt à noter chaque réaction du panel. Moon s'assied sur le fauteuil, à la droite du président.

— Vous n'êtes pas obligé de supporter tous les épisodes, monsieur.

— Au lendemain de la diffusion, je vais avoir la horde des bien-pensants sur le dos et je vais devoir répondre à toute une série d'interviews. J'ai plutôt intérêt à savoir ce que contient chaque seconde de l'émission que je produis.

D'un signe de tête, Moon donne l'ordre de lancer le premier épisode. Dans la salle de visionnage, l'intensité de la lumière baisse jusqu'à l'obscurité, l'écran géant s'allume et le générique débute.

Gros plan sur le présentateur, puis un zoom arrière permet de voir le paysage montagneux de la frontière franco-espagnole qui l'entoure. Sa voix, posée et grave, lance le spectacle.

« Bienvenue dans “Verdict”. Dans ce décor hostile, douze aventuriers vont risquer leur vie. C'est à Vallespir, sur une des plus hautes falaises des Pyrénées que chacun devra, au fur et à mesure des semaines, montrer sa force et son courage. En fonction de leur classement, chaque épreuve leur fera gagner des statuettes d'immunité. Celui qui, à la fin des douze épisodes, récoltera le plus de statuettes, gagnera la somme de deux millions d'euros. Le perdant, lui, assurera l'avenir de sa famille et de ses proches avec la somme d'un million. Mais il devra faire face à la falaise, car pour celui qui perd, le verdict est la mort. »

Le jeune homme a réussi, en jouant un peu des épaules, à prendre la place voisine de la fille aux cheveux soleil qu'il avait abordée plus tôt. À la fin du texte du présentateur, il cherche à se faire confirmer ce qu'il vient d'entendre.

— Attends… On va voir un mort, là ?

— Je t'ai déjà dit que tu pouvais partir quand tu veux, réplique-t-elle sèchement.

Fierté ou crânerie, il reste assis à sa place, déglutit péniblement. Malaise.

Dans la salle de contrôle, tous les moniteurs réagissent et les mêmes zones du cerveau s'illuminent en rouge, preuve de leur activité. Le censeur du CSA prend ses premières notes alors que Moon se tourne vers les techniciens.

— Parlez-moi, les gars ! Parlez-moi.

— Pour l'instant, les zones du cerveau 1 et 2 sont allumées. « Surprise » et « Inquiétude » sont dominants.

— Normal, on les a pris un peu à froid. Le spectateur officiel sera au courant. Vu l'élément de nouveauté, je vous prie de ne pas prendre en compte ces premières réactions.

*

Salle de visionnage. 15 heures.
Épisode 4.

Moon s'inquiète.

— C'est toujours la même réaction ? Je veux dire, aussi forte ?

— Même de plus en plus forte, madame. Après chaque passage au confessionnal les zones 3 et 4 s'allument. « Empathie » et « Inquiétude » crèvent les plafonds prévus.

Le censeur sourit. Au CSA, personne ne veut de cette émission. Malheureusement, ils sont bloqués. Ils ont tout tenté, mais depuis la loi sur le suicide assisté, tous les repères et toutes les limites ont été modifiés. Bouleversés ou explosés conviendraient mieux, d'ailleurs. Toutefois, légalement, ils n'ont rien contre *Limitless Productions*.

— C'était une connerie. Je le savais pourtant. Il faudra virer toutes ces scènes, fulmine Moon.

Sur l'écran, Julie, la candidate numéro 7, fait face caméra, dans la pièce rouge du confessionnal, juste après sa défaite à la dernière épreuve. Épisode 4 et elle n'a encore aucune statuette. Elle parle de la situation financière qui l'a poussée à participer à l'émission, de son mari qui est décédé l'année passée et de son gosse, handicapé, à qui elle ne peut plus assurer les soins médicaux.

— Trop de pathos. Si la zone « Empathie » augmente trop, on va avoir « Dégoût », c'est certain.

C'est au tour de Silvio, le candidat numéro 2, de rentrer dans le confessionnal. Dans un français teinté d'accent italien, il parle de la dernière guerre intra-européenne et des mouvements migratoires qu'elle a générés. De sa famille, d'abord accueillie par la France, puis renvoyée dans une Italie détruite. Membre de la police européenne alliée, Silvio a pu renouveler sa carte de résident et assurer à sa femme et à sa fille une autorisation de séjour. Mais il sait qu'il lui faudra au moins un million pour acheter un sauf-conduit qui permettra à ses parents de revenir sur le territoire français, en sécurité.

— Et si « Dégoût » passe en zone « Peur » ou « Répulsion », je vous retire l'autorisation de diffusion, assène le censeur, presque joyeusement.

*

Salle de visionnage. 23 heures.
Épisode 9.

Sur les cinquante testeurs, quarante-huit restent encore. La limite imposée par le CSA est de cinq défections, Moon sait que trois déserteurs scelleraient le sort de « Verdict ». Alors elle croise les doigts.

L'épisode 9 débute et l'épreuve « phobies » se met en place. Chaque candidat a préalablement rempli un long questionnaire et la production connaît leurs plus grandes peurs.

Candidat 11, Justin, 18 ans. « On dit *Justin*, à l'américaine », répète-t-il souvent. Ado paumé de banlieue du nord de la France, Justin a été profilé, comme les autres. Il est le jeune écervelé, celui qui parle trop fort et vulgairement. Dans son portrait de présentation, il balance avec le sourire sa petite phrase : « Si j'avais le choix, je préférerais crever que de vivre pauvre. » Pour cette épreuve, sa phobie des insectes a incité la production à remplir une baignoire de cafards, d'araignées et de vers. Il doit rester quatre heures dans cette soupe grouillante.

Candidate 7, Julie, 36 ans. Elle a avoué sa peur panique de l'enfermement et la voilà dans un cercueil de bois, avec une bouteille d'eau et une lampe torche à la batterie agonisante, six mètres sous terre, pour une nuit entière.

Cette fois-ci, c'est Justin qui rate son épreuve. Il quitte sa baignoire d'insectes en hurlant à peine quarante-trois minutes après y être entré. Une histoire d'asticot qui serait rentré quelque part. Julie et les dix autres candidats laissent éclater leur joie et décrochent leurs statuettes. Pour Julie c'est enfin la première.

*

Salle de visionnage. 02 heures du matin.
Épisode 12.

Les visages du panel sont fatigués, les traits tirés, mais les neurosenseurs confirment que leur attention est maximale. Depuis le départ anticipé de deux testeurs, aucun autre n'a quitté son fauteuil, excepté lors des pauses.

À l'écran, juché sur la falaise de Vallespir, sa silhouette se dessinant dans la lune ascendante, le présentateur attribue les dernières statuettes décernées à l'issue de l'épreuve d'endurance. Dernière épreuve et probablement celle aux règles les plus simples. Les candidats ont dû courir autour d'un cercle tracé au sol de 50 mètres de circonférence, sans s'arrêter ni marcher. Le premier à s'écrouler a sonné la fin du supplice. Les candidats ont couru près de six heures, puis la cheville de Silvio a fait un angle droit dans un bruit de branche sèche cassée et il s'est écrasé, la tête dans la terre, épuisé.

Au matin, après une nuit atroce de doutes et de peur, aucun candidat ne sait encore qui sera le dernier. Trois autres statuettes doivent être attribuées en fonction de différents facteurs englobant le courage, l'esprit de groupe et la personnalité du candidat. Une manière de garder le suspense jusqu'au bout.

Solennel, le décompte des statuettes se fait en présence des douze participants, un peu avant midi.

Dans la salle de visionnage, le silence est absolu. La fille aux cheveux soleil a pris la main de son voisin et ne la lâche pas. Le verdict tombe :

— Silvio, annonce le présentateur.

Les candidats osent à peine se regarder. Julie se lève et prend l'homme dans ses bras avant de fondre en larmes. Ce qu'ils ont vécu pendant douze jours les a liés d'une manière indéfectible.

Les scanners s'affolent. Le censeur, scotché aux images, ne prend même plus de notes.

Abattu mais résigné, Silvio pense à ses parents, là-bas, en Italie.

Aucun filin ne retient le candidat. Aucun parachute ne le rassure. Le bout de ses chaussures dans le vide. Face à lui, au loin, l'Espagne. Huit cents mètres plus bas, l'équipe médicale en attente. Derrière lui, à une bonne dizaine de mètres, tout le staff du projet retient son souffle. L'homme fait un pas en arrière, respire un grand coup, puis s'élance dans le vide. Un quart de seconde en suspens, puis la chute. Il atteint rapidement la vitesse maximale de 195 kilomètres heure. Dans les derniers mètres, les voix de sa femme et de sa fille l'entourent et le protègent…

Le corps est désarticulé sur les rochers saillants. Le visage est tourné sur le côté, les yeux fixes. Le docteur s'approche, vérifie le pouls et lève un drapeau noir à l'intention du drone qui les survole. Le jeu est fini.

La production n'a pas eu le temps de terminer l'habillage. L'écran devient subitement sombre. Un message en blanc défile et indique les éléments manquants : musique – diaporama des candidats – générique fin – fondu au noir – plage de publicités.

Pas un bruit dans la salle de visionnage. Le panel reste accroché, comme retenu par les dernières images.

De l'autre côté de la glace sans tain, le Président se tourne vers Moon. Il hésite à se lever et à consulter lui-même les résultats des scanners. Tant d'argent est en jeu.

— Allez-y, vous. Dites-moi.

Moon traverse la pièce et prend les derniers relevés des neurotransmetteurs.

— Alors ? s'impatiente le Président. Quelle zone s'active ?

— « Dégoût » ? « Répulsion » ? « Peur » ? s'enquiert le censeur.

Moon garde des yeux grands ouverts et, sans répondre, tend les relevés au Président qui, à son tour, lit à plusieurs reprises sans trop y croire. Puis, il passe les relevés au censeur qui cette fois-ci n'y comprend rien.

— Zone 7. C'est quoi « Zone 7 » ? Elle n'est même pas dans la grille de lecture que vous m'avez fournie !

— Parce qu'on ne s'y attendait pas, monsieur, avoue le technicien.

Moon entre dans la conversation pour donner le coup d'estocade.

— Zone 7, monsieur. C'est la zone qui lance officiellement notre émission. La zone du plaisir, de la satisfaction. La même qu'active l'orgasme.

Silence incrédule.

— Ils ont aimé ? balbutie le censeur. Tous ?

— Ils ont adoré, savoure Moon. Notre public est prêt. Nous allons faire de la bonne télévision.

*

Cinq mois plus tard.
Bureaux de « Limitless Productions ».
Salle de réunion.

Auréolée de son succès, Moon a été promue directrice des jeux et fictions. Malgré le millier de chaînes existantes, l'émission a bénéficié d'une diffusion européenne et rassemblé près de 35 millions de téléspectateurs, permettant un prix de publicité à près d'un demi-million d'euros la seconde. Désormais, lorsque Moon parle, tout le monde écoute.

— OK. On répète une dernière fois les modifications pour la saison 2.

Un costard se lève, fait de l'ordre dans ses notes et se lance :

— Après un sondage internet, nous avons intégré les premières demandes. Comme vous le savez, les candidats inscrits sont désormais présentés deux mois avant le début du tournage et sélectionnés par les spectateurs eux-mêmes. Mais ils veulent plus. Dans la saison 1, les trois dernières statuettes étaient remises en fonction du courage, de l'esprit de groupe et de la personnalité du candidat. Là aussi, les spectateurs veulent qu'elles soient remises après un vote, via l'appli « *Verdict* » pour téléphone mobile.

— Dire qu'on a eu peur d'un rejet massif du projet, constate Moon, alors que la seule chose qu'ils veulent, c'est les pousser eux-mêmes de la falaise. C'est hallucinant.

— On pensait aussi en profiter pour augmenter le prix de l'appli.

— Doublez-le. Ensuite ?

— Le reste des propositions sont internes. On se demandait si on ne pouvait pas ajouter une caméra en bas.

— Au niveau des rochers, à la zone d'impact ? Impossible, s'emporte Moon. Pas en saison 2 en tout cas. Crescendo, messieurs, voilà le maître mot. C'est comme le vin, il faut habituer les papilles.

D'un geste, elle fait asseoir l'homme en costard et poursuit la réunion.

— Combien de candidats à ce jour ?

— 213, madame. Mais les inscriptions ne sont fermées que ce soir à minuit et les votes seront ensuite ouverts pour une semaine.

*

« Limitless Productions ». 23 h 50.
Bureau de Moon.

— 225 candidats, claironne la nouvelle directrice jeux et fictions. Et restent encore dix minutes pour les hésitants.

Tous les membres du projet « Verdict » sont présents. En couronne autour de Moon, face à l'écran géant mural qui affiche la page d'accueil du site Internet de l'émission. Y apparaissent les visages des candidats et leur fiche technique lorsque l'on clique dessus : âge, sexe, profession, situation familiale, hobbies, petite vidéo de présentation et enfin, la raison qui les a poussés à s'inscrire. Parmi les 225 photos, celle d'une jeune femme séduisante aux cheveux jaune soleil.

La porte du bureau s'entrouvre discrètement et laisse passer la secrétaire souffre-douleur, une tablette tactile en main. Moon la harponne immédiatement :

— Je vous avais dit de ne pas me déranger !

Fébrile, la secrétaire avance, prête à être foudroyée à chaque mètre de plus, puis tend la tablette à sa patronne.

— Ça vient d'arriver, madame. L'interview est sur tous les réseaux sociaux et reprise par tous les médias. C'est en boucle. Le Président a déjà appelé et veut vous voir.

La vidéo est sur pause et, d'un clic, Moon la relance. Un visage familier apparaît. Celui d'une journaliste farouchement opposée depuis le début au projet « Verdict ». L'entretien se déroule dans une salle de rédaction, comme fait à la hâte.

— Nous connaissons votre implication avec les *Anonymous* et pourtant, on pourrait être surpris de ce positionnement. Surtout venant de vous. Maintenant que nous connaissons tous le risque encouru, c'est particulièrement courageux.

Plus juvénile, presque enfant, un visage de jeune fille apparaît alors et répond à la question :

— Si une seule vie est sacrifiée pour le jeu, pour le simple plaisir, alors ce sont toutes les vies qui sont réduites à l'état de combustible. Du combustible pour la télé. Du combustible pour relancer l'intérêt d'une société que plus rien ne révolte ni n'émeut. Ma vie n'a pas plus d'importance qu'une autre.

Moon reste immobile. Le staff a sorti les mobiles et les tablettes et tout le monde regarde maintenant la même chose. Moon lève les yeux vers l'écran. Toujours 225 candidats. Une alerte sonore sort des enceintes et résonne dans la pièce. Sur la page d'accueil du site, un nouveau visage apparaît à 23 h 59 et quelques secondes. Candidat numéro 226, Lisa Moon, 19 ans.

La journaliste reprend :

— Et quel effet pensez-vous faire sur la productrice du programme ?

— Ma mère ? sourit Lisa. Je veux qu'elle souffre. Autant que souffrent les proches de ces femmes et de ces hommes perdus, cassés, dont la dernière richesse négociable est leur propre vie. Ça ne peut pas être notre société. En tout cas, ce n'est pas une société dans laquelle je veux vivre.

Moon suffoque. Elle cherche de l'air mais ne trouve que du conditionné au goût de frigo propre.

— Le Président sur la ligne 1 et votre mari en attente sur la 2, ose la secrétaire.

— Passez-le-moi immédiatement.

— Votre mari ?

— Ne soyez pas conne ! Le patron, évidemment, hurle la directrice des jeux et fictions.

*

« *Limitless Productions* ». *08 h 00 du matin. Étage de la direction.*

Nuit pourrie dans un appartement vide.

« Ai trouvé un contact chez les *Anonymous*. Je vais chercher notre fille s'il n'est pas trop tard. Tout est ta faute et tu le sais. »

Le mot de son mari résonne dans sa tête comme si sa conscience le lui lisait à haute voix. Elle passe devant son bureau qu'elle découvre aussi vide que son appartement. Sa secrétaire fuit son regard. Son staff est invisible, comme planqué dans les armoires, aux toilettes ou sous les tables.

Moon a été convoquée ce matin. Elle pousse la porte vitrée opaque. Le Président est à sa place et un homme lui fait face. Mâchoire carrée et l'impression de dents surnuméraires lorsqu'il lui sourit. Un prédateur en costume hors de prix.

— Bonjour, Moon. Je vous en prie, asseyez-vous, dit doucement le Président.

Moon obtempère et s'assied à côté de l'inconnu. Son sourire semble bloqué au maximum. Elle sent le coup venir.

— Vous êtes et resterez toujours celle par qui l'innovation a pris place dans notre entreprise, poursuit le Président.

Un compliment, c'est la fin. Il pousse devant lui un document qu'elle reconnaît. Sa fille s'étant enregistrée à 23 heures 59 minutes et 35 secondes, Moon a tenté de faire invalider sa présence en décalant de vingt-cinq secondes la fermeture des inscriptions. Vaine tentative.

— Je suis sincèrement désolé Moon, confie le prédateur dont elle entend la voix pour la première fois. Je comprends votre démarche, mais si l'on venait à savoir que la production a tenté de trafiquer le compte des inscrits, c'est la fin du programme. Aucune vie ne doit être plus importante qu'une autre. C'est l'essence même de l'émission.

— L'équipe technique nous a aussi contactés, poursuit le Président...

Moon s'affaisse sur son fauteuil.

— Vous avez demandé une note sur nos capacités de modifications des enregistrements des votes. C'est malheureusement inenvisageable.

— Une vie en vaut une autre. C'est l'essence même de l'émission, Moon, répète le prédateur.

— Vous comprendrez que, vu votre implication, vous ne pouvez continuer à garder les rênes du programme. Je suis forcé de nommer Charles à la tête de la production.

Le prédateur se nomme donc Charles.

— Vous reprenez nos deux émissions culinaires et les jeux de l'après-midi. Croyez-moi, c'est tout autant de travail.

Moon ne sait plus d'où les coups pleuvent.

— Et ma fille ?

Le Président se colle au fond de son siège, gêné. Charles ne l'est pas du tout. Une vie en vaut une autre.

— Vous la regarderez à la télévision.

Niko Tackian

BISOU

1

Il y avait dans l'air une moiteur grasse qui vous collait à la peau comme une croûte de sang séché.

La maison se tenait à flanc de falaise, déployant ses murs immaculés face à la crique où une mer noire allait et venait, emportant avec elle les galets de la plage. Henri habitait ici depuis presque dix ans. C'est la vue fabuleuse sur la côte déchirée de la frontière espagnole qui lui avait fait acheter cette villa. Un véritable coup de cœur partagé par Adeline, sa femme, leurs deux enfants, Paul et Annette, et, bien sûr, l'adorable Bisou. Ils y avaient vécu des années de bonheur et l'illusion de former une famille unie et heureuse. Henri avait même fait l'acquisition d'un bateau, un petit *Jeanneau* de sept mètres qu'il avait muni d'un puissant moteur lui permettant d'emmener sa tribu en balade le long de la Costa Brava. Ils avaient passé là des journées savoureuses, plongeant dans les criques désertes, braconnant oursins et poulpes, pique-niquant sur les plages de sable gris...

Et puis l'illusion s'était évanouie et Henri avait compris que tout cela devait avoir une fin radicale. Pour quelle raison ? Il ne le savait pas lui-même. Sa psychanalyste, l'austère Mme Riquier, disait que ses angoisses cesseraient progressivement au fil des séances. Mais elles n'avaient fait qu'empirer et il en avait déduit qu'il était inutile de chercher la paix au milieu d'un champ de ruines. Puis il avait eu le déclic et une petite voix dans sa tête lui avait soufflé la solution.

Massacre-les.

Il y eut comme un bruit de roulement sur les galets et les arbustes de la lande se plièrent sous l'effet de la tramontane. Le vent des terres soufflait parfois violemment dans le coin et Henri sentit un frisson lui hérisser les poils des avant-bras. Il était couvert de sang et tenait à la main un long couteau de cuisine, spécialement conçu pour débiter le jambon, dont il essuyait la lame sur son tee-shirt.

Il s'était d'abord occupé d'Adeline, tâche la plus facile, puis était monté dans la chambre de Paul et Annette pour finir sa macabre besogne. Sa femme et ses enfants n'avaient même pas pu lui lancer un dernier regard, ils étaient profondément endormis, sous l'effet des somnifères qu'il leur avait servis avec le repas du soir. Tout ce qu'il avait construit et aimé n'existait plus. Henri était devenu un assassin de la pire espèce. Que dirait Mme Riquier lorsque les journalistes et la police viendraient la questionner sur son état de santé mentale ? Sans doute que c'était un garçon normal et sans histoires bien qu'il paraisse un peu déprimé depuis son installation dans le sud de la France. Tout le monde commencerait par s'interroger sur ses motivations. Sur ce point, Henri n'était pas sûr… l'ennui peut-être et l'envie d'autre chose ? Puis, surtout, on se demanderait où il avait filé. Mais pour ça, Henri avait un plan : il allait terminer de nettoyer le sang sur la lame, prendre une douche et se diriger vers son bateau. Il partirait en mer destination les Baléares – tâche facile vu qu'il avait stocké suffisamment d'essence pour tenir les 500 kilomètres qui le séparait de l'île de Minorque. De là, il embarquerait dans un avion pour Munich, puis pour l'Amérique du Sud, où il disparaîtrait pour toujours.

Henri sourit en imaginant la dizaine d'heures de navigation qu'il allait accomplir. Il verrait le lever du soleil en pleine mer, un rêve d'enfant sur le point de se réaliser. Il jeta un œil dans le salon et aperçut deux points lumineux qui le fixaient. « Dégage ! », lança-t-il en direction de son chat, un bâtard rouquin qu'ils avaient recueilli quelques années plus tôt et que sa fille Annette avait baptisé Bisou. Henri détestait les animaux, et particulièrement les félins, teigneux et caractériels. Il avait accepté d'adopter Bisou pour faire bonne figure, mais l'envie de tordre son petit cou osseux ne l'avait jamais quitté. La bestiole se tenait assise tranquillement sur le plan de travail de la cuisine et fixait Henri de ses prunelles luisantes.

Bisou avait assisté à chacun des meurtres, se faufilant dans le sillage d'Henri malgré les avertissements et les coups de talon.

Qu'est-ce que t'as à me regarder comme ça ?

Le chat restait silencieux comme seuls les chats savent le faire, c'est-à-dire en vous donnant l'impression qu'ils n'en pensent pas moins. Henri trouvait qu'il souriait d'un air mauvais.

T'as de la chance : j'ai déjà lavé le couteau, conclut-il en se dirigeant vers la salle de bains pour prendre sa douche.

L'eau chaude coulait sur son corps effaçant les taches de sang. Le souvenir de sa famille et de cette nuit d'horreur était en train de disparaître lentement, aspiré par le siphon vers l'oubli total. Henri ne pensait à rien, il se sentait libre et heureux comme jamais. Une longue plainte lui fit reprendre ses esprits. L'espace d'une seconde, il imagina qu'Annette s'était traînée de sa chambre au salon et qu'il allait la trouver dans une mare rougeâtre, les mains tendues vers lui, les yeux remplis d'interrogations :

— *Pourquoi ? Pourquoi tu m'as fait ça, papa ? C'est vrai, ça, pourquoi ?*

— *Il n'y a pas d'explication, ma chérie… la vie est glaciale parfois, aussi glaciale que la lame du couteau qui tranche la gorge du cochon.*

Henri avait assisté à la mise à mort d'une de ces bêtes une fois, et ça lui avait bien plu. Il couinait comme un nouveau-né et ses yeux dégageaient une peur qui vous transperçait. Égorger un humain était presque décevant, à côté… Il sentit un léger soubresaut d'émotion qu'il refoula immédiatement. Il ne fallait pas y penser. Ils étaient partis, c'est tout.

Le bruit se transformait maintenant en petits gémissements et Henri comprit qu'il s'agissait de Bisou. Cette saloperie de chat n'arrêtait pas de miauler et ça ressemblait de plus en plus à des lamentations. Il allait bientôt rameuter les voisins. *Je vais lui tordre le cou et le balancer par la fenêtre*, se dit-il en attrapant la serviette pour se sécher. *Non ! Cette peste risque de se débattre et de me griffer.* Henri avança jusqu'au salon où Bisou se tenait toujours assis sur son perchoir, les yeux fixés vers lui, la gueule légèrement ouverte. *Tu vas la fermer, saloperie ?* souffla-t-il entre ses dents, sans espoir de résultat.

Une idée jaillit dans son esprit, simple et précise comme celle qui l'avait mené à cette nuit d'horreur. *Toi, mon coco, j'ai une surprise qui t'attend !* Il se dirigea vers le fond de la pièce et rentra dans un petit débarras. Il fouilla dans les rayonnages supérieurs et finit par trouver ce qu'il cherchait : une caisse en plastique, la maison de Bisou lorsqu'ils prenaient la voiture pour partir en week-end ou l'emmener chez le veto. *Viens là-dedans, on va aller faire une balade tous les deux.*

2

Le bateau était amarré à une ancre fixe qu'il avait installée lui-même dans la petite crique en contrebas de la maison. Le sentier menant à la plage sinuait dangereusement entre les rochers, mais l'immense pleine lune éclairait le paysage comme un soleil froid et il n'eut aucun mal à descendre. Depuis la rive, il utilisait une annexe pour se rendre au *Jeanneau*. Henri mit le bateau gonflable à l'eau, puis déposa son sac et la cage de Bisou au fond de l'embarcation. Il jeta un dernier regard vers la maison dont les murs blancs brillaient contre la paroi de pierre. Un instant, il eut l'impression de voir les silhouettes de sa femme et de ses enfants l'observer depuis la grande fenêtre du salon, mais il repoussa cette idée. Ils n'ouvriraient jamais plus les yeux, il avait fait ce qu'il fallait et il ne croyait pas aux fantômes. Le contact de l'eau glaciale avec ses parties génitales lui provoqua un gloussement d'inconfort et il sauta dans l'annexe pour commencer à pagayer.

Une fois à bord du bateau, il ne lui fallut pas plus de quelques minutes pour procéder aux manœuvres d'usage : mettre le moteur à flot, démarrer l'hélice et détacher le navire de son ancre. Bisou se tenait dans sa cage posée sur la banquette arrière. Il observait Henri sans faire un bruit. « Tu commences à comprendre, hein ! » lança-t-il à son intention tout en actionnant les vitesses.

Le *Jeanneau* avançait vers le large sur une mer d'huile. Henri s'était assuré de la météo marine. Il aurait été dommage qu'une tempête perturbe ses plans. Lorsqu'il fut suffisamment loin des côtes, il poussa le moteur à plein régime et sentit l'air lui fouetter le visage. Face à lui, l'immensité noire éclairée par une nuée de reflets argentés. Il laissait sa maison remplie de morts pour traverser le Styx et retourner vers les rives de la vie. Dans quelques heures, le soleil se lèverait sur une aube nouvelle, son aube. À l'arrière, Bisou l'observait toujours…

3

Une heure plus tard, Henri décida qu'ils étaient bien assez loin. Derrière lui, la côte espagnole avait disparu et la lune éclairait la mer immense qui l'entourait jusqu'à l'horizon.

Une petite houle s'était levée et quelques vagues venaient s'écraser contre la coque. Il coupa le moteur et jeta un coup d'œil au sonar. Cent soixante-dix-neuf mètres de fond, c'était largement suffisant. À cette profondeur, impossible de sortir l'ancre, il allait laisser le bateau dériver pour finir sa besogne, il n'en avait pas pour longtemps, de toute façon. Après avoir inspecté les alentours, il inspira un bol d'air frais et se retourna vers la cage où Bisou était tranquillement étendu. Les chats détestaient l'eau, c'était bien connu, et Bisou allait bientôt prendre un bain de mer avant d'aller nourrir les poissons. Fallait-il le balancer avec la cage ? Non, il préférait de loin voir la petite bête se débattre au milieu des flots, miaulant tout son saoul pour finalement se résigner à plonger dans l'obscurité. Henri espérait même que cela durerait un peu, histoire de rigoler. Il fit un pas et dut reprendre son équilibre, car une vague plus grosse que les autres venait de faire tanguer la coque du navire.

Il saisit le loquet de la cage et le pivota vers le haut pour l'ouvrir. Bisou ne bougeait pas, il restait calmement allongé.

« Salut, mon petit pote, t'es prêt pour la baignade ? »

Henri tendit sa main vers l'animal, mais la retira rapidement pour éviter les coups de griffes que le chat envoyait dans sa direction. *T'as finalement compris ce qui se passe, rouquin... t'es pas si con que ça !* Il y eut un bruit sourd et le bateau s'inclina sur le côté si bien que la cage tomba de la banquette aux pieds d'Henri. « Bordel de merde ! », lâcha-t-il en se retournant vers la console de navigation. Sans ancre, l'embarcation dérivait librement et il s'était mis de travers, exposé au roulement des vagues que la houle soulevait de plus en plus. Il jeta un œil derrière lui, le chat se trouvait toujours à l'intérieur de sa boîte malgré la porte grande ouverte.

« Attends une seconde, papa revient te voir. »

Henri entreprit de redémarrer le moteur pour positionner correctement le bateau et éviter de se faire ballotter en permanence. Il en eut pour moins d'une minute, mais, lorsqu'il se retourna, Bisou n'était plus là. *Où es-tu, saloperie ?!* Il n'y avait pas vraiment d'endroits pour se cacher. Le pont était composé d'un petit espace libre au centre et de trois banquettes installées en « U » pour pouvoir profiter de la vue. Nul Bisou en vue. Henri pensa qu'il avait sauté à la mer pour lui enlever le plaisir de le balancer. Puis il remarqua que le portillon de la plate-forme d'accès était ouvert. Il avança lentement et découvrit le chat, recroquevillé au bord, la tête penchée vers l'eau. *Te voilà, sale peste !* Il n'eut pas le temps de finir sa phrase qu'il glissa sur une flaque qui lui fit perdre l'équilibre et s'étaler de tout son long vers l'arrière. S'il s'était trouvé sur le pont, il aurait pu s'agripper au garde-corps, mais la plate-forme donnait directement dans la mer. Après une brève chute, Henri rencontra l'eau froide et un frisson désagréable lui parcourut l'échine. Sous l'effet de la surprise, il n'eut pas le réflexe de bloquer sa respiration et avala une bonne tasse d'eau bien salée. Une fraction de seconde, il se demanda sur quoi il avait glissé puis il actionna ses bras pour rétablir son équilibre et sortir sa tête à l'air libre. Le bateau était toujours là, mais le courant continuait de le faire dériver rapidement. Bisou se tenait tranquillement assis et le regardait fixement. « Tu te marres bien, hein, saloperie ! » hurla-t-il en nageant contre les vagues pour rejoindre l'échelle. C'est alors que ses narines notèrent une légère odeur que le vent ramenait dans sa direction. *De la pisse ! T'as pissé pour que je tombe !* Henri agita ses bras plus vite, mais l'embarcation s'éloignait de lui à mesure qu'il tentait de réduire la distance. La houle s'était levée encore un peu plus et les vagues formaient maintenant de petits creux qui se dressaient entre lui et sa planche de salut. Henri lutta contre les éléments de toutes ses forces, battant des pieds et des mains pour avancer. Il lui fallut une bonne demi-heure d'effort avant de comprendre qu'il n'y arriverait jamais. Le bateau s'éloignait et, avec lui, l'espoir d'une vie meilleure. Il ne verrait jamais le lever du soleil et son rêve d'enfant disparaîtrait avec lui au fond de l'abîme. Alors qu'il s'immobilisait, transi de froid, les muscles tétanisés, il crut apercevoir une dernière fois la silhouette de Bisou.

Cette fois, il en était certain, il lui souriait à pleines dents.

Remerciements

Phobia est né d'une envie, simple et sans prétention. Réunir quelques auteurs afin de faire quelque chose de bien. Grâce à tous ceux et celles qui y ont pris part de près ou de loin et s'y sont investis, ce projet est devenu bien plus.

Avant tout, Mickaël, merci de m'avoir soumis cette idée au milieu d'une de nos multiples conversations, sans savoir ce que ça donnerait. Merci à toi d'avoir toujours été derrière moi et de m'avoir poussé depuis ta contrée lointaine.

Merci à Nicolas et Chris d'avoir été les premiers à accepter de participer.

Un énorme merci à toi, Pierre, pour avoir cru en moi et en *Phobia* dès le départ. Sans toi, tout cela n'existerait pas. Merci d'avoir convaincu l'association ELA de nous suivre. Vanessa, merci pour ton enthousiasme immédiat et pour avoir porté ce projet.

Merci aux éditions J'ai lu d'avoir misé sur *Phobia*. À Caroline et Florence, les premières à avoir porté ce projet au-delà de nos propres ambitions. Merci à Stéphanie, Julie et toute l'équipe éditoriale de J'ai lu pour leur travail.

Bien évidemment, merci à tous les auteurs qui ont rejoint ce projet.

Olivier, pour avoir été un des premiers. Johana, pour ta gentillesse. Armelle, pour ta folie. Sonja, pour ta sensibilité et ton soutien. Jean-Luc, pour tes conseils avisés. Niko, pour ton engagement. Nicolas, pour cette discussion dans le salon d'un hôtel lyonnais. Maud, pour avoir accepté sans même y réfléchir. Éric, pour ton enthousiasme et ton incroyable travail dans l'urgence. Ian, pour ton implication sans concession.

Un grand merci également aux blogueuses, présentes depuis le début de ce projet. Merci à vous, les filles, d'avoir affronté nos premiers textes. Anaïs, Florence, les deux serial-lectrices. Mélie, digne représentante du CLUB. Merci. N'hésitez pas à suivre leurs blogs respectifs, ces filles-là sont les meilleures !

Bien évidemment, des milliers de mercis à vous, lecteurs et lectrices. Sans vous, ce recueil n'aurait aucun sens. Vous avez contribué à aider l'association ELA, à aider ces enfants atteints par la maladie, ces familles qui ont besoin de notre soutien.

Chacun de nous peut utiliser son temps, sa passion, ce qu'il sait faire, pour aider ceux qui ont en besoin. L'argent n'est pas le seul moyen de changer notre monde. Croyez en vous, croyez en ces associations qui aident les autres et cherchent des solutions.

Essayez. Osez. Gagnez, en faisant gagner les autres.

Ce monde est entre nos mains.

Damien ELEONORI

12078

Composition
NORD COMPO

Achevé d'imprimer en Slovaquie
par NOVOPRINT SLK
le 16 janvier 2018.

Dépôt légal : mars 2018.
EAN 9782290155035
OTP L21EPNN000427N001

ÉDITIONS J'AI LU
87, quai Panhard-et-Levassor, 75013 Paris

Diffusion France et étranger : Flammarion